洛阳乱

杨凡——著

人民交通出版社股份有限公司
北 京

图书在版编目（CIP）数据

洛阳乱 / 杨凡著. —北京：人民交通出版社股份有限公司，2020.6

ISBN 978-7-114-16368-5

Ⅰ. ①洛… Ⅱ. ①杨… Ⅲ. ①长篇历史小说—中国—当代 Ⅳ. ①I247.5

中国版本图书馆CIP数据核字（2020）第035086号

LUOYANG LUAN

书　　名：**洛阳乱**
著 作 者：杨　凡
监　　制：邵　江
责任编辑：刘楚馨
特约编辑：李梦霁　陈力维　苗　苗
营　　销：吴　迪　赵闻恺
责任校对：孙国靖　扈　婕
责任印制：刘高彤
出版发行：人民交通出版社股份有限公司
地　　址：（100011）北京市朝阳区安定门外外馆斜街3号
网　　址：http://www.ccpress.com.cn
销售电话：（010）59757973
总 经 销：人民交通出版社股份有限公司发行部
经　　销：各地新华书店
印　　刷：北京印匠彩色印刷有限公司
开　　本：720×960　1/16
印　　张：14.5
字　　数：298千字
版　　次：2020年6月　第1版
印　　次：2020年6月　第1次印刷
书　　号：ISBN 978-7-114-16368-5
定　　价：49.80元

目录

题字：雷显平

创作始末

《三国演义》号称有三分虚构、七分真实，而正史只给小说提供了故事的主线要素。正是这三分的虚构，如诸葛亮七擒孟获、空城计、诸葛亮骂死王朗、死诸葛吓跑活仲达等，却被读者口口相传，成为经典。所以，历史小说的价值并不在于它的真实程度，而在于将事实形象地展现在人们面前。小说和其他文学作品一般都有虚构和想象成分，但这种虚构与想象都以事实为基础，一旦离开事实，虚构与想象就失去了原有的意义。

我今天所讲述的故事，是在被人熟知的董卓篡权的背景下，进行超现实主义写作手法的探索。正因为耳濡目染了三国战争的荒谬起因与破坏力，反而使我对以理性为核心的传统的理想、文化、道德进行了深刻反思。我这次的写作，是尝试着对历史虚构主义的探索和触摸。

有的历史人物或者传记之类也有虚构的成分，但大多以事实为基础，我却把作品中的他们（如董卓、李儒、曹操等）当作构建作品中抬头能见的星辰，作为修饰来凸显新三国世界中天地人间的平衡。有了这些耳熟能详的历史人物，就让我的小说设定能自圆其说。

我的文字仿佛是长在前辈留下的土壤上的蒿草，我只是在虚构创作中卖了个关子,读者没办法指出哪一段是传说,哪一段是隐喻。我所做的是用心隐藏着氛围,因为真实的中心思想和人物画卷已经被罗贯中更巧妙地隐藏在历史长河中了。我重新塑造的就是三国情怀留下的唏嘘,以供读者咀嚼。

那被我们遗忘的三国血性和智慧,相信会被更好地传承,成为永恒的母题。

荒无人烟的土地，马蹄印所踏过的地方尘土如齑粉一样散开，荒野凋零，官道开凿了一半，还有几条羊肠小道仍在通行中。村落保留着原始遗风，依然倔强地存在着。

村庄周围有一圈深坑，是为了抵御狼群和狗熊对村子的骚扰而挖的。白天，村民放下唯一一块通往村外的桥板，夜里则吊起来。冰冻的河面上，藏着一股冰冷的煞气。狼和熊没有充足的食物，逐渐陷入绝境。它们喘着粗气，一双双眼睛盯着这个不太大的村落。群狼聚在一起盯着村子。熊则张开了嘴，露出满嘴獠牙。狼群和熊是村民担心和害怕的，可朝廷征收的山泽税则更令百姓怨声载道。

山泽之财富属于天子所有，禁止民间采伐。有人不顾朝廷禁令，偷偷上山打猎采伐，官府不得不在“盗贼”经过的地方设卡收税，猎人们被抓去充了军，村民只好在村舍周围挖了沟，和凶猛的动物划分了“领地”。村子最北边有处沼泽，沼泽附近偶尔会坐着晒太阳的村民，和里长赵苛一起谈论着山腰的秘密。

据说这座山是秦朝公卿的陵墓，大约在汉景帝时期，官兵曾从山腰挖进去，究竟从陵墓里取走了什么，无人知晓。这个村子里的人就是当年秦朝守卫这座陵墓的后人，时过境迁，越来越多的人都想进入陵墓下看看。可面朝村子的半座山毫无缝隙可钻，地面上的冻土比山体还硬，用手一摸，山上的灰尘就会扬人一脸。不少人都想在半山中找个“门”，钻入地下墓穴。传说那个门就藏在山里凹进去的一侧，连接着无数个拱廊，眼前感到漆黑一片时，便进入墓中主人住处了。

可呈现在众人眼前的，不过是坚硬的山体和山旁的一片沼泽。

赵苛一言不发。远处，莽莽撞撞地跑来一只獐，坠入了沼泽。赵苛乐了，道："也许通往陵墓的门就在那片沼泽下。我们要把里面的淤泥清出来，至少在山贼来扫荡的时候可以储存粮食。"

黎明前是一段空寂的时光，村子迎来了一场地震，靠近山脉的砖窑被山体滑坡的碎石埋没。村子里的人正在祭奠死者时，县里管这方面事务的亭长王炎带来一个更为恐怖的消息——瘟疫已经席卷了几个村子。亭长命令加紧埋葬死亡的人畜，保护好水源。

卫兵抓来一个人，随后向王炎汇报："这个奇怪的老贼，我们到哪儿，他就骑着马跟着我们到哪儿，然后在我们落脚的村子里晃来晃去。"

王炎和赵苛定睛看去，老者背稍弯，头发散乱，披到肩上呈灰白色，道袍露出棉絮，腰以下是破旧的麻布裤子，腰上吊着一块雪白的羊脂玉。他光着双脚，双手拢开停在半空做托举状，似乎要召唤着什么，嘴里念念有词。

王炎说："你是在向这垮塌的山谷施咒吗，老道？"

老者闭眼不语，走到山坡，看着日晕，半晌才说："第一爻：初九，潜龙，藏于北方。第二爻：见龙在田，利见大人。蕴于东南、西南。"又说："第一爻，龙潜伏着，不为物用，见首不见尾。第二爻，西南龙磨炼之，驯龙者助。东南龙在浅的田水里，受约束。"

王炎吼道："天下真龙乃是圣上，岂有三龙乱纲之理，多出来的最多也是王莽之流！"

老者说："《象》曰：大哉乾元，万物资始，乃统天。云行雨施，品物流形。大明终始，六位时成，时乘六龙以御天。乾道变化，各正性命，保合太和乃利贞。首出庶物，万国咸宁。"又说："如今十常侍之乱，肆意专横，民不聊生，盗贼蜂起，灾害频出。这'龙'在人事上的表现就是'中庸'。时机未到，那一条条的龙只好像'潜龙'一样藏着，守住中庸德行而不妄动。"

王炎让卫兵把老者绑了，说:“口出妄言，坏法乱纪。你连双鞋都没有，还要管朝廷的事。”

老者不慌不忙地说:“‘龙’是宇宙的本源或者说是最原始的力量。在人事上来讲可以意译成‘拥有潜在力量的伟大人物’。‘潜龙勿用’是指某种‘潜能’因为时机未到而不能妄用。若是等到三龙尽出，国将灭焉。”

老者被投入县衙牢狱的第二天，赵苛和部分村民在满是陵墓的山顶上看见远处人头攒动，一片黑影蜿蜒着。原来那是整整齐齐的行军队列，烟尘往四周扩散。赵苛心里琢磨:这些人马可能是为了维护洛阳城的秩序而来的。

不久，王炎从县太爷高广口中得知事情的来龙去脉。新入京的董卓飞扬跋扈，因为政见不合竟然把大臣给煮了。

王炎是本地一个地主，靠着朋友关系攀爬到这个小吏的位置。他整天琢磨着花钱谋个官场更大的空缺，趁着年轻往高处爬。能靠上县太爷高广这棵大树，还有一个原因是刚来到县里的县衙老爷急需在这里确立起自己的地位，培养自己的人。

县太爷问王炎:“董卓这么一闹，如何是好？”王炎知道县太爷的心思。在这个小县里，存在着两个“大家族”和十四个“小家族”。

这些家族有的官位是“世袭”，有的靠裙带提拔，凡是和宫里名贵沾亲带故的子女至少有一个在县里任职。更可怕的是，家族之间并不割裂，往往以联姻或者拜干亲的方式不断扩大。县太爷把这个县按照姓氏进行了种族划分，姓氏连着宫里或名望享誉朝野的人，在县里同姓的百姓就处于种族姓氏的上层。那些失宠被贬的官吏，他们的姓氏便有了低贱的意味。受牵连的这类姓氏的百姓不能从军，不得办教育宣讲皇家礼仪，只能经商或侍弄土地。高广构建了一个自己的帝国，可董卓在朝廷一折腾，将自己效忠并依赖的天子架空，自己的心血全白费了。

高广对王炎说:“我本以为我这里是一个‘国中国’的乐园，哪想到他董卓竟然搞起了这一套！”

王炎说："老爷，您觉得那个老道甘愿入狱是一味地发傻吗？"

高广小声说："我也觉得是这样。洛阳城是一个奇怪的地方，异象频出，前几年从宫里房梁上掉下一条白蛇，而当年高祖皇帝正是斩白蛇起义，现在白蛇活了，怕是要祸起萧墙吧。"

王炎说："那个老道就像一只鹰，自从我出了县衙到各处告知百姓关于瘟疫的消息，他就一直跟着我，像是在针对洛阳有什么计谋。我要看穿他骗人的外表，不需要花很久。他似乎在享受旅行的过程，跟我查看每一处灾情，验证他的卦象。"

高广说："现在洛阳城里每天都浓烟四起，到处是烧毁的房屋，百姓流离失所。董卓究竟想干什么，这个嗜血的疯子。在灾难还没波及我们县以前，请这位老道出来，让他把谜题揭开吧。"

老道出来了，腿有些跛，说是在回县衙的路上被泥路上的石子硌破了脚。王炎找了一双鞋给老道换上。老道披头散发，目光涣散，饥肠辘辘。高广让衙役端来两碗汤饼，老道不用筷子，用一只手捞着就吃起来。

汤饼吃完，老道伸出一根干枯的手指，颤颤巍巍地讲道："你们听没听说过街头小儿流传的歌谣？"

高广说："下官孤陋寡闻，悉听大法师教诲。"

老道说："千里草，何青青。十日卜，不得生。"又说："西头一个汉，东头一个汉。鹿走入长安，方可无斯难。"

高广问："法师尊姓？"

老道说："姓何名应。"

高广拱手说："何法师，如今洛阳百姓流离失所，可有破解良策？"

何应说："新来的董卓不足惧，天下将起而伐之，这只是洛阳一小劫。此后的事情，颇具变数，天下将大乱。君臣的国土久藏诟病，而人心涣散、各怀鬼胎，导致瞬时分为几块，犹如肉羹被天下贪婪之人作乱分食。如此这般，也非人力所为，乃是天相，需要夜观星象作以占卜。可会看星象的人比比皆是，这就需要一个‘巧’字。”

高广问：“请大法师明示，何为‘巧’？”

何应说：“江东凤雏西南卧龙，争一位可安天下。北方名士数不胜数，阁下可将其征于帐下，免得落入贼人之手。”

高广说：“下官肉眼凡胎，哪看得出哪个是左右天下的北方名士？”

何应说：“劫难平定，必有二虎争山，那时走向长安的谋士从衣着上很好辨认。”

高广说：“此意解开甚难。这二虎想必是出自世家大族，门生故吏遍布天下。另外，北方的‘老虎’就算被法师的良策束缚了手脚，南方的势力又当如何计算？”

何应说：“故此算卦解卦犹如水中捞月，只能像雾里看花，糊里糊涂用现实印证卦象罢了。皇帝身边天师云集，也免不了朝廷危难的结局。哎，无数生灵免不了惨遭屠戮，一想到那景象我就浑身战栗。”

王炎说：“何法师，你必有主意，否则不会一直跟着我，让我把你绑来面见我们家老爷，而且又说出对天下形势的预测。”

高广说：“何法师干脆把话讲透。”

何应脸上露出一道道被寒风吹得皴裂的皱纹，说：“我一个跛脚道士的疯言疯语，你们何必相信呢，蠢、蠢、蠢。”

高广背过身对王炎小声说：“来打官司的人不朝我兜里塞银子，他的话我一句都不听。这道士的话本就是疯言，我们却一味相信他，还要在以后求得证实，是不是太蠢了？”

王炎说：“他讲的万一有一两句是实话，也是好的。”

高广说：“罢了，罢了，就算南北方势力真有，在除掉我之前，我还是先请君入瓮吧。我情愿做垫脚石，也不做硌脚石。”

没几天，高广收到噩耗，回家奔丧。

高广经过河南时，遇到了熟人中牟县令陈宫，陈宫正要急着回东郡。高广勒住马缰，说："自从白蛇入殿，雌鸡化雄，历经冰雹地震后，我那县里又闯进来一个疯道士，张口闭口说天下要像一杯肉羹一般，被一窝歹人抢夺。让他说出歹人抢夺的策略计谋，他又不说。不是助长这乱世的威风，就是和瓜分天下的枭雄的策略有什么瓜葛，这种人和你面熟心不熟，我倒不敢用了。"

陈宫说："我这趟回家，正是为了避开这乱世锋芒。不久前，遇到宫里闯出来的典军校尉曹孟德，他手持宝刀欲行刺董贼，不料行刺过程出了偏差，逃至我处，被我一路护送到了他家的世交吕伯奢家中。孟德因行刺董贼未果，心中草木皆兵，见吕伯奢的家奴磨刀杀猪以为是要杀自己邀赏，便杀了吕伯奢一家老小。我于心不忍，于是分道扬镳。"

高广说："你那曹孟德与我那疯道倒颇像一路人，都像被这乱世颠倒了，击昏了头脑。"说罢，两人哈哈大笑。分别前，陈宫说："高兄，那曹操怕是要做出其他欺天害人之事。我看他也是个乱世奸雄。俗话说伴君如伴虎，我为了一家老小，才与这杀了世交面不改色的冷心怪分开，不想做他闯乱世之基业的马前卒。他若发动一场战争，头盖骨定能像阶梯一般从起兵处通向长安，任后人踩踏。你和那疯道士若真结交起来，也比结交那些乱党要好。他既不肯泄露半点天机，至少也能授你些祛灾避险的妙诀儿。天下的事，他不说就对了，岂是你和那道士能一蹴脚就完成的，怕是把脖子引向了铡刀口。高兄，乱世中能顶天立地根基不乱，实属男儿，多保重。"陈宫一抱拳，策马而去。

高广忙完了丧事，准备回任上，早晨正吃着饭，外出沽酒回来的内弟把酒囊拴在马上，对高广说："大哥，那宫里行刺未果的曹操发了矫诏，驰报各道。诏中说如今汉室无主，董卓专权，欺君害民，他曹某甘愿力扶社稷，愿广招天下义士，共同伐之。曹操已散尽家财，更有孝廉卫弘仗义疏财。如今应募之士，如雨骈集。我们县的县丞已张贴告示，集结青壮年助曹操匡扶社稷，现起兵相应的有

十七镇几十万人马。之中不乏大汉王公贵族袁绍、袁术、孙坚、孔融之辈。”

高广未听完，手扶着碗，筷子掉在地上，想起疯道那句“新来的董卓不足惧，天下将起而伐之，这只是长安一小劫。此后的事情，颇具变数，天下将大乱……”慌忙让内弟备了匹家中最好的快马，来不及跟妻儿打招呼，匆匆上马前行，往西边县衙飞奔而去。

等回到县衙，高广来不及歇息，走进大牢，拜在何应面前，口里念道：“大师，董卓被天下英雄讨伐了。”

何应倚靠着墙，刚要打盹，被唤醒了，说：“高县令不去添把火？”

高广听了倒吸一口冷气，说：“我于县中不眠不休经营了一个如此等级森严的种族姓氏制度。我这一带人去，县里的妖人必将兴风作浪。等我回来，怕是兔子蹬鹰、群狐抵狼，以下犯上，富豪被抢、良人遭谤。”

何应坐直了身子，叹了口气说：“现在是大势所趋，你离洛阳的贼寇最近，你率领全县百姓若真亡于讨伐中，你和全县百姓才得以青史留名。”

高广脖子一缩，说：“大师是怎么预料到那董卓老贼是不足惧的？他乃是西凉刺史，统西州大军二十万。”

何应说：“董卓此类人就像疾风骤雨，一旦降下就好像逆施的天灾，压倒禾苗和稻谷，贻害无穷，势必引起天下苍生反感，毕竟不如那同月亮相伴的滚滚潮汐，涨落之间规律使然，顺应天地变数。”

高广唤人打开牢门，走了进去，坐在何应身边说：“大师通晓古今，前知五百年，后知五百年，备知万物灵性，为何不在山峦秘境中修仙悟道，享受天精，采纳地气，而到这生恶的世道中趟这一遭劫难？”

何应缓缓地说：“大将军何进有一年游蓬莱仙阁，最爱听我讲经布道，与我连了宗，每每有书信来往，让我为他推知事由。最近一次，信上说，为了诛杀宦官，结外镇军阀，翘首京师，与袁绍等谋诛宦竖。主簿陈琳却说，外檄大臣，临犯京阙，英雄聚会，各怀一心。卢植也说，素知董卓为人，面善心狠，一入禁庭，必生祸患。何进不听，朝廷大臣在郑泰、卢植率领下大半弃官而去。曹操却说，此事易如反掌，若欲治罪，付一狱吏足矣，大动干戈，事必宣露。何进怒怼道，孟德亦怀私意？曹操却说，乱天下者，必进也。”

高广说：“列位大臣都长了天眼，说对了啊，你怎么回的信？”

何应说：“曹操说得没错，这场劫难虽不会漫长，却将成为天下大乱的一个核心事件。我看罢信就从山东驱快马而来，我来的路上就知道何进必已遭难，或正被人利用成为董卓的心腹。时势造英雄，何进之流不可深交，乃刚愎自用，结党营私之徒。我来也当是为匡扶社稷，也算是救驾。”

高广说：“哪知被我当祸乱朝纲的逆贼给扣了，扣到现在。”

何应说：“我来之前就给自己算了一卦，此来势必先跌入虎窟龙潭，滚一身泥。若能兵凶战危，我就能避凶趋吉，借着乱世这个套子走进去再走出来。”

高广说：“大师一贯神机妙算，我一听天下讨伐董卓的消息才知道天师的智慧。特来给大师备酒压惊，以表歉意。”

何应说：“本以为被那王炎捉了，你会汇报给朝廷让我掉了脑袋，哪知一阵推脱你又把我放了，真应了时局。如今正逢天下大乱，官道上下脉络不通，消息被战局阻隔。你只晓得建一个‘国中之国’，那个大国你却不顾了，一肚子为官经略，这是对朝廷不忠，但今天我要提前恭贺高县令日后荣升。”

高广走近一步，说：“大师第一天见王炎说的‘三龙尽出，国将灭焉’，是一句凭空笑话还是实话？”

何应说：“这是一句俗话。我老家是山东琅琊，琅琊盛产名人。刘洪、蒙恬、曾子……有的精通算术，有的是将军，有的是圣人。还有一个祖籍琅琊的诸葛亮和庞统同为当今红得发紫的智者，这个以后会有印证。琅琊人才辈出，离不开来自母孕的智慧。我那年在沂河边上的花船里看舞饮酒，看到一名舞女风度翩翩。她歇息时，我问她可有如意郎君。这位姓卞的舞女说她的如意郎君要上得了战马，止得住战乱。我见她仪静体闲、靥辅承权，便从此留心。在黄巾军起义前，她二十岁那年嫁给了骑都尉曹操，从此曹操跟着皇甫嵩东征西讨，卞氏跟着新郎君仍旧像以前一样四处飘零。再说糜氏，她也是琅琊人，世代经商，家境颇丰，祖世货殖、僮客万人。糜竺是徐州富商，他的先祖世代经营垦殖，养有童仆、食客近万人，资产不计其数。兵马未动，粮草先行，第二位枭雄娶糜氏可见其用心。第三位枭雄的夫人王氏是琅琊当地大户，将在英雄称帝后应诏入宫。琅琊女子多是贤内助，看看以上的将军、圣人、政治家，这些枭雄的用意就是借琅琊女子的命脉，孕育出堪当江山大业的后代，福泽后世。所谓三个女人一台戏，这不正好一语成真？”

高广说：“我看大师像说了个笑话，如今虽是天下共讨董卓，可各路诸侯也没见窜出龙的影子来，更未见三龙尽出，况且怎么知道将来天下英雄等人的婚姻大事，难道卦象真的灵验？我为官十余年，看见的多了一些，依我看大师不过是趁势造势而已。至于那些乱世英雄之辈娶了谁，我们谁也不知道，谁也不关心，还是闭上眼苟活吧，各自方便。”

何应说：“我从小就学习卜卦，那时我相信人人皆是兄弟，不会相残，卦象里的世界虽不是风平浪静，终究是一汪清水，心如明镜，世间便如明镜，不料随着年龄增长大汉遇到的灾难越来越多。”

高广说：“你说的战乱，是由何进引外兵而起。你何不在讨伐董卓之后，拿出何进与你的书信，证明大师是久居仙境的圣人，从此匡扶江山社稷，保我大汉黎民百姓？”

何应说：“高县令是安享太平之人，虽说有自己的为官经略，但能在战乱中护一方百姓便是造化。趁此乱世，我为高县令献策，不必揭竿而起，周围几个郡县皆被它们的长官视为烫手的山药，高县令不如稳收之，将其并入本县，成为一方诸侯。我此去泰山虹云观寻我那些师哥师弟，让他们在四处云游，游说各方安享太平的能臣显贵，与高县令的郡县用纵横的策略连成一片。就算将来南北豪强为皇位相争，高县令为首的‘休战派’也好纵横在南北方之间，做一个长久的战略缓冲带，岂不为民增福？”

高广低头不语，半晌说：“如若使一方百姓免遭战乱屠戮，那自然是好事一件，大师不愧是几世修成的活菩萨，风神迥异，语出不凡！那何进是一剂天下的毒药，大师便是解药。等躲过了战乱，我也跟着大师四处云游，修他个不坏金身，终日活在世外桃源。只是，大师有此高见，何不趁讨伐行动轰轰烈烈之时，去十七路军中大展宏图？”

何应说：“真若加入讨伐队伍，人便受了管制。日后平定宫中之乱是一定的，等那时这十七路英雄必将抢功争利，一个个成为国贼禄鬼，稍有不慎，将被牵连，成为别人蚕食间的刀下冤魂。真若大难不死，熬到出头之日，也必将历经最大两个政治集团的打拼争斗。任我站在哪一头，也是发动这场战争的间接帮凶，使黎民百姓死于我的计策。我离开山东，是何进一纸书信将我招来，冥冥之中是为了平止战乱，不是为了制造新的浩劫。”

高广说：“大师心系天下苍生，我只念着我一个县的安危，惭愧。”

何应说：“不瞒高县令，从来到京城，我就感觉自己病了，不是身体病了，而是病在精神上。先前我用卦指路，可这卦象让我的路越走越窄，以致走到了你县衙的大牢里，这都不是吉兆。我此去回泰山虹云观，找我的师父宣阳子，听他讲述从盛世到乱世转折的奥妙，汉室是否可以否极泰来。这宣讲里可谓道论里藏刀，能兵不血刃杀乱世者于无形，且需要吾辈努力，唤醒苍生，垂怜乱世之人之愚蠢。等我回来，带来三十三名师兄弟，散播到大汉疆土南北方一带，筑成纵横之策，让苍生共同抵御被权势渐迷心窍的豪强大开杀戒、掠夺人世，为大汉留下几口正气。”

高广说：“大师可以走，这么大的汉室疆土你随处可去。我派王炎跟随你，若遇到官府拦路，他身上有本县文件，也好交代。若遇到贼人，也好助你一臂之力。”

高广让何应净手吃饭，自己去找王炎交代启程事项。

高广对王炎说：“你看那道士张口闭口都是大汉的江山社稷，这种有大格局

的人我不敢与之为伴。他既然来无影，那去的话不能无踪，你紧紧跟着他，再找个胆大心细的一路跟随，如果他真是妖道半路作法加害本县，你们就将他捆扎结实，到时候怎么来的再怎么送回去。”

王炎说：“我看他好像是个妖狐成了仙，跟老爷说的不过是镜中月、水中花，应该把他锁到笼子里，游街示众。狐妖成道，汉室异兆。”

高广说：“要说‘汉室’这个词最为敏感，岂能借一个狐妖的名头造次？再说了，要让天下知道我高某的模范县这些天被一个狐妖折腾得服服帖帖，谁还信我施政之本领？我将来是要去京城做大官，和圣上为伴的，狐妖接近的都是有贪婪欲望的人，我像吗？”

王炎说：“老爷不像。那狐妖也便不是狐妖，是一谦虚的老道，只是有些傻罢了。”

高广说：“他是不是妖，天地间凡有九窍者皆可成仙，他走他的仙路，我度我大汉的劫，互不相欠，狐妖的事不要再提了。”

王炎说：“那老爷的意思，我也知道了。请神容易送神难，把他平安送出本县，就是功劳一件，哪怕他逃至京城为患，也和我们无关。”

高广说：“京城的那些官吏、百姓、名贵鱼龙混杂，其中也不乏会妖术者。我这么说的意思是，人在做，天在看，你们把这个何应送到他说的目的地泰山顶，若真有他师父宣阳子开经布道，你就把宣阳子和众仙道为汉室布下天罗地网，免遭贼人起兵造孽的玄机记录一二，回来向我汇报，我也好不被牵着鼻子走。至于他许诺让我做的定海神针，贯穿南北方免遭战乱，我看是痴人说梦。我这种族姓氏的制度是适合小众间的政策，若是几个郡县都联合实行起来，说明那时南北即将开战，汉室已灭。没了旧时汉室朝廷显贵的撑腰，我这种族姓氏郡县拿什么生存？皮之不存，毛将焉附？”

高县令要在县衙挑选能护送何应的精壮之士，可县衙的衙役们一个个瘦如麻秆，正逢乱世，饥一顿饱一顿，连给犯人抬手打板子的力气都要攒好几天。高县令命令他们摔跤。在大院内，十几个衙役抱在一起，衣服上全沾着泥巴，撕挠得脸上全是血道，十几个人叠在一起，像叠罗汉，让高县令看不出谁的功夫高。衙役们知道乱世中县衙才是避祸的地方，谁也不愿出去惹事，弄不好还是个有去无回的买卖。县令从来不给衙役们好果子吃。整个县上的百姓虽被分了等级，可那最末端的农民商贾之辈也是被保护之列，没了他们，这个县的民生大业谁来担负？衙役们便成了如骡子牛马一般供县令任意使用。高县令也看出下属的这点小心思，正愁得拼命用两根手指拽着下巴上黑痦子的一撮毛，这时候，赵苛赶着一头驴到了县衙门口。

院子里的衙役们正乱作一团，赵苛一脸苦相，对高县令说："老爷，银子实在凑不出来，我从村里牵来一头毛驴，还能换几个银子。"

高县令说："我是那般贪婪的酷吏吗？本官一向爱民如子，模范县不偷不抢，模范县百姓的血汗钱我一分也舍不得多征。如今乱世开端，朝廷礼法尽失，县里的百姓自己能吃饱饭就不错了，我岂敢再横征暴敛？"

赵苛说："老爷廉明，有老爷在乱世中护着我们是我等的洪福。"

高县令从大堂里走出来，几步迈进院子，挥手让衙役们散了，拉着赵苛的手说："里长当够了，想挪窝，拿头驴就能买下本县？你也知道本县令不是那贪捞之

人，讲究两袖清风，真是榆木脑袋！”又说：“赵苛，我要查查户口，你父亲可是段颎的校尉？”赵苛说：“老爷为何一下提起几十年前的事了？那段颎作为消灭羌族叛乱的功臣，因为被冠以与宦官同党的罪名，死在了京城监狱。我父亲怕在军中受牵连，才逃到老爷治下的县里，受恩于老爷的保护。”

高县令说：“段颎还在边境做了几年苦力，你父亲在本县受过一次苦没有？”

赵苛说：“老爷不仅没有让我父亲受苦，还让我父亲更名换姓在县里抓军事。后来又逢羌族余孽叛乱，我父亲从县里领一路军出发，跟随大部队前去清剿，立了战功，如今在京城养老。只不过家里剩下的人口不好带在身边，怕有一天我父亲的真实身份被识破，判他个欺君之罪，满门抄斩。我也因此才隐姓埋名藏在县里，给老爷做个里长。”

高县令说：“我今天讲你父亲的故事，就是想激励你一下。赵苛，虎父无犬子，你就愿意一辈子窝在这个山沟里？”

赵苛说：“请老爷明示，我赵某愿赴汤蹈火。”

高县令说：“剑术和擒拿之术，你父亲可曾教授一二？”

赵苛说：“家父在我十二岁时亲授本领，到我十八岁能缚来野猪、狗熊才停止传授。”

高县令看着赵苛说：“如此甚好。王炎一个月前在你村子绑的那个疯道士，你可还记得？我见他有些仙气，要差遣两人一路护送他去泰山取得真经，回来好匡扶汉室，清荡天下乱世鬼魅。赵苛，你同王炎一同去吧，回来后我自有封赏。”

赵苛摸着腮说：“原来高县令在外省有亲戚，要去山东搬救兵，不还是劳碌兴师讨伐董卓吗？”

高县令说：“等你们一年半载回来，怕是董卓已灭。等待你们的，是新的事务。这事务不在你我眼中，在那老道眼中。他眼中藏有无限的宇宙，能看到女娲补天裂开的那几道缝隙，故此人间久不得团圆之伦常、久经天灾兵祸之事都被那疯道一应收在眼里。路上，你慢慢讨教，就算帮我送走一个瘟神。”

赵苛说："大人一会儿驱逐那疯道，一会儿又盼着他回来如甘霖一般救天下之火势，为官的经略之深我真搞不明白。"

高县令说："我自然盼着京城经过这场浩劫能转危为安，那疯道只是一味疯语，天下能自救。为官者说话出尔反尔也是被形势所逼，迫不得已。我自从认得了那疯道，听了他的一番言论，心里的坎儿像九曲十八弯。时间不凑巧，不然找那老道学个'离魂法'，让思绪可以飞上泰山顶，日后与你们相会。"

赵苛说："老爷，你说回来封赏，我觉得里长已是极大，再大了怕树大招风。万一出点什么事，让我父亲在京城犯了心病，反倒不好。"

高县令说："不错，里长已是极大。就再封你个里长当，到本县最大的村子去。"

赵苛苦笑道："我当是什么好处呢，原来还是当个一巴掌拍不响的里长。"

高县令说："鼠目寸光之徒，洛阳城的太守能和开阳县的长官一般大吗？"

三人上路不久，冷风袭来，下起了冰粒。

赵苛缩着脖子，说："天气如此寒冷，行走不便，泰山何时才能到达？等到过了春天，暖洋洋的，那时上路岂不更好？"

王炎说："现在正是群雄讨伐董卓之日，高县令想拜托何道长取回经来保佑他治理下的县，让全县的百姓在混乱中免遭屠戮，修成功德一件，所以行程万万耽误不得。"说罢，看看何应。何应低头不语，脸被冻得发紫，上下嘴唇打着哆嗦。

赵苛说："原来何道长还有未卜先知的本事，我倒要看看他的卦象灵验不灵验。"

远处有嶙峋的山峦，走了一天，越来越清晰。在一个分岔路口，何应停下来，面对着一片大风呼啸而过的田地，下马站立了很长时间，眼神中不免有些恐慌，对他们两个人说："你们看，附近一定有一个村子，可是走了半天了，一个活人都没见着，怕是全村被兵祸席卷了。董卓喜欢屠城，这里可能是他们进京城前小试牛刀之地。我们尽快在太阳落山前穿过这里，倘若听见头脑里有个声音呼喊你

们的乳名,可不要答应,那是迷相。答应了灵魂就会跌入万丈深渊,肉身成一副空皮囊。”又说:“世间战争都是因为贪欲过多引起的,若天下苍生皆能修身养性独善其身,相互扶持,何来掠夺杀戮一说。这次见到师父应求他赐以济世良方,救万民出水火,方了却我平生所愿。”

王炎说:“何道长不如把这世上发生的乱象禀报宣阳子,在泰山顶上修缮行宫,把皇帝接来,秘不示人,让皇帝与宣阳子在泰山顶上修仙论道。天下枭雄见不到皇帝,起战的源头没了,队伍各散,止住了这场内乱,也算你们道家修成功德一件。”

雨过天晴,何应骑在马上,手杖握在手里。他看着手杖的影子在日照下越来越短,说:“心间的路,和旅行者看到的自然景观没有什么区别之处,走到哪儿都是一样的。比如小溪的某处弯道,山谷的起伏形状,只有靠着眼前映在心里的像,才能找到人生旅途的路。但是一旦失心,说些言不由衷的诽谤、谗言、油腔滑调,心里的路程变了,就会走向错路,往往有致命的后果。走上歧路,意味着人生将遭受之前没经历过的不属于你命相的巨大危险,来自自然界和人世轮回的攻击——人、兽、鬼——均躲在远离人生正路的巨大的阴暗之中吞噬你。”

三个人在一条又窄又长的小路上行走,路上长满了齐腰的蓖麻,何应用手杖拨开通过,其余两人拼命拿剑挥舞着。突然眼前出现了一道石拱门,穿过门通向未坍塌的建筑内部。三个人下了马,小心翼翼地走过去,在门槛前停下脚步,倾听了一会儿,赵苛说:“附近没有血迹和尸体,被破坏的村子的村民哪去了?我猜他们还活着,并且还在附近活动。”

三个人走过一段阴暗的过道,步入一片灰色的亮光中,来到一片宽敞的空地。到处都是水坑,乱草密密匝匝,径直漫到了屋外宽阔的大道上。

三个人看见远处有一群人在活动,像是在干活,随着起伏线又看到了一个个宽广的屋檐。赵苛晃了晃水囊中的水,喝了起来。

一个兵丁被绑在劳动现场的一棵树上,鼻青脸肿,眼眶溢着血。劳动中的人们有花白头发的老人，也有青壮年，很明显是在修建一个村子。但村子里的院落都错落有致的连接在一起，很像一处行宫。劳作中的人们见来了陌生人，有一个年轻人放下手中的活，走了过来。

赵苛对年轻人说：“附近有没有水源，我想把两个水囊灌满水。”

年轻人说：“水当然有，这附近就有一口井。”

王炎说：“你们的村子很明显毁于兵祸，我想知道是谁给你们力量和勇气，重修一个村子。还有，被绑在树上的兵丁是怎么回事？他小便全尿在了裤子上，都被冻成冰碴了。”

年轻人没有回答他的话，说：“兵荒马乱的，你们三个人一副疲于奔命的样子，为的是什么呢？”

赵苛说：“我们是逃兵祸的路人，从洛阳赶过来。”

年轻人看了看赵苛和王炎胯间的长剑，说：“原来是逃兵。现在，当兵的没有几个是正经人，都是为了封赏背弃人伦，替乱臣贼子卖命的。”

王炎问：“这么紧要的关头，你们怎么还有闲心修建一座这么漂亮的村落呢？”

年轻人指着被绑的兵丁说：“你问他！”

兵丁嘴唇干得裂开，舌头发白，喉咙干涸，说不出话。王炎把水囊取出，对准了兵丁的嘴，甘洌的清水顺兵丁的喉咙而下。

年轻人说：“这个兵丁是我的弟弟，叫李岗。当时董卓进京时，掌握了政权，想在开封修建一处行宫。命令一级一级地传达下来，我这弟弟就想到了我父亲和几个堂叔，他们年轻的时候曾参与过宫内的宫室整修。我这见钱眼开的弟弟为了能拿封赏，带着校尉和一波人马来到了村子，要带我父亲和众堂叔回宫等着分派任务。我们一听是给董卓修行宫，坚决不干，领头的校尉就带着人一把火烧了村落大半，只留了我家和其余几户。”

兵丁的喉咙被水一润，开始说话了：“扯什么节操，不就是修行宫，董卓不给

银子吗。我是为了银子而来，难道你们不是？无利不起早的家伙们。董太师分拨出的银子一层层划下来，到了你们匠人身上自然没有了。董太师连整个宫都能偷去，难道你们还想偷他兜里的东西？不知死活。”

年轻人用手指着李岗说：“看见了吧，这人在西凉当了几年兵，那心也随着董卓一般如虎狼似的冰冷了。修行宫的能工巧匠没觅着，我这兄弟窝火，又来找我，说把村子里的羊圈出几十只来，由他引着送进宫里给董卓劳军。并说朝野内外反感董卓弄权，董卓在宫里是待不久的，就怕哪天他一走，他的属下将这违抗圣旨藏有匠人的村子来个烧杀抢掠。有了这几十只羊，全当是赔罪，能躲过血光之灾。我好傻，真的相信凭几十只羊能挽救村子老小的性命。董卓拥兵自重，怎么会为了几十只羊的事派军队来这个村子？我又落入了我这个兄弟的圈套，他是从西凉来到了家门口，要白用我们这些乡邻亲戚讨好上司。我就赶着几十只羊一路走进了洛阳。哪知道羊通人性，知道在皇宫外等着被宰，吓得屁滚尿流，把屎尿拉了一地。巡逻的卫兵说，这条路直通宫里皇帝专走的御道，不光把羊杀了，还把我当人质扣了起来。没说杀我，也没说不杀，等着家里人来赎。我写了一封家书到家里，妻子就借遍了全村金银细软到了洛阳，卫兵们才把我放了，他们把财宝和我这兄弟分了。可送羊这事太小，上司懒得理睬，金银细软卫兵又不愿上交，我这兄弟当小官的梦又化为泡影。这事却连累了我的妻子，卫兵把她扣下，让她给部队生火做饭，等着下一轮赎人质的账目到来。我这兄弟和卫兵都憋着坏哪，把全村的人都当成摇钱树，等着我再去借钱赎人。”

兵丁说：“官是想当就当的吗，家里军中我操持了半天，一个好也没落下，那几个当卫兵的弟兄还怨我们家人心冷，没人愿赎我嫂子，个个见了我都黑着脸，我在夹缝里被你们挤兑死了。”

年轻人说：“后来，董卓要修建工事抵御前来征讨的军队，分派出一拨人马出来采集材料。我们村子附近有一片广袤的树林和石场，从秦朝就给宫里供应修建宫室的材料。前几天，我这兄弟贼心不死，借着和一小队人马出来寻材料之际，又转到了我们这个村子附近。我这兄弟把一小队人马领进了树林里。这树林大，像迷宫一样，没走过的人极容易迷路。我这兄弟趁他们酣睡之时，悄悄溜到了村子里，蛊惑村子的老少为董卓修建工事。说是给董卓修工事，将来是村子的功劳一件，论功行赏，大家都有份。采集材料的事由军队来干，大家让条路就可以了，别弄得个血流成河。又蛊惑我说，如果带着父亲去了洛阳，就能找回嫂子，一家人团聚了。他在这儿等着我们老少爷们钻套呢。"

王炎问："一起出来采集材料的那一小队人马呢？"

年轻人说："大概还在那树林里转悠呢，那里头有泉水有猎物，等到树都被伐倒了，他们就能沿路出来了。"又说："村子的老少爷们听了我兄弟对我说的这话，皆为我家的事鸣不平，几个人上来就把我兄弟绑了。再折腾下去，我妻子的命就怕被折腾没了。一个当兵的，居然拿自己的叔父一辈做资本，拿嫂子当人质，乱世的人心比狼还狠。"又说："我们就在此采伐树木，采集石料，修屋建室，重整村落。村落的房子栋栋相连，让路过讨伐董贼的军队可以休息。"

被绑的兵丁破口大骂："疯子，疯子！"

王炎看着干活的人把砖头抹了米浆一块块往上摞，对赵苛说："这是一个小故事，一件子不孝父的小事，我们走吧。"

何应抬起了脑袋，瞅着被绑的兵丁，对年轻人说："再不济，他也是你们的家人，岂能为了自己的利益残害一胞之兄，落个手足相残？他有私欲，是被乱世现象裹挟着的。你们同他斗，就是同乱世斗，斗不过，越斗越危，越斗越乱，手足相残，同室操戈，何必呢？内乱就是一个跌入悬崖间的扯斗，都想把对方踩在脚下，作为落地那一刻的垫背，而争斗则成了一个不间歇的循环。争斗使兽性掩盖了人性，读书人做了官都参与了利益之争，何况这一个小小的兵丁？"

雨过天晴，赵苛从村中的井里打上水来灌满了水囊，刚入口感觉苦涩难咽，想起来年轻人说树林里有泉水，就撇下众人，一个人走进了密林。

开始日光照在脸上暖烘烘的，树也一棵一棵排列得挺有秩序，有整棵的树，

也有被砍伐的树桩。走着走着，树与树构成的世界无限延伸，树木组成无数个圆圈把自己包围，太阳一会儿在东，一会儿在南。赵苛也不畏惧，大着胆子往里走，在途经的每一棵树干上都用剑凿出凹坑，作为足迹踏过此地的标记。树木越来越多，剑刃都凿钝了，不由间觉得树林里湿气重，温度升高，泉水却不见半点，只听见几声老鸹叫。赵苛不知走了多久，只觉得头脑昏沉，像是围着丛林转了约有一圈半，才听见了附近的喷涌流水声。这处地界仿佛远离了树林中央，热气有所下降。看日头，已经到了下午，东北风刮来，浑身一阵凉意打了个激灵。赵苛忽然发现沿着山谷来的方向有密集的脚印，想着这大概是迷了路的那采集材料的一小队人马留下的踪迹。走至不远处看见地上横七竖八躺着一些人，皆甲胄披身，手握长剑，口内流涎。赵柯上去挨个摸了摸胸口，冰凉，复摸颈动脉，哪有活着的？

上空传来了一声呼哨，赵柯抬头一看，有一个兵丁站于树杈上，跳了下来，对赵苛说："看样子，你迷路了是吧？我也迷路了。"

赵苛说："我们从洛阳而来时恰逢经过了一个正在修建的村子，村里的井水难喝，我特来林中泉涌处取水。"

兵丁说："我叫皮尤。这林中的水在最南头，位于山谷处。"

赵苛说："我见村子里绑着一个叫李岗的，可是你们同路来山谷采集修筑工事材料的？"

皮尤说："你说的那个李岗是该挨千刀的，他们村的村民也是该千刀万剐的。"

赵苛问："这话倒说不通了。怎么全村被烧了，村子老少还要千刀万剐？"

皮尤说："李岗带我们来他们的村落，并不是采集什么材料，而是监督村里的人修建行宫。"

赵苛问："村子里的人修行宫朝廷怎么知道？"

皮尤说："朝廷早就用金银把村子买通了。这是个赚钱的买卖，为啥不干？

之前的校尉在李岗的带领下焚烧村子，只不过是掩人耳目的苦肉计。建这一处行宫在于诱敌深入，把李岗绑在树上，靠着你们这些过客散播故事，那起义的十几路诸侯便以为此地百姓心系汉室，是起义军的大后方，能倚靠他们兴师讨伐董贼。这时候，早有村里细作闻之，把消息传入董卓军中，董卓部队以逸待劳，四面包围吃掉了来攻打洛阳的各路诸侯。我在董贼那里干够了，没人体谅下士，活得如猪狗一般，最后还要被给董贼当犬马的李岗算计。”

赵苛说：“他的嫂子可是亲嫂子吗？他哥哥哭得痛心，就差拿鞭子抽李岗了。”

皮尤说：“他嫂子进了宫，被司徒王允选中，成了养女貂蝉的婢女，也是董卓耳目。”

赵苛说：“你刚刚说被李岗算计，难道这地上躺的十个人都是冤死鬼不成？”

皮尤说：“这处森林四面环绕山谷，这一片丛林被山谷夹堵在中央，树林高耸，又多逢沼泽湿地，雾气缭绕，温度随日照而升高，被称为‘鬼见愁’。这湿热蒸郁能生出致人疾病的有毒气体，多是由千百年来动植物腐烂后生成的，名曰‘瘴气’。这瘴气有两种，一种是有形的，一种是无形的。有形的瘴，如云霞，如浓雾。无形的瘴，或腥风四射，或异香袭人。还有一种，初起的时候，但见丛林之内灿灿然做金光，忽而从半空坠下来，小如弹丸渐渐飘散，大如车轮忽然迸裂，非虹非霞，五色遍野，香气逼人。人受着这股气味，立刻就病，叫作瘴母，是最可怕的。有些地方瘴气氤氲，清早起来，咫尺之间人不相见，一定要到日中光景，雾散日来，方才能辨别物件，山中尤其厉害。”

赵苛问：“难不成李岗能召唤来这瘴气，加害你们弟兄？”

皮尤说：“我儿时随我父亲游遍列州，做买卖，到过南方多瘴之地，最知这瘴气的厉害。其实，致病的瘴气大多是由蚊子群飞造成的。人畜被叮咬之后，感染恶疾，在这穷山恶水中没有郎中，必死无疑。那日从洛阳出发前，我见李岗服用薏苡仁。我知晓这是可以轻身避瘴的食材，途中必经过瘴气环绕之地，就从随身携带的物品中找出一捧槟榔子,让军中出发的弟兄每个人在腰间悬挂,以驱散蚊虫,不至于在经过瘴气散发之地时感染恶疾。哪知来了这森林中就迷了路,天色已晚,瘴气散去,我们就卧地而睡。第二天醒来,不见李岗,且各位弟兄腰间的槟榔子不翼而飞,这是李岗要借日升后散发的瘴气置我等于死地。军中弟兄一个个胳膊红肿被蚊虫叮咬,又食不果腹,想从原路返回,渐觉体重难以支撑,不久个个轰然倒下。我便沿途把尸身聚在一起,终日看护,免遭豺狼毁坏。一个人又掘不得十人坟墓,便只好让他们随地而卧。今天你来时,我正站在树杈上看可有客商、游士、兵丁、猎户经过此处,好带我出了这丛林。”说罢,拿出一棵槟榔子说:“这个给你带上。我一路带了三颗在身上躲避蚊虫,被李岗在腰间摸去一颗,如今只剩两颗藏于股间,才得以保命。”

赵苛接了槟榔子,系在腰上,说:“你们同穿战袍,出生入死,李岗为何要对你们加以迫害?”

皮尤说:“李岗加害了队中弟兄,回去好报上损失,等行宫修好,他一人监工也是大功一件。实际上,他早已秘密升至军中什长,此时借机杀掉我们大概是领了军中校尉的意思。因为我们这一队人平日皆对时局运势不满,日夜骂军中将领,所以被校尉挑出毙于此处。另外,村里修行宫的村民穷凶极恶,胆大到视朝廷威严于不顾,密授李岗除掉军中监工弟兄,从此不受拘束。穷山恶水出刁民,无人监工还修得行宫一处,岂不是要大大封赏?”

赵苛说:“我只是想装满水囊,哪知道引来了这么多故事,我刚才分明听见了泉涌之音。”

皮尤说:“途径山谷的路上,我见有一处瀑布,那里的水最干净。我们来的时候,还看见有两头狗熊立在瀑布间的岩石处捕鱼呢。”

三

赵苛在皮尤的带领下来到了瀑布边，往水囊里灌满了水。不远处瀑布的悬崖边上有两头捕鱼的黑熊，赵苛仿佛听见黑熊的呼吸声，现在声音更响了，因为每一次呼气，黑熊都会发出一声低吼。两头黑熊看见了赵苛和皮尤，转身就向他俩扑了过去。赵苛举剑迎了上去。皮尤觉得这种攻击方式简单草率，甚至是自寻死路，因为下盘全空着，极易被黑熊的爪子撕扯到。但是，当赵苛到黑熊跟前的那一刹那，也就是眨眼的工夫，他突然改变了路线，做出向左进攻摆脱受攻击范围的假动作，剑也放了下来，和臀部一样高。在黑熊身体做出对赵苛的下一轮攻击调整之前，赵苛侧过身子，缩小了被攻击的范围，剑刃从胯下横过黑熊的脖子，划过一个美妙的半弧，动作干净利落。黑熊身上发出了一声像水桶丢到井里撞击水面的声音，鲜血从脖腔喷溅而出。

皮尤挥起刀对着剩下的一只早已暴躁的黑熊。可是几天没正经吃饭，皮尤眼昏，刚举了一会刀，胳膊又酸又软，又只好把刀立在地上。就在这时，呼啸着飞来了两只羽箭，射在了剩下的那只黑熊的胸口上。随着黑熊倒地，奔跑过来三个猎户，为首的那个拨弄着弓说："对付这种猎物，药箭最好使，近距离格斗太危险。"

为首的猎户剁下了两只熊的爪子，对赵苛和皮尤说："我们兄弟三人常年居于此处。我叫丁小冬，这是我二弟丁小夏，三弟丁小秋。你们从哪儿来？"

赵苛摸着被树凿钝了锋刃的长剑，擦拭着熊的血，说："我们是从洛阳途经此

处的过客,从附近村子来这里取水。多谢壮士相救。”

丁小冬用眼扫了一下皮尤,没有搭腔,拿出两只熊掌来,说:“一人一个悬挂于腰间,爪尖朝外。熊乃百兽之王,熊掌悬于腰间能呵退百兽。”两个人接过熊掌,悬挂于腰间,正要言谢,丁小冬说:“你们是被困于那片瘴气林中了吧,才刚刚脱险。我见这位兵勇打扮的兄弟印堂发黑,定是肺里灌满了浊气,心脑缺新鲜空气。我有醒脑化瘴的药,饭后给这位兵勇兄弟用一用。饱餐后,等着落日后气温降低,森林里散了瘴气,让我三弟领你们一同回村子。”

离瀑布不远处就是猎户的两间茅屋。一间作为卧室用,墙角堆满了弓箭、斧子、弯刀、锄头,床用兽皮盖着,床头上挂着一颗虎头骨,墙的另外两侧,一边是牛头骨,一边是羊头骨,唯独没有熊头骨。屋里炭火烧得正旺,进来不一会就浑身燥热。门缝上缠满了干草,能抵御凛冽的寒风。另一间屋内,堆放的是各种药材,有毒药,有创伤药,有解药。还有许多造弓箭的器具。墙上挂了两副熊皮和虎皮,四肢伸展,毛皮尽开,仿佛让人听见了虎啸和熊中箭时的干号。

猎人们端来熊肉、獐肉、鹿肉。饱餐后,丁小冬和丁小夏留下看护森林,由三弟丁小秋带领赵苛、皮尤两人趁着夜色出发,徒步穿过了密林,进了村子。

村子里气氛有些异常,大家举着火把,围着里长,一边听他说,一边不时朝凑上来的赵苛、皮尤狐疑地看着。村子中央烧着明亮的篝火,在火光的照耀下,能看到周围坐满了人,有老有少,还有婴儿被抱在母亲的怀里。赵苛急切地想找到王炎,问是不是何应在给村子作法,搞一个别开生面的仪式。但是,赵苛看到所有人神情严肃,说话声音都很低,人群中弥漫着一股焦虑的情绪。一条狗冲赵苛和皮尤叫了一声,随即被黑暗中的人赶走了。有些人注意到了刚进村子的赵苛、皮尤、丁小秋,眼神空洞地看了一会儿,然后就朝人群处聚去。

“一定是熊精掳走了孩子。”丁小秋说。

王炎佩着剑,手里抓着一根长矛走了上来,拍了下赵苛的肩,说:“事情是这样的,今天在你去森林里找水源后,村里一个人气喘吁吁地跑回来,肩膀受了伤,说他领着儿子在瀑布边钓鱼的时候，碰到了熊精。那是一只熊精领着两头大熊，两头小熊。趁乱之中，这名村民被那头大熊一巴掌打在身上，滚出好远，熊精就借机把孩子掳走了。你看，站立在里长身边的那个陌生人就是他，肩膀上的伤被处理了，缠着纱布，开始还瑟瑟发抖，胡言乱语，何应念了一下午的咒语，才安静下来。”

丁小秋说：“熊还好对付。熊精是此山的精灵，还是稳妥些处理好。熊精掳走孩子也不是第一次了。”

赵苛指了指腰间的熊掌，对王炎说：“这是今天白天我在瀑布处的战果。”又拉来皮尤到了被绑的李岗旁，说：“你们全村人玩弄的把戏，被你的战友揭穿了，你和那些冤死的兄弟的账怎么算？”

李岗挣脱了绳子，说：“董太师在搞大规模的杀人放火，我这只不过顺应董太师的意思，让修建行宫埋伏诸侯的消息尽可能缩小传播范围。况且那死去的几个人都是对董太师不满的，我领命借势除掉他们，有错吗？各路诸侯发动战争导致董太师杀人如麻，免不了生灵涂炭，我借蚊虫之口毒死几个兵丁有什么？只怪我权力太小，小到只能杀死蚊子苍蝇。”

黑暗中又走过来几个拿着火把的人，为首的说：“那熊精在此处真是一害。这熊精在众山洞中都有熊兵百万，我们快到熊精居住的山谷间的时候，悄悄熄灭了火把。正在我们准备好药箭，悄悄走向熊精住的那一处山洞时，哪知天上掉下了一排排竹签，拦住我们去路。我兄弟几人知道中了埋伏，只好四散奔逃。可这陷阱连环，兄弟就陡然间坠亡几个。这时灌木丛里突然就闯出两只熊，一起上来的还有两头小熊，皆扛着火把引出几头未成年小熊将我们包围。我们且战且退，药箭频射。可这熊似那钢筋铁骨，刀劈斧砍不透。那熊精速度力量倒不在普通熊之上，只是像人一样智慧超群，竟放了我们一条生路。它们这是向村子示威，和村子讨价，真似绑票的土匪。”

丁小秋说：“那陷阱是我和大哥二哥新挖的连环陷阱，专门对付豺狼虎豹的，哪知被它们熟知利用。回头我绘制一张地图,把陷阱位置标出,再捉不迟。”

这时候有人击鼓,里长说话了:“乡亲们少安毋躁,明日由我去熊穴一趟吧。”

赵苛在黑暗中跟着王炎,来到一栋房子前。他们穿过低矮的门廊走进屋内,空气里充满着木柴的烟味。屋子中央焖烧着火堆,周围有橡木、白蜡木做的家具,地上铺着兽皮。里长坐在一侧的椅子上,心事重重。王炎说:“按说我们该上路了,可我们不明白,你一个里长怎么和熊精斗?不如让何应老道和你一起。别看他现在倒头大睡,关键时刻也许能帮上你。”

里长说:“我唯一担心的是那被熊精掳走的孩子。我倒没什么,和熊精这几年也算处了个邻居。我会熊语,到时候送样东西就行了。”

王炎问:“送活的牛羊祭祀用吗?”

里长说:“不是那个。我要凑些银子,找附近的银匠打制一只银鼎。熊精就爱这个。”

赵苛问:“熊精用这个做什么?”

里长说:“它能用来烹饪食物,接着是用来祭祀和宴飨。这玩意在风水上也被视为吉祥物。”

赵苛问:“这些年送了多少只鼎给熊精?”

里长说:“记不清了。掳走一个孩子送一只,大概是熊精开辟的山洞太多了着急用。这熊修成了人样,人喜欢的,它们也喜欢。”

赵苛说:“可这鼎赶制出来,需要许多时日,孩子怕命不能保,不如我们和猎户一路杀进去,来个了断。”

里长说:“急不得,急不得,熊只不过是绑了一个孩子,不可能会伤害他。附近是熊出没的区域,熊精能控制熊的举动。我们和熊精做了许多年的邻居,要相互依存利用。还好,它爱的不多,只爱银鼎。若有一天,爱上我这个里长的职务,可怎么办?我每从银匠那取走一个银鼎给熊精时,就赶制下一个。银鼎大概做好了,明天找人抬去山洞,由我和熊精用熊语对话。你们都在村子等候,中午我大概就可以把孩子领回来了。"

被掳走的孩子被熊精扔在山洞里，被野生的桃胶黏住了眼睛，由两头小熊精看着。里长和熊精对话的声音浑浊有力，熊语在里长嘴里说得像噼里啪啦的打鼓声，不一会，里长和熊精的话停了，一只粗壮有力的手臂挽起孩子的胳膊，把他领出了洞穴。

被熊精掳去的孩子失而复得，村民们都很高兴。孩子的家长拿出家藏的佳酿和里长共饮。村子歇工一天，不去管那行宫的工程进度了。人们都问起孩子被掳走后发生了什么，孩子说："那两头小熊很聪明，好像能听懂人的语言。"村里人说："那是自然了，我们里长还能和熊精说一种话呢。"里长低着头，说："这有啥，和唤骡子唤马一个唤法。等熊精一死，我这学问也就熬到头了。"众人都乐了。

赵苛和王炎往马槽里准备饲料，马吃过饲料，就该和何应商量着启程了。这时候，有人急急忙忙地跑来，说："不好了，不好了，过村的尹货郎看着里长的儿子被两只小熊拐去了。"众人一听都着了急。尹货郎浑身货物叮当锣响地奔了过来，累得一头倒在地上，旋又爬起来，抖了抖身上的土，说："我走过山腰时，发现两只小熊正引诱着里长的儿子朝山背面去了。小孩浑然不觉，只顾着一路走，我喊他也不应，倒是那两头小熊回头瞅了瞅我。想必是铸造的那银鼎成色差，里长的儿子被绑了，去逼里长再做个好的换回儿子？可这么紧的功夫，去哪儿赶制银鼎啊？"众人怒曰："你为何不拦下那两只小熊，夺下孩子？"尹货郎说："哎呀，我岂能和熊精打架。这都是仙界的事，只能麻烦里长往仙界再走一遭，解铃还须系铃人啊。"

王炎对赵苛说："听见了吗，有差池，这人恐怕得我们救了。"

赵苛说："那片瘴气的丛林不必走，我现在连这里的猎人也信不过了。这村子怪极了，仿佛山水都是黑的。我们绕过这座山，直取山后，按照小熊掳走孩子的路线，走山谷北面。熊居住的那几十个山洞不必去，那是给常人摆的障眼法，去了反而耽误功夫。”

两人叫上皮尤，备了马，只对村中人说了些感谢款待的话，就驱马往山腰驰去。到了山谷，需要爬山，三个人都勒紧马缰，驱马用力攀爬着山崖。山崖陡峭，马蹄吃不上力，于是撂下马，三人步行穿过山北面。

用了几乎一天的时间，爬到山背面，看到山脚下在月光中有一阵火光闪闪的三间茅屋。

走进茅屋，几个人正光着背忙活，炉子上簸箕一般的大盘子中滚动着银光闪闪的汁液。这是在熔炼，接着就是压模、锻造、抛光。三个人来不及欣赏银匠的手艺，一个大汉看了看他们，说：“找人的吧，那屋有个孩子。”

三个人到了隔壁，见里长的儿子把脚伸向碳堆取暖。王炎问起熊的事情，男孩说：“它们很像懂人事，不欺我，不蒙我，像有无数话跟我说，对我也绝无恶意，但是它们不敢进村子，我就跟着它们走。一直走到了山谷后的一片开阔地，那里有奇香异果，回头寻不见它们，我不觉馋了，摘下几个吃，吃完倒头睡，睡醒了看着它们守着我，招呼我继续往北走。我见天晚了，就自己沿着原路返回。路太长，走到这里，我怎么也走不动了，就在这银匠铺歇了歇。”

赵苛就和皮尤轮换着背着男孩沿着路往北走，等过了那处有奇香异果的开阔地又沿路走，不觉天微微亮了，到了赵苛毙熊的瀑布处，原来这山腰中的路都连成了一个圈。赵苛放下孩子，看见远处山石上有猎人丁氏兄弟三人正训练黑熊，对两只小熊用皮鞭抽。王炎大喝一声，那两只小熊干号起来，似乎是在哭泣。丁氏兄弟一见他们就收起了打猎时的温和面容，要把接近事实真相的三个人就地取命，放了三头驯化的黑熊来围困队首的王炎。王炎上蹿下跳的，像只猴子，不一会到了树顶上观察着三个猎户。赵苛对围上来的黑熊，闪、转、腾、挪着步伐，运气后一剑劈倒了一个，也学着王炎的样子爬到了树上。皮尤和男孩站在远处的岩石上，远远地观望。

远处飞来了几十只箭羽，是里长领来的邻山猎户。丁氏兄弟看见远处火把涌动,知道是村民齐聚而来。两头黑熊被弓箭射中轰然倒地。丁氏兄弟有两人肩膀处中箭,皆一个个鹞子翻身跳入瀑布而逃。里长领着猎户冲上来,大喊道:“姓丁的弟兄们,为何掳走我儿子?”

那两头小熊见有人来,满口哇哇乱叫,好似有莫大冤情。王炎从树上跳了下来,用刀划破熊皮,说:“这事果然有不可见人的目的!”可扯这熊皮却怎么也扯不动。里长说:“你们三人既然已知修建这行宫的秘密,又救了我儿子,丁氏兄弟已逃去,这秘密我也不隐藏了,憋在我胸口好久了。这笔孽债还要从十常侍作乱说起。宫中搜刮来的银两被一个唤作丁御史的人护送至我们村落和周围村落,没几年仿佛另建了一个国库。为了躲避宫中内乱,也怕搜刮库银这桩案子牵涉到家中老幼,丁御史就把三个儿子放到我们村寄养。可是随着银子数目越来越多,有人从背后下黑手杀了丁御史。丁御史一死,这些财宝便成了无源头的私财了。哪知丁御史死前知道这事的凶险,对未来早有预知,不做枉死的冤魂,就把事情里外跟三个儿子交代了。三个儿子长大,也不跟村里人同居一处,倒做起了山中的猎户。后来,村里的孩子就一个一个地少,我就收到了丁氏兄弟的密信。信上说,这些孩子不是白白掳走,如果想挽救,就用丁御史押送来的银子铸一个银鼎送到洞穴里,而且要说有黑熊成精,否则丁氏兄弟就要把这村中藏官银的事情捅出去。我为了不两败俱伤,只好照做。我知道,在丁氏兄弟身后一定有犬牙交错的新旧势力集团的支撑,这是丁御史死前留下的,我们全村没实力和他们抗衡。十几年前村里人下了黑手,我作为一里之长,只好瞒着村民把这笔孽债还清。丁氏兄弟这是在替他们父亲挣回丧失的尊严,用钝刀子割肉。我已痛习惯了。但不知这次丁氏兄弟为何要掳走我的儿子?”

赵苛说:“怕不是丁氏兄弟的主意,是这小熊精有话讲,借你儿子之口把我们引到这里。”

里长说:“这些小熊精是丁氏兄弟见孩童独自玩耍,于是拍了花子,掳至外乡,先用哑药毁其哽嗓,令其不能言语。而后用大针攮其周身,致热血淋漓,趁着

血热，涂抹一层特制药胶。而后将驯养的一头狗熊屠宰，剥去熊皮，包在孩童身上。不出三日，人血熊血黏在一起，永不可挣脱。他们之所以不敢进村，是怕村里不明真相的人的剑斧，也是在我和丁氏兄弟间互为鱼肉怕遭屠戮，这几年人不人、鬼不鬼地活怕了。”

王炎问：“这么多的银鼎去哪了？”

里长说：“去哪了，当然是去了银匠铺那里。那里把银子熔了铸成银鼎，又把银鼎熔了铸成银锭，正所谓‘熔了铸、铸了熔’。这十几年来的银锭早有去处，想必是回了洛阳或进入了新起的势力集团的口袋。许都这地方将来一定卧虎藏龙，光流进流出的银子就不少，能建立一个小朝廷，光我这一个荒山野外的小村子就有如此玄妙的故事。这铸银鼎的事情仿佛是民间和朝廷抗衡的砝码。可是我们对抗不起他们，你们的出现是压垮这种平衡状况的最后一根稻草。我一直在试图维持这种平衡。可我连一个银匠铺也对付不了，银匠铺连官银都敢熔，丁氏三兄弟和村子分道扬镳，我觉得一场新灾难即将慢慢降临。”

何应、赵苛、王炎三人与皮尤做了告别。皮尤对王炎等人说：“这些年有不少人是死于战乱之外的事情，我要驻扎于此，掩埋好森林中兄弟们的尸骨。在这里和李岗一起监工，看着行宫修好。听天由命，看夺取我生命的势力有多凶猛。它没准正躲藏在角落里暗暗观察。你们此去也要一路小心。”

王炎在路上说：“也许朝廷灭了，村里多了一个年老的行宫守护者。我相信，李岗会随着众人一起老去，唯有皮尤的精神还在。”

赵苛说：“但愿为董卓修建行宫能成为他们全体村民身上的一张护身符。”

何应说：“高县令回天无力。如今辖下的村子出了这么大的事，许县的市面上居然看不出任何风吹草动，高县令还有空斗鸡养鱼。可能是为官者心里装的事情多，忘记了过去的很多事情。遥远的事情，当天的事情，如果一件事连官员都不记得了，我们这些凡人怎么可能还记得？”

马在平地上撒欢跑了起来。三个人的右边是渐次而下的谷坡，每隔一段距离就有绿色的山脊。他们左边是对面的谷坡，长满了松树，显得更朦胧一些，因为更远，与地平线上群山的轮廓融为一体。正前方，是一望无垠的谷底，一条河流在谷底蜿蜒，直到尽头。更远处则是无边无际的沼泽地，布满一块块的池塘和湖泊。河的右岸，在眼光和阴影的交汇处，能看到升起袅袅炊烟的一处村庄。

在谷底处，三个人看见有一伙壮汉抬着一个孩子，中间跟着一名法师。众壮汉把孩子绑在树上，堆起柴火，正要点火。赵苛、王炎骑马冲下谷底，用马蹄踢飞了柴火，再转睛望那孩子，已经是奄奄一息。

其中一个壮汉说："外乡人，不要插手我们村的疫情。这孩子患了鼠疫，村子里已经有不少人死于鼠疫了。"

何应看那要作法的法师，阔眉巨眼，宽鼻大嘴，身着近似对襟的深衣，腰束带，双手各持一圆筒形物举于胸前，衣上有云雷纹，下缘有一周垂绦。他头上带了冠，冠的前端有上翘的圆角扁长方形的接口，接口的四周都有圆穿，接有其他金银部件。冠的两侧各有一只鸟类的大眼睛和一个圆形图案，后上方有两只长而尖的驴耳状的装饰向两侧斜张，正上方立有一条象鼻状的装饰。双腿着鸟爪状紧身连裤、鞋袜。小腿处有云目纹，双足各踩一鸟头状卷云纹鞋。

又一壮汉说："这是如雷贯耳的崔法师，曾为宫里辟邪，为大汉消灾，今天特地到此处，救我乡党于水火中。"

赵苛小声对何应说："你们这些臭道士都是打着匡扶天下的幌子出来卖弄名头。大汉病入膏肓，岂不是为权者迷信仙道，倒没一个君王爱民如子！"

何应不理会赵苛，要和面前这宫廷法师斗法，运用起了"圆光术"。他将麻油涂于纸面和手上，然后口念咒语，同时请王炎观看手中的镜像，让他叙述镜相里面出现的画面和情景。

何应背对着众人，伸出一只手举在半空。赵苛看着何应的手，不时用眼瞧一下王炎。王炎说："房梁上的老鼠被绳子捆扎，鼠蚤一个一个跳下来，跳到众人吃饭的碗里和猫狗身上。这乌鸦蚕食完部分房梁上老鼠的血肉，飞出楼台，进入下一户人家，家家有绑的鼠。依我看，鼠疫先放在一边，一切皆是人为的。”

何应攥紧了拳头，将手放下，说：“既然是一条救不活的命，那就给贫道医治医治，真要救活了，也算列位施主助我功德一件。”

众人见何应嘴上说得蹊跷，便问：“你有何法相救？那就把这孩子医活，给我等看看。”

何应说：“如此，甚好，甚好。”

崔法师和众人甩袖而去，只留下三人。王炎和赵苛看见不远处田野间有一处草棚，想必是夏天瓜农搭建的，就把孩子抬到避风处给何应医治。

王炎和赵苛进了村子，拿出随身文件给里长看。里长一看王炎乃是大名鼎鼎的高县令手下的亭长，见赵苛相貌不俗，又知道高县令日理万机，遣二人外出必有要事相托，不敢怠慢，好酒好茶款待。

正坐饮间，一人闻讯而至，是村里最阔的财主张一合。张财主财大气粗，不光兼并了此地几个小财主的土地，让全村近乎一半的人都成了他家的佃户，还和高县令打得火热。这一来，既是尽地主之谊款待高县令的手下，最重要的是听说王炎等三人一进村就挽救自己患鼠疫的小儿子，免于血光之灾。

张财主坐在桌子一旁，唉声叹气地说：“谁让村子里闹鼠疫呢。我四个儿子，三个都被鼠疫夺走了性命。我这小儿子，崔法师说病得最重，就是放进棺材抹上生石灰也盖不住邪祟。不过，这小儿子死便死了，我倒不心疼，是我那小老婆和别人生的，小老婆已让我休了。”

王炎说：“村里就没什么针对鼠疫的举措吗？”

里长说：“岂能没有，崔法师带了药，成麻袋的大黄、朴硝、枳实、川朴、犀角、羚羊角、黄连、黄芩、车前、泽泻、连翘、牛子、桃仁、红花、紫草茸、紫花地丁、紫背天葵等给大家喝，药钱都是张员外掏的。”

张财主说：“有的村民还把药撒进了水井里，让人们日日喝，也不见有效，人还是一拨拨地死。”

王炎和赵苛喝酒间递了个眼色。饭毕，张财主说：“请诸位到寒舍一叙。”

赵苛推说头疼，到外面见太阳醒醒酒。王炎欣然接受，跟着张财主去了他家中。

赵苛找到草棚下的何应，何应说：“染鼠疫者胳膊上和大腿上以及身体其他部位会长出青黑色的疱疹，或间接呕血。这孩子体态完好，但是脉象悬细，面色苍白，时而昏厥，伴有呕吐。我给他治一半，剩下一半让村里的崔道士治，以撬动其中玄机。”

赵苛按着何应描述的村子根据风水所建的坟墓具体方位，游逛了半个时辰，找到了一片新起的坟。他找来两片扁平的鹅卵石，飞快地挖着坟头上的土，累得直喘粗气，不时看周围是否有人过来。终于手背碰到了坚硬的棺材盖，赵苛清理了上面的浮土，一剑下去，把棺材盖撬了起来，可里面空空如也。赵苛待了半天，喘了几口粗气，连挖两个坟，坟内一切俱无。

王炎在张财主家做客，听见有钟响，张财主说：“那是小儿在玩闹。这口青铜钟是崔法师带来的，说是闻听村中有鼠疫，用来镇压魔祟，也可以让里长敲击它聚众宣讲用。这崔法师很有道行，每每启发我这小儿子心智。送来几只南方少见的鸩，又放了几条无毒的草蛇，让我小儿子观察鸩捕蛇的动作，锻炼胆魄视力，开拓视野。法师听说我的另外三个儿子和我都嗜茶如命，就带来一种香茶种在我家林中坡下。后来，当茶林茂密，异香扑鼻时，崔天师又赠了几个茶壶，说用此壶喝茶可以增进茶香，让饮茶者享尽顶尖口腹之欲。我想我都这一把年纪了，应该持重些，年轻时该享受的都享受了，就把控住了自己，没用这把壶。三个儿子最爱用此壶饮香茶，边饮边吟诗作对。想当初，家中好一派热闹景象。”说着不觉间老泪纵横，用袖拭之。又说：“可怜我那三个儿子年纪轻轻染上了鼠疫。想来崔法师的壶，我和我儿子都无福受用，不如阁下拿去权当留个纪念。这壶轻巧得很，不喝茶也可供把玩欣赏。”

王炎接了此壶，道过了谢，又说了许多劳心费神的话，劝张财主保重身体，就离开了。回到里长提供的住处，赵苛已经回来了，坐在木椅上喘着粗气，说："我一连挖了三座坟，都是空的。这鼠疫怕是假的，做给谁看的呢，幕后指使是那崔法师还是里长？"

王炎没有吭声，拿起从张财主家拿来的茶壶仔细辨别。看到这个用陶土制成的茶壶，感觉有些奇怪，因为陶壶底部看上去很厚重，但是持在手中却非常轻巧。王炎仔细端详陶壶内部，发现底面有一些用肉眼几乎很难看清的微小孔洞。王炎有意往地上一摔，随着"啪"的一声，从碎裂的底部残片中现出了一些粉末状的东西，经过仔细辨查，竟然是慢性鼠药。

王炎拾起地上的陶壶残片，细看了半天说："我检查陶壶残片上的毒药，保存得很完好，丝毫没有浸过水的痕迹。这说明这把壶在张财主手里，至今未曾沏茶使用。也就是说张财主三个儿子死于非命，但张财主无事，是陶壶中暗藏的毒药没有发挥出任何效用。马上把这个消息通知何应，让他上天入地也要找到医活那孩子的解药。"

四

赵苛看着地上的陶壶碎片残渣，说："张财主也许是有意拿壶试你，他怕有灭顶之灾。这里面的水有多深，敌人究竟是谁，我们都不知道。面前都是一片安详气氛和讨好我们的笑脸，只是闹了些鼠疫，我们不要真被张财主牵着鼻子走了，谁也保不准意料外的局面是什么，也许我们该走了。"

张财主患鼠疫的小儿子是小老婆的私生子这个消息很快就传遍了村子，也不知是不是里长有意放出消息。这天赵苛走在村子里，看见家家村妇们都掏制着糯米，连续几天，一直如此。赵苛对几天一直在村外照顾男孩的何应说："根据王炎的判断，男孩可能是鼠药中毒。"何应说："那孩子清醒时，我已问了，是捉崔法师送的鸩时，被羽毛刺破皮肤，才招致此害。我已用凉水、生豆汁、熟豆清掺合在一起让其饮下，可以解毒。"

王炎向归来的赵苛问道："张财主的小儿子病情怎样了？"

赵苛说："何应能控制。现在要不要撒手，村内已经把张财主小儿子是小老婆私生子一事传得沸沸扬扬。"

何应等三人将虚弱的男孩交到了张财主手上，说："我等尽了一切力量，待观察几日再说，备下寿衣寿材冲一冲也好。"

张财主点头言谢，备上了一百两银子，被何应等人婉拒。

第二天夜里，张财主的小儿子气若游丝，里长和村民聚集在张财主家门前，由村民为小儿子穿好衣物，备好棺椁，棺椁上涂了一层厚厚的生石灰，午夜下葬。

这天夜里，张财主的小老婆偷去家中金银细软，跑至他乡。张财主想起家庭的败落，无人继后，拼命用钟杵撞了一夜的钟，丝毫没有休息，村子的人也惊心动魄地听了一夜没有合眼。

里长挽留三人再多住几日，等何应和崔法师一起搞个仪式，把村中鼠疫中死去的老幼超度了再走，三人只好点头应诺。

何应听说附近有个道观，并听说崔法师在那里出的家，决定看看这妖道修行之地。

何应入了观，感觉一般，并未发现稀奇之处。接应的道长听说是崔法师的朋友，笑呵呵地备茶礼让，对何应讲："崔法师最体谅民间疾苦，还在幼年就立下誓愿要拯救天下苍生。那日离观前，对贫道说，要让村里的人都信道，给观里送来许多善男信女，在观中吃斋修行。如此妙事，就是神仙下凡也难以做到，贫道是不敢妄言的。"

何应果真看见观中比普通观里多了许多道人修炼，听见钟声，半天一下，轻重不稳，似乎是力气不够，问："敲钟者何人？"

道长说："几日前送来的一个病入膏肓的孩子，治了一半，病势大体控制住，不知为何突然不治，差点酿成事故。我观懂医术的道人每每小心服侍，灌以汤药，现已恢复如初。只是不知道最初的治疗者是谁？是此人医术精湛，才抢得了治病先机。"

何应便假借出去方便，闻着钟声步行来到钟旁，敲钟者果然是张财主的小儿子。何应问那夜丧葬之事，男孩说只记得半夜突醒，浑身乏力，在一个四周铁铸的罐里被闷着，出不来，又倒头昏睡而去。

王炎和赵苛正在吃着临走前最后一顿酒，里长正招待间，忽然有人闯入。别人都认得，此人就是和张财主的小老婆偷鸡摸狗之人。来人鼻涕一把泪一把地说："里长，鄙人的妻子失踪了。"

里长说："你妻子不是染了鼠疫，昨日殡送了吗，怎么又言失踪？"

那人一时语塞，里长也不知下面如何接话。这时候，几个村民进来说："刘四失踪的老婆找着了，在张员外家里。"

里长和众人一起赶到张财主家。张财主丧了四子，小老婆已跑，人已是半疯状态，家中的院子里果然躺着一妇人。众人禁不住傻了眼，只见那妇人面色淤紫，眼球脱落，七窍流血而亡。

刘四张罗着报官，要惩办张财主。张财主不理众人，光天化日之下对着门口小便，口内念道："大老婆心力交瘁，随四个儿子去了。小老婆又自己拿了陪嫁找了新婆家。来的这个女人，不认识，不认识，上天赏给我的，也抵不上我那两房媳妇。"

这时候，王炎说："大家不要看这疯子了，这不是命案现场，请跟我来。"

众村民和里长跟着王炎来到村中的铜钟处。王炎和赵苛运足力气把钟搬了起来。就在钟座离地的一瞬间，不仅是王炎和赵苛，包括里长、刘四和众村民在内，都赫然瞧见了下面已经干涸的斑斑血迹。两人又把钟重新放回原位，王炎说："这个道理很简单。小时候捉鹌鹑，就是在野地上支起一口铜锅，里面撒上谷粒之类的食饵，待鹌鹑进入其中被扣住后，用锤子反复敲击锅面，只一小会工夫就把那些鹌鹑震得浑身发紫，眼球脱落而死了。至于这个女人为什么会待在铜钟里，里长，你和崔法师谁来解释呢？"

就在里长觉得百口莫辩的时候，何应领来了张财主的小儿子。那孩子直接冲到张财主的怀里，张财主恍惚间恢复了些知觉。

男孩说："整个道观里，都是我们村得了鼠疫死了的人。"

王炎说："说得真好，可是唯一该知道此真相的人是张财主，他已疯傻到看不懂这个世界了。这个世界一开始就欠他一个真相。"又说："孩子分明已经入棺，倒入棺材的是石灰，气味极其刺鼻难闻。小孩子是如何忍住没有呛醒、大闹入土仪式的？"

赵苛说："一切都是为了掩住我们和张财主的耳目，没见着村里家家赶制熟

糯米吗？我猜，把第一个人送进棺材里，倾入的就是糯米粉。”

里长说：“几位果然是县令手边的要员。不错，这天正是轮到了刘四的老婆装死的时候。棺材入土后，张财主的奴仆散去，就该把刘四的老婆暂时放入铜钟内躲藏，等到夜里被人护送至最近的道观，只是一味吃斋，后面的事由我和崔法师张罗。怎料张财主一时失态，下了此手，使得刘四老婆命丧钟内。想必是崔法师想嫁祸于人，才命人把尸首抬至张财主家。”又说：“张财主家太富了，村里贫富不均，在附近一带他的生意也是欺行霸市，村里人就请来了附近道观善于算计的崔法师。崔法师说除掉他四个儿子，他即使不死，也后继无人，老婆又做不了主，家里的财富也好被我等瓜分。为了打倒这个土豪，村里人心是一致的。我作为一里之长，又有什么办法呢？民意难违啊。”

几个人没有再谈论崔法师，崔法师也仿佛找了个地缝钻了进去，就此消失。王炎对里长说：“许县许久后或会成为兵家必争之地。到那时，兵灾殃及村民，是十个张财主和崔法师下凡也抵挡不了的，做人不该不讲良心。”

里长看着石匠一下一下给张财主的三个儿子和大老婆重新雕刻着墓碑，说：“这几个孩子的死法……就在墓碑上写死于鼠疫吧。”

赵苛说：“以前不就写的是死于鼠疫嘛！重刻一遍，谎话能成真？”

里长说：“第一遍刻心里有鬼，第二遍刻心里没鬼。君子坦荡荡，高县令辖下的错我来背。”

何应在踏上旅程的路上，问赵苛和王炎：“你们从我释放‘圆光术’时的手心里可看出了什么名堂？”

王炎说：“这个岂不是心有灵犀？你那手上肉乎乎的白净如初，是借你的手造假，来撕破这漏洞百出的鼠疫事件的真面目。”

何应问赵苛：“你怎么当初没和王炎一起借势怼那个崔道士呢？”

赵苛说：“我以为你真的释放了什么法术，是我肉眼凡胎看不见。”

三人笑了一阵，马蹄在一个镇子上停下了，下马找客栈打尖。

等着小二切牛肉沽酒的空儿，看见门口两个农夫打扮的人立在那里，比画着，嘴里念道："就是座空坟啊，什么都没有。"

王炎又多叫了两盘熟牛肉，把那两个农夫打扮的人喊过来，说："老兄，过来一起喝酒，我顺便打听个事。"

那两人一叫便应，过来捏起牛肉喝起了酒，一阵猛灌过后，有些醉意，其中一个问道："你们是官府的？"

王炎说："哪里是什么官府差人，我们是行走江湖的买卖人，专给人算卦。"说罢，指着何应说："他是卦师。"

两个人醉眼蒙眬地看着何应的打扮，点了点头，说："镇上曹老汉的祖坟里有宝贝，可祖上埋下了机关，谁都不敢进入，他就广招天下勇士，凡是能从里面运出下葬宝贝的，他愿意和有功者将财宝三七分。现在镇上有四分之一来的外地人，都是盗墓的行家，来一探究竟。"

赵苛问："你俩找着宝贝了？"

那俩醉汉一抹嘴，又灌了一次酒，说："空坟，明明就是座空坟。很多扮作商人的盗墓行家都听说是座空坟，要启程走了。真不知，那曹老汉守着一座空坟天天瞎寻思什么，白费工夫。怕是那墓早年间被人盗空了吧。"

两个醉汉仍旧喝着酒，王炎等三人从客栈出来，瞅了瞅街上，果然不全是引车贩浆之流，不少人背着包袱，短打扮，扛着锄头，腊月寒冬的也不像是从田间回来。不用问，包袱里八成是盗墓的工具。

赵苛问："那俩醉汉说的话靠谱吗？墓穴里真的就什么都没有，什么都没有还招来这么多嗜血的苍蝇。"

王炎说："他们给我们设了一个假象而已，劳师动众这么多人。我倒真想拜会一下那个曹老汉。"

一头毛驴驮着一个身披甲胄的人径直往东跑，毛驴上的人歪头趴在驴身上，后背中剑，三处血窟窿，毛驴的背上染了鲜血。

王炎看着毛驴说:“走,跟上去!”

三个人跟着毛驴在大街上一通追,来到了一个宅子前,见毛驴不动了,王炎上去“咚咚咚”敲门。开门的是一个小童,后面闻声跟出来一老汉,七十岁上下。老汉见了面前的毛驴,抚摸着驴头,看了看驴背上的死者,说:“郑捕头,你到底还得靠这头驴把你送回来。”看见倚着门框怀里揣着剑的赵苛等人,说:“奔着那座坟来的?来吧,里面一叙。”

小童奉上茶水,几个人坐定,王炎问:“老伯可是姓曹?”

曹老汉点点头,说:“对,对,我这盗墓的活把整个永安镇搅得不宁。祖上积攒了一点浮财,皆埋入墓穴。我膝下无子,想把这埋入土内的金银拿到这个世界上救济穷人,也算临死前积个阴德。怎奈没有下土捞金银的功夫,就散播了家中墓穴内有宝贝的消息,广招天下豪杰遂我心愿。盗墓的贼都被引来到这个永安小镇上,里头有不少是官府要擒拿的疑犯,就惊动了县里的高县令,差人下来调查,一是擒拿凶犯,二是查查我这个墓穴可否藏有不可告人的秘密。”

赵苛问:“今天驴上驼着的死者是谁?”

曹老汉说:“他是县里的郑捕头,带了六个人来。昨天夜里,那六个人都去蹲点了。镇上盗墓贼太多,六个人人手不够,只能先摸清情况回来向郑捕头汇报。郑捕头专门针对这个墓穴而来。墓穴的存在是引众贼前来聚会的核心,他要把这件事调查清楚。那些请来挖墓的之所以挖不出东西,是因为不认得墓穴里的暗门暗室和通往墓穴后门的路。大多数进墓穴的人转一圈,就以为走遍了整个墓室,其实只在外层,自然什么宝贝也撬不出。我想宝贝都在暗箱机关里,不会撂在月光下白让人捡去。要说起那头驴子,可是我的宝贝。被我一通驯化,领它进了几遍墓穴,已认得路。怎奈我年老体衰,在墓穴里见不得阴物,吹不得阴风,力气也不够,扛不动祖上的宝贝。广招盗墓人,一是墓穴是他人挖的,不是我亲自动手刨祖坟,说出去好听点儿。若真分完了宝贝,也好报告官府,擒拿盗贼,顺便也是功德一件。二是这墓挖在明处,天天有贼人盯着挖,宝贝出世的那天,一切没有了悬念，也算公平竞争，将来不会有生事者在我捐出宝贝后，为了盗墓的事再加害于我。郑捕头就是昨天夜里听了这些，半夜牵着毛驴进了墓穴，一定是在墓里遇上了剽悍的盗墓团伙，才落得如此下场。”

何应不言语，只顾埋头喝茶，突然听到外面一阵急促的砸门声，曹老汉说：“不好，一定是昨日随郑捕头来的捕快们来了，知道郑捕头遇害了，来传我问话。你们快走，不然会被当成和我一起密谋挖墓的盗墓贼再吃了官司。”

赵苛站了起来要说话，王炎用眼神示意他不要出声。曹老汉说：“我的屏风后面是间卧室，卧室席下是一道暗门，有条密道，是祖先为躲避山贼挖的。顺着密道，可以从这里走到墓穴去。等你们从墓穴后门出去，就离开我家几里远了。”

赵苛说：“没有毛驴带路，我们根本出不去，会困在墓穴里。”

曹老汉用眼看了看仍旧喝茶的何应说：“至于那匹领路的毛驴，一会儿我让这道士打扮的人从墓穴正门领它进入，和你们会合。你们两人身上挎着剑，晚上带剑出门是不符合夜里治安规矩的。”又说：“现在，请你们帮我抬一下，这门太重了，我拉不开。”

三个人一起动手，也是花了不少力气才把门拉开。门在他们面前立起来，露出一个方形的黑洞。

曹老汉说：“腿脚灵活的先下去，这条密道有很多年没有用了，谁知道台阶有没有垮掉。腿脚灵活的，即使摔一跤也不会太痛苦。”

曹老汉催促着大家，何应在那里喝足了水，放下碗，自言自语道：“我们陷入贼窝了。”

曹老汉还在说话，赵苛先入一步，王炎在后，迈步朝暗门走去。没有回头看曹老汉，两人直接进了那个黑洞，消失了。通向地下的台阶很平缓，扁平的石块嵌在泥土中，踩上去也比较牢固。头顶的暗门开着，有一些亮光，两人能看到一点前方的路。但是，就在赵苛转身对王炎说话的空隙，暗门关上了，传来了一声巨响，如同雷鸣。

两个人都停下脚步，站在那儿一动不动。空气不像王炎想得那样浑浊，实际上似乎还能感觉到一点儿微风拂面。赵苛对王炎说：“曹老汉把门关上了，他应该是急着把洞口藏起来，也许有捕快已经跳墙而入了。你听？曹老汉还在活动，肯定是他在搬东西准备把门压住。曹老汉自己都说，这密道很多年没人走了，如果前面有陷阱或是水挡路，我们回去怎么开门？”

捕快们迅速围住了曹老汉和何应。何应拿出罗盘盘腿而坐，嘴中念念有词地作着法。不一会儿，从大门而出，牵着毛驴，靠着曹老汉交代的方位，用罗盘做导向，朝墓穴正门走去。街上，一个人也没有，快到宵禁时间了，或者说，捕快的出现肃清了街道。

赵苛和王炎再往前走趔趔趄趄，发现有一线微弱的光，有时甚至还能分辨出彼此的轮廓，头顶不时有水滴落下来的声音，脚下不时出现水坑。赵苛问王炎：“曹老汉为什么怂恿别人盗掘自己家的祖坟呢？而且挖出宝贝还三七分。”

王炎说：“真相只有一个，那就是引起官府的注意，事情的真相还要等我们亲自去挖掘。”

两人往隧道深处走，路一直朝着一个方向，密道极窄，两人只能排成单列，上面的墙体挂着苔藓，露着粗壮的树根，而隧道顶部越来越低，最后两个人都要弯着腰走路了。赵苛脚下像触碰到了什么东西，借助微弱的亮光发现是一只大蝙蝠，伸展双翅，仰面躺着，好像在安睡。蝙蝠的毛看起来又湿又黏，面孔像猪，伸展的翅膀上的凹陷处已经积了水。蝙蝠身前有个圆洞，从胸口下方一直到肚子，包括两侧胸腔的一部分。

赵苛问：“能把它伤害到这种程度的是什么呢，是蛇吗？”

王炎则说：“做最坏的打算，我们可能被那老头子陷害了，这是一条不归路，前头可能有猛兽。”

走了几步，到了平地，赵苛说：“我觉得刚才那只蝙蝠好像躺在骨头堆上，我好像看到一两个人的头骨。”

月光刚好能从一处射进来，照亮了墙壁上的霉菌青苔。王炎拼命踱着脚，乍一感觉是碎石，但赵苛很快发现，其实脚下是一层破碎的骸骨。

王炎说："这以前应该是个古战场，汉室为了掩盖屠戮真相，在上面造了一座假陵墓。我想，曹老汉就是看管这个假陵墓的主人。他或许年轻的时候功高盖世，现在汉室垂危，没有什么好隐藏的了，就要和天下勇士均分这陵墓里的宝贝。或许这里头根本就没有宝贝，不然盗墓人为何都说墓穴是空的。"

赵苛说："你听到什么了吗？或许是只活着的蝙蝠，或是老鼠。"

赵苛再次仔细倾听，说："我现在能断定了，是人的呼吸声！"

一道亮光闪过，接着亮起一团微弱的火焰，火光下出现一个坐在地面上的人，随即又是一片黑暗。

又是一通打击火石的声音，一根蜡烛终于亮了起来，火焰慢慢稳定后，看清了面前是一头毛驴和穿一身道袍的何应。

王炎问："你从哪儿来的？"

何应说："我刚找到墓穴入口，光线就没了。你们是在等我吗？"

赵苛说："走来走去，原来是从一楼到了地下墓穴的入口处。"

何应拍了拍毛驴说："没关系，现在有这个，不会走偏。事实上，这个墓穴是外圈一个圆形弯道和里面两所房间构成的，普通人只能在外围转悠，因为外围的中央有一处墓穴，而这个墓穴似乎被掏空了，让很多人无功而返。屋顶越高的地方越是在外围，在墓穴内面，只能侧着身子过，我刚才试过了，那是走下楼梯进入两个房间的通道。两个房间相连，要先跨过前面一间。我半道折了回来，给你们带路。"

不远处，就是墓穴的窄口处，像是黑暗封闭的死胡同，走下去其实是一条暗修的密道，每到拐弯处都是个大转弯，像下楼梯。正沿坡度走着，隧道坡度突然下降，在走过了一段陡坡后，三个人来到了一间很大的地下室。

三个人都停了下来，他们的脑袋贴着密道顶部的泥土走了那么长时间，看到

这儿屋顶很高、材料坚固，都感到欣慰。等何应的蜡烛再次亮起来，他们意识到，这似乎真是个板板正正的陵墓。墙壁上有用隶书刻的陵墓所建成的资料介绍，两根结实的柱子后通向一道门，门后是一个两侧有圆弧状结构的房间，房间门口有一片月光。三个人又感觉一阵微风拂面，夹杂着土腥味。

三个人靠近房间，这里不过是一个宽阔的走廊，走进去又是一个圆厅，圆厅中间有一道拱门。何应举起蜡烛，照着拱门的下沿，恍惚间那儿似乎有一排矛头，对着地面。

王炎说："这里有一道闸门，有些年岁了，不知还能不能用。"

赵苛说："你看那边，那是拉闸门的绳索，还有那边，那是滑轮。闸内那四道绿光看见了吗？看来那个老头子经常到这儿来，喂闸门内的两匹野狼。"

王炎说："或许成豢养的了，没那么彪悍。这狼是对付谁的呢？"

赵苛说："想想地上的头骨。"

王炎说："那是历史遗留的。"

赵苛说："遇害的郑捕头。"

王炎说："他受的是剑伤。我猜这两匹狼是曹老头的保护神，在他被一股势力裹挟的时候，他会拉动滑轮，放出闸内的狼。狼的视力极佳，在黑暗中能咬死一切武林高手。随便你是什么门派，都会在近距离的狭窄空间和糟糕视野中对抗不了这般疯狂的撕咬。"

赵苛说："看来昨天郑捕头本领不够，选择绕了过去。今天我们替曹老头清理门户，让那姓曹的日后无处遁形。"

王炎说："真杀狼的话，要先把闸门拉起来。这就要砍断绳索，可能要浪费一些时间。"

赵苛说："就按你说的办。"

王炎说："何应，你拿着蜡烛，和毛驴到圆厅最远角站着，我猜狼可能怕火。门一开狼就能出来，我们彼此的耐心不同寻常啊。我能判断它们冲出来的路线，在它们突围的时候由你我劈死它们。”

赵苛手里握着剑,说:“开始吧。”

何应牵着驴,拿着蜡烛,走到圆厅弧角处。王炎向前迈了一步,举起剑,砍在绳索上,发出金属撞击石头的声音。大门晃了晃,但没有升起来。王炎叹了口气,重新站好位置,又举起剑砍了一下。

这一次,“哐啷”一声,大门轰隆隆升起,在月光下扬起一片灰尘,迷了王炎和赵苛的眼。

两头狼没有了障碍,径直跑出一个弯道,向何应和毛驴冲去,卷起一阵灰尘。

何应走了过去,吓了一跳,好像恍惚中被人突然摇醒了一样。王炎和赵苛持剑护在何应和毛驴身前,何应看见月光下两头狼的脑袋飞了出去。

王炎又一次举剑走在前面,赵苛跟着,何应在后头牵着驴,经过了第二个房间。这显然是一个衙门里的牢房模样,有炉子、烙铁、皮鞭。很难想象,汉室私设刑场的地方会窝在一个陵墓的暗室里。这里面关的都是些什么人呢?大概是社会上传言已死的罪臣和所谓的功臣。赵苛和王炎心里都不是滋味:所谓的藏宝之处,不过是汉室藏污纳垢之地。

这个房间气味难闻,是在任何环境下都没闻到过的。赵苛说:“这房间怎么有月光,连地上都是?”

何应说:“这就是藏银子的房间了。我们仿佛置身国库,那墙壁、地面、屋顶哪处不是用银子砌的,所以满屋银光闪耀。这得流多少功臣罪臣的血。可惜,带不走,竟和功名利禄一样被深埋于地下,消失于人间。这陵墓的形状,大概也是地狱的形状。”

赵苛还是将墓室仔仔细细勘察了好几遍,最后从脚下的一块银砖上听出了端倪。银砖很薄,只轻轻一掀就启开了。砖下,一个带台阶的黑洞洞的洞口露了出来。赵苛拿来何应的蜡烛,下到墓洞里面,经过一段长长的隧道,终于来到最底端。看样子这里是一个仓库,里面整整齐齐地放着一个个木箱子。赵苛打开一个个木箱子,发现里面竟然是空的。

王炎说:“好一个干净的墓穴。”

赵苛脑子发昏,差一点跌死在里面。

他们出了房间,走上楼梯,头顶接触的墙体渐矮,甚至必须弯着腰、屏着气,走过一条条曲折的通道,才又回到了墓穴顶层。他们没有再遇到危险,最后听到了鸟鸣声,远处出现了一大块亮光。不久三个人来到一大片树林中,晨曦初亮。

三个人想歇一歇,可毛驴不停下,一直朝山上走,三个人只得跟着。到了山上,在搭建的几个村舍当中,毛驴停了下来啃草。树林里闪出几个人影,对天弯弓,箭雨如飞。王炎和赵苛拼命挥剑挡着。一会儿,箭雨停住了,围上来几个兵勇。其中三个人,王炎等人见了一愣,是扮作熊精跳入瀑布的丁氏三兄弟。

丁小冬说了句:“冤家路窄啊,没想到又见面了。”

丁小夏说:“我们的父亲眼光深远,早在天下大乱之前,就将愿意另立朝廷的乱臣搜刮的库银埋藏于许县各地,这里也是一处。你们见到的引路人曹老汉原是宫里名声显赫的宦官曹公公,他为了我父亲复盘这个局面已操劳得满头白发。”

丁小秋说:“放出‘墓穴是空的’这句话,并不是盗墓者的亲眼所见,而是曹公公花钱有意让这些聚集在永安镇的人放出来的,想引各路豪强到此掠夺。银山在墓穴里搬不走,来的人只能跟着毛驴走的路线,上山见我们,同我们一起共商国是。遇到‘汗毛比我们腰粗’的,我们也好攀龙附凤。”

王炎说:“这是个有故事的驴子,竟能引来这等侠肝义胆之人。它的出生也算是大汉垂危的异兆。郑捕头是你们杀的吗?”

丁小冬说:“一个捕头能走到这步也是颇有耐心,我们劝他留下,他说还要侍奉高县令。汉室该亡了,高县令甘心做走狗,实在是逆流而上,将来难逃一死。郑捕头这种对天下事不上心的人,简直贱如蝼蚁,真是眼光短浅,只好让毛驴把尸首抬回去。告诉你,整个永安镇都是我们的人。”

丁小夏说:“整个许县都有我们的势力,很快会向外扩展。”

兵勇中的一个军官说:“我们有丁御史的手谕,让我等守护库银和掌控整个永安镇,等天下豪杰依仗丁御史运出的库银诛灭乱党,重塑新朝,结束乱世。你等不要要村野之风造反。”

王炎说:“丁御史早已成了乱世中的野鬼,如果汉室亡了,谁为乱党?丁御史恐怕是首位。”

赵苛说:“丁氏兄弟和镇守的兵将各领丁御史的遗命,如此喋喋不休,怕是各怀鬼胎,必在接待豪强之前就死于迸发的内斗当中,一山岂能容二虎。”

众兵勇和丁氏兄弟互看一眼,渐渐持刀包围了上来。山下亮起了点点火把。

五

王炎他们牵着毛驴到了曹公公家门口，把驴拴在门前的木桩上，何应说："就拴这儿吧。"

王炎和赵苛转头对身后的马捕头拱手致谢，说："多谢马捕头危难之中出手相救。"

马捕头说："这里离县衙不过几十里路，听说郑捕头神秘殉职的消息，高县令大怒，差我等四十余名捕快赶到永安镇，又有当地亭长集合当地民团近百人，才剿灭了为患的数十个起祸的兵勇。这些不过是乱臣门前豢养的侍从。活捉了丁氏兄弟，回去高县令要严刑逼问。"

赵苛问当地亭长："那丁氏兄弟说整个永安镇都是他们的人，不知亭长对这句话怎么看？"

亭长说："口出狂言。诸位还不了解老百姓嘛，风朝哪刮人往哪歪。诛灭了乱贼，这风波也便平息了。我已教民团把镇上通往外界的个个出口要塞严加防守，一定将这伙盗墓贼肃清，捆绑到县衙。"

马捕头说："那曹公公吞金而亡之前，说出了绕过陵墓通向山顶丁氏兄弟藏匿之处。曹公公这一死，阴魂不散的丁御史的左膀右臂算卸掉了一块。"

几个人一路向东，到达了扶沟县，见县衙点起了白灯笼。王炎说："真是十里之外，乡俗有异。朗朗乾坤，点什么白灯笼？"

三个人叫住路过的民夫一打听，原来今日是上届县令的"头七"。又问为何要在县衙点灯，民夫答道：“县令就命丧于此县衙内。”

王炎说：“这扶沟县虽还没被战乱祸害，一片朗月晴空之象，可乱世的毒已深入朝野骨髓。”

正说着，来了两个衙役，对何应说：“真是拜菩萨菩萨到，我们县里老爷想找法师做场法事，这不正撞着一个，快跟我等进去，好饭好茶预备了。做了法事，老爷高兴，没准还赏几两银子。”

王炎和赵苛也跟着，衙役问：“你俩也会作法？”

王炎说：“我们是法师的徒弟，白日捉凶，晚上捉鬼。”

一个衙役说：“没想到，这老法师还有两个高徒。不过，说多了没用，就是做场‘头七’的仪式，领了赏钱你们立马走人。”

衙役将人领到，就离开了。县令姓冯，见三人相貌不俗，不像是走街串巷之流，先备上酒饭，边吃边谈。

王炎为了能帮县衙捉鬼，直接亮了底，给冯县令看了高县令开出的县衙文书。冯县令一见文书，大喜，说道：“高县令是我朝中好友，怎好叫他有事务在身的手下替我县衙做法事？吃了饭，早些歇息，明早赶路要紧。”

赵苛说：“冯老爷，我们不是冲作法来的。请问你们这县衙闹过几次鬼？要是觉得说不出口，我等不会再问，明早赶路。”

冯县令说：“不瞒诸位，那鬼是冲钱来的，放置银箱的仓库每到夜晚便失盗。前任县令大怒，因为守在屋内的家仆毫发无伤，就认为是和这外来的窃贼有勾搭。于是，这天夜里，县令撤下家仆，自己睡进了仓库，埋伏好值班衙役，要一探究竟。连着几夜无事，前任县令放松了警惕，撤掉了衙役，自己一人睡在仓库。就在这夜他遇害了，连同银子五十两也一并失踪。”

王炎说：“丢的也不多，难道是家仆监守自盗？一个人能运出去这么多的银子？之后又丢过几次？”

冯县令说：“我上任以来没有，但我真的想捉住这帮盗贼，告慰前任县令的在

天之灵。”

何应说话了:“你让法师今夜作法,咱不如来个明修栈道、暗度陈仓,将所有人的注意力都转移到这场‘头七’法事上。这样一来,那帮鬼自然蠢蠢欲动,我们就可以来个堵上笼子捉鸡。”

这夜,何应做起法事,衙门上下忙里忙外,端盆烧纸,浓烟四起,火光霹雳。高香烧尽后,大家各人回各自房内休息了。

赵苛扶剑,豹眼圆瞪。王炎侧耳听着消息。那金库门前头朝下悬挂一排润过墨的墨笔,赵苛、王炎两人就藏在隔壁。赵苛最初只闻得双足蹬地之声,宛如燕雀踏地一般轻盈。稍后有开左右房门的轻微声音传来。赵苛在隔壁喊道:“有贼!大家速速起来!”站在二楼的冯县令也命家仆喊道:“今夜有鬼,守衙的速速点灯!”

家仆和冯县令从楼上冲下来,三个衙役早已把仓库围住,赵苛、王炎倚在冯县令身前。冯县令命家仆点灯,灯光一亮,只见围住仓库的三个衙役脸上多处点有朱墨遗迹,尚未擦拭干净。冯县令叹了一声:“原来是监守自盗。”几个衙役叫苦:“是听见呼喊声,我等才闯入仓库,就被染了一脸的墨。怎知,那贼飞墙跑了。”

冯县令左右拿不定主意,何应拿灯向下一照,说:“三个衙役皆光脚穿着袜子,捉贼哪有脱了鞋怕动静响的?”

第二天,冯县令备下酒水,对何应等三人讲道:“昨日多谢何法师指点,才破了此案。此外还有一事,也是我扶沟县的怪事,看在我和高县令有手足兄弟的情谊,还望诸位帮忙献策。”

冯县令把三人的酒杯一个个斟满,说:“前日,本县接到京城押送来的一个犯人,叫王敬,说是谋害了朝内大臣,怕押在京城出乱,遣至我处看守。那日我巡查牢房,那王敬见了我不光不拜,反而微睁双眼,把我通身上下看了一遍,突然身子笔直地坐起,拿起一道公文来念:扶沟县令冯进接旨!公文中说,朝廷念那王敬忠信,此案疑点颇多,似有冤情,案件打回大理寺重审之间,让本县照顾王敬生活内外的一切事务，对王敬提出的合理要求也要酌情考虑并予以办理。”

冯县令叹了口气，说：“这犯人我还怎么监押。等我接了旨，看到这公文上有皇帝的御批，当时吓得扑通跪倒在地，当夜就把他迁至后花园歇息。对这个带有圣旨的囚犯，诸位有何高见？”

赵苛说：“好办，放了他，我等戏弄戏弄他，便知其中道理，再监押他也不迟。”

冯县令说：“如此也太草率了些吧？”

赵苛说：“冯县令，你是怕你这个乌纱帽不保吧。前任县令都死了，如今天下处于战乱时期，杀人如麻，一个疑犯犯不着你吃不下睡不下，一切皆在我兄弟们眼界内。就怕那纸公文是假造的护身符，他是特地想从京城来你扶沟县避难的。”

冯县令把王敬放了。放了几日，据跟踪的衙役报告，王敬每天只在古玩市场转悠。

何应这日来到了一处名画古玩聚集地，值班的衙役指着王敬说：“那个就是王敬，他白天从来不出这个市场。”何应点了点头，就转而拿了一幅自绘的画。衙役和画摊老板交代几句，就专等王敬上钩。

王敬来到画摊，左转转右转转，最终在伙计新挂上去的一幅画前站定，指着画问伙计：“这幅画是何人所作？为何没有名字？”

伙计说作这画的人名字叫何应，是个穷困潦倒的人，也不知道具体住址，做好了画送来这里，店里帮着他卖，等卖了画他再来拿钱。

王敬点了点头，再次看起那幅画来。看了片刻说：“这画的内容讲的是《孽花缘》里的故事。”

伙计和旁观的人都不知道《孽花缘》讲的是什么。王敬便指着画里的男子说：“这男子叫张廷，洛阳人，是个秀才。有一天县里举行庙会，他在庙会上碰见了一个美貌姑娘，于是秀才情愫暗生，回家就打听这姑娘。后来得知姑娘姓陈，住得离他家也不远，于是就写了首爱慕的诗，托姑娘的丫鬟转交。画上的内容就是这一段故事。”

众人听得入了神，连忙问后来怎么样了。王敬笑了笑说：“接下来的故事自然精彩，但好故事有好图配着说岂不是更妙？今日就卖大家一个关子。等那何先生作好了后面的画，我再来讲解。”

王敬说完走了，衙役问避在一侧的何应：“就这么放他走了。”

何应说：“这才刚开始。这画没画错，天下的事总是像树一样，根连着根，能扯到一块。等我把九幅画补齐。”

三天后，何应拿来了画，一共九张，悬挂在了画摊上。

王敬又来了，店里的伙计笑道：“先生，这次画也全了，您就给大伙讲讲后面的事？”

王敬笑了笑，便指着何应画的画讲了起来。那第一幅画上，陈小姐坐在梳妆台前，就着烛光看几页纸，神情欢喜又娇羞，是因为收到了秀才的信。第二幅画里，说的是陈小姐看了秀才的信，爱慕秀才的文采学识，便写了一封信让丫鬟交给秀才，秀才十分高兴。第三幅画上，说的是秀才与陈小姐偷偷幽会的事情。第四幅画里，秀才来到小姐闺房，两人吟诗作对，缱绻缠绵。第五幅画里，秀才离去后，陈小姐听到似乎有人惊叫，然后在柴房发现员外倒在血泊中，陈小姐痛哭流涕。第六幅画里，衙门捕快追查凶手，在陈家院墙外发现了一溜脚印，脚印一直到秀才家门前，捕快们在秀才院子里发现了那双留下脚印的鞋。第七幅画，捕快们带着秀才来到衙门，但秀才一直申辩说不是他杀的人。第八幅画，秀才被带到了大堂上，堂上县令愤怒至极，台下秀才皮开肉绽。第九幅画，秀才被关进了牢里，陈小姐另嫁了他人。

讲到第九幅画的时候，何应走了上来，突然摇头叹曰：“不对，不对，这结局太荒唐了，我大汉朗朗乾坤岂有蒙不白之冤之事？画里的张廷乃是说朝中一官吏，名叫王敬，最后得到贵人相助洗脱罪名，和那陈姑娘喜结良缘。但作者似乎不知道妇孺皆知的宫内荆州刺史被害案，可惜呀可惜，不过是风花雪月之作。”

王敬听到这里，已经是热泪盈眶。原来《孽花缘》的故事和自己的遭遇极像，之所以来这古玩市场，因为这里人员混杂，最能躲避朝廷耳目，以便同党与自己通风报信。尤其是听到何应那两句“可惜”，好像故意借题发挥。就“扑通”一声跪倒在何应面前，说道：“先生，救我于危难吧。”

何应叹息道：“跟我走吧。”王敬连忙道谢，随着何应向前走去。两人来到一巷子里，两边闪出了几个捕快来，王敬还没反应过来，已经被捆了个结结实实。王敬这才知道自己上当了，原来捕快都是埋伏好的。

回到衙门，一通乱审，给王敬扣上了“杀人、越狱”两大罪名。

赵苛问何应：“走一圈把人捉回来，随便让县衙定个罪，图什么？”

何应说：“图他是个干净人物，这是在激他。这人前面的事和我画的内容差不多，只是真实情况我埋下了伏笔。天下的爱情故事都是一样的。”何应指着这九张画说：“这事还是冯县令跟我讲的。丁原是荆州刺史，宫内传出这王敬是他的幕僚，和丁原的养女孟小姐好上了。怎料，那日吕布逆反，在王敬面前杀了丁原，军士走去大半，连那孟小姐也被董卓霸占。董卓为了洗脱吕布弑义父的罪名，就找了几个替死鬼，其中就有王敬。李儒觉得在京城人多眼杂，杀丁原已是不义之举，杀丁原的幕僚就成了画蛇添足，就把王敬押送至扶沟县处决。怎料，皇帝给了王敬一道谕旨，使他免遭杀身之祸。我们要做的，就是把暗藏的潜在危机都激发出来，看这危机背后究竟潜藏着什么。”

第二日，王敬要见冯县令，说要笔墨，写一封书信给居住在洛阳的岳父。赵苛亲自拿着书信去了洛阳，到达王敬岳父家，敲开门，拿出书信。王敬岳父看罢声泪俱下，取来笔墨纸砚，写了一首诗，又作了一幅画，交给了赵苛，说：“你带上这两样东西去宫外的集市上，这幅画卖三千两，这首诗就挂在画旁，若是有人买了去，我家王敬的冤情或许就能昭雪了。”

赵苛看了看那幅画，画上的内容十分简单：一只兔子正仓皇奔逃，往洞里面钻，后面有只老虎正追赶着兔子。老虎的脖子上系着根铁链，铁链的另一端系在一棵很大的树上，看上去并没有什么特别。再看那首诗，写得却很别致：“穿堂而过寇剑去，一门约有千行泪。梦魂寒雨心酸处，与卿滩上见，买我家乡鱼。宫内幽房权且住，止泪写朝书。”赵苛愣了半晌，只好携着诗画来到了宫外集市。

到了宫外集市，赵苛找了个热闹的地方把画挂了起来，又把诗挂到旁边，旁边用毛笔写了几个大字：此画售价三千两纹银，若有人买，诗白送。

消息一出，引来了不少人，但奇怪的是，这些人得知那首诗是白送之后都走了。

一转眼过去了半个月，看画的人越来越少，赵苛的心情也越来越沮丧。更糟糕的是，这天一群官差来到画摊前把赵苛一顿呵斥，临走还强行抢走了字画。赵苛来见王敬岳父，王敬岳父说：“既已如此，甚好，你回扶沟县吧。”

等赵苛回到扶沟县，王敬已不在牢房里，又返回了古玩市场。何应和赵苛陪着，王敬说：“我那岳父叫王越，是丁原的朋友，还给皇帝做过老师。老人当时本想有一番大作为，不料董卓一伙奸臣当道，后来终于看不惯官场的黑暗，选择了隐居。称他为我岳父的原因，便是让人查我俩档案时无根据可查，故意留此疏漏，趁朝中大乱，偏安一隅。临走的时候皇帝送了他一首诗，说若是日后有难，可凭这首诗直接进京面圣。这首诗就是赵苛卖画时附带的那首。”

听王敬说到这里，赵苛突然想起了什么，问道：“这样说来，那天的那群官差就是皇上派出来的？”

王敬点了点头：“那首诗是当今皇上的御笔，本应无价，你标明白送。那幅画再平常不过，你却要三千两银子。相较起来，自然是对皇帝的大不敬，所以没人敢买。那幅画也是有深意的，树者为木，虎者王也，拴在一起就是个‘枉’字。一只兔子使劲往洞里钻就更简单了，是个‘冤’字，合起来就是‘冤枉’二字。董卓虽然不完全明白是怎么回事，但派人一打听，自然知道了事情的经过。皇帝如今被架空，抢走画的是董卓耳目派出的鹰犬。董卓知道丁原生前势力极大，威望很高，死后的余威还在，不是他这个自封的太师所能左右的。现在正是地方豪强起兵讨伐他的时候，他怕这封书信流进宫里，会掀起一场轩然大波，于是出此下策，干脆把我放了。起初，也是我和董贼的相互利用。董贼用我是想摸排出丁原一党的线索。怎料，假扮我岳父的王越使出了撒手锏，让董贼犹如捅了马蜂窝。”

赵苛问：“替吕布顶罪的其他人怎么办？”

王敬说：“天下人来救。董卓老贼会担负着天下的罪，最终拖不动，累死。”

赵苛问：“你那一道圣旨是怎么回事，把冯县令吓得够呛。”

王敬说：“那是董贼伪造的圣旨，专门设的圈套，不过是要让冯县令盯紧了我。这倒是让冯县令搭台，使得我和董贼来了场真刀真枪的较量。董贼多耳目，冯县令怕是其中一个。如今禁令解除，冯县令在我眼里，榆木疙瘩一块。”

话已说尽，王敬最终消失在扶沟县的市集里。此后，世上再没听说过王敬、王越等人。

王炎等三人告别冯县令之际，冯县令正气呼呼地在大堂里转来转去。被捕的那三个衙役已从牢房放出，衣衫褴褛地跪着，说：“那夜我们听见喊‘捉贼’，不光鞋来不及穿，外衣也没穿，才被那道士一通歪理驳斥。我等嘴笨，才让老爷当贼捉了七八日。”

冯县令说：“这银库昨夜又失守了，少了一锭二十两的银子，难道府上真的闹鬼？”

就在这时，家仆进来小声说：“老爷，许县来的高县令的手下要启程了，让小的答谢老爷的几日款待。”

冯县令拍拍脑门，盯着那几个衙役，“给我跪着，银库失盗案不破，你我都要被革职。”说着便小步跑出了院子。

来到衙门外的大路上，冯县令把昨夜府上银子失盗的事情备述一遍，王炎等三人皱起了眉头，又回到府内。

冯县令道：“以往都是把每年在外面收税所得的银两熔成二十两一锭的银锭，搬回银库中，整整齐齐地码在货架上。”

王炎发现这银库是用青石垒成的，极为牢固。而银库除了铁门，便只有一扇窗。那铁门上挂着一把大铜锁,钥匙一向是由冯县令随身携带,从不离身。见此银库固若金汤,王炎便怀疑会不会是冯县令喜欢饮酒,脑袋发昏,多记了一锭银子。

冯县令却斩钉截铁地说不会记错,因为他每天晨昏都要开库门清点一番,每日两次,从不间断。而失踪的银锭是搁在后边架子上的,已有些日子了,昨晚看过,明明还在。

赵苛过去一看,见架子的积尘上果然有一些银锭落过的痕迹。王炎沉吟了一下,说此事只怕是内贼所为,因为根本没有外人进入的痕迹,何况外贼也根本进不来。

听王炎说是内贼,冯县令大为苦恼,说这一府上下全是亲信,下人根本到不了内室。今天一早冯县令发觉少了银锭,已在家中细细搜过一遍了,根本没见那银锭的踪影。

听冯县令这样说了,王炎大为不解,实在想不通到底是怎么回事。不过赵苛毕竟经验老到,细细查看后,终于发现在窗台上有什么东西拖过的痕迹,贼人定是从窗口将银锭偷走的。可是他转念一想,又觉得不可能。这气窗离地足有丈许,外面全无可攀附的地方。而且这气窗不到半尺见方,一个人连脑袋都钻不进来。就算那内贼偷偷复制了主人的钥匙,那他明明已经从门出去了,又为什么要将银锭从窗口送走?而且仅仅只盗走一锭二十两的银子?赵苛左思右想,也想不出个所以然来。

这案子同前任县令的银库失盗案一直没破,冯县令急得焦头烂额。

何应在街闲逛,看见一群人围了一个圈,看一个自称为“百灵仙”的人变戏法,那人说世间活物,不论是鸟兽虫鱼,他都能驭使。何应见那仙人正引着一只公鸡在人群中跳舞,多看了会儿,不过是驱狗戏鸟之法,便匆匆回了衙门。

何应将路边的见闻讲了,王炎说:“如果那人驭使狸猫猿猴一类东西下的手,种种不解之处便都能解释了。”

冯县令听后茅塞顿开，叫道："不错，定然那是个卖鼠戏的！"

赵苛说："那为何偷了银锭不躲藏，还要如此卖弄暴露？"

冯县令想了想，沉吟道："只怕老鼠拉木锨，大头在后头。"

冯县令又仔细讲述了卖鼠戏艺人的事。

这艺人神乎其技，随着他唱的曲子，橱中的老鼠会一只只地跑出来，像模像样地表演一番，看得边上的人都瞠目结舌，大为赞叹。

有人便问那艺人是怎么将这老鼠驯出来的，艺人却不答。这艺人生得很是苍老，人也极瘦，嘴角有点胡子，看上去真似一只大老鼠。有人私底下就说这人多半是老鼠成了精，所以才能把老鼠驯成这样。

这人生意虽好，每天却只演一场，演完了便收摊回客栈睡觉。王炎曾走到面前问过他，既然如此受欢迎，为什么不多演两场。那艺人说老鼠与人不同，演一场就必须休息，否则会累死的。

一衙门的人都等着夜里上演这场"鼠戏"。

只是听王炎说了百灵仙的事，想那艺人既然能指挥老鼠演戏，去偷个银锭自然不在话下。冯县令心里着急，便立马要去搜那艺人，却被王炎拦住了："此人既然敢做这等不公不法之事，定然会有万全之策。如果打草惊蛇，反而不妥，不如暗中派人监视他。料想此人每次只偷一两个银锭，不会就此收手。"

冯县令连连称是，马上派人在这人所住的客栈里埋伏。到了后半夜，王炎忽然听得屋顶传来一阵细细的脚步声。他从门缝里看去，只见楼道里有几只老鼠捧着一个银锭，正沿着小路，快步向那艺人住的客栈跑去。

等老鼠钻进了屋中，王炎一下叫起了埋伏的捕快冲了进去。一推开门，几只老鼠闻声四散逃走，只剩那锭银子还在楼板上，却不见艺人。王炎看见房间里挂着许多画，画上的都是仙姿翩翩的女子。王炎虽不懂画，也觉这画似镜子映出的一般，落款是"花中君子"。一个捕快奇怪地说："那不是史员外家的史小姐吗？"另一个捕快说："是啊，好面熟，这像是北边卖米的老巩家未出阁的二小姐。"几个捕快常在县城行走，很快认出画上的人皆是扶沟县的百姓之女。

王炎觉得这个贼非同小可，似乎在演戏，但不知这出戏是要讲述个什么样的故事，就带了捕快悄悄地掩上房门走出客栈。回去后，把所见所闻跟赵苛、何应说了。王炎低头沉吟了半晌，说："他丝毫不避讳我们，这是在引我们出来。明天，何应你去街上应对此人，把你那一手丹青之术展露一下。"

第二天，何应一捋长须飘飘洒洒来到集市，腋下夹着一支斗大的狼毫。

冯县令的家仆在桌上铺好一张宣纸，引来了数人驻足观看。只见何应大笔一挥，纸上的十个字跃入众人的眼帘，竟是：一物降一物，卤水点豆腐。

众人不由地笑出了声。一个人上前去想把字拿下来，没想到这幅字像生了根似的钉在了桌上。围观的百姓大骇，虽然看不出老者有无功夫根底，但这样的奇人已属少见。

何应索性搬了个桌子，在街上繁华地段卖起画来。他铺好宣纸，挥毫泼墨，不一会儿，一位含情脉脉的纤纤女子跃然纸上，落款竟是："花中君子"。有字画店老板现场估价，称一幅活灵活现的美人图的售价可定在一百两银子上下，并走上去请何应借一步说话，谈谈买卖。何应摇头道："你说一百两一幅，可我现在只卖十两银子。"于是，人们争相抢购，奔走相告。

何应一看里三层外三层围满了买画看画的人，感觉到有点忙不过来，就又来了一手，每幅美人画卖价二百两银子，足足比专卖字画摊主的定价高出了一倍，一下子把扶沟县的字画行市都搅乱了。众人一下提起了兴趣，看何应挥毫泼墨。真爱画想出手买的人本来想买几幅回家，细细咀嚼画中美景，没想到"花中君子"是个怪老头，一下子就变了卦。

但大多数人其实都不是冲着画来的，而是冲着人来的，是想一睹这位藏于江湖大半辈子的美人画怪才。所以，画涨了价，能买得起的人不多了，但围观的人仍然不少。

临近中午，人群中挤进来一位极瘦，嘴角有点胡子，满脸怒气的"百灵仙"，大声呵斥道:“哪儿来的孽障,竟敢假冒我‘花中君子’的名号,再不识相,休怪我报官问罪!”何应也不是省油的灯,朗声一笑:“休得口出狂言,有能耐当场画一幅画,你若真是‘花中君子’,鄙人立马销声匿迹!”

“此话当真?”“百灵仙”问道。

“当真!”何应应道。

“百灵仙”袖子一挽,大笔一挥,如行云流水,顷刻间,一个眉是眉、眼是眼、桃红唇、胭脂脸的绝世美女栩栩如生地出现在纸上,宛若仙女临凡,落款竟也是:花中君子。

人们想不到一眨眼的工夫冒出来两个“花中君子”,一时也分辨不清哪个是真哪个是假。正在众人惊疑之际,有人说:“这画上的不是西坊间尤二娘吗?”众人一看,纷纷点头。而何应则是凭着几十年磨炼丹青的独特眼光,很快从掠过眼睛的女子中捕捉了张家小姐的眼睛,李家小姐的红唇,刘家小姐的脸蛋,陈家小姐的细眉,合理拼凑而成,更显画工,众人纷纷觉得何应不画真人,技高一筹,画上的大概就是仙女了,不禁对何应的画连连点头称赞。

“百灵仙”脸面无光,从人堆中跌跌撞撞往外走,被何应一声断喝:“畜生!哪里走!”随着喝声“嚓”地甩出了手中的狼毫,如脱弦之箭,击中走出一丈多远的“百灵仙”。“百灵仙”应声抱头倒在地上。

“百灵仙”抬头见赵苛、王炎和众捕快早已围在身边,拍打着身上的土站了起来,说:“本人纯属沽名钓誉而已。”

王炎说:“麻烦神仙同我们到县衙走一趟吧。”

冯县令升堂,问道:“堂下何人?可是你等大胆用江湖妖术盗我库银又害死上一任县令?从实招来!”

那“百灵仙”笑着说:“盗走库银的是我,害死上一任县令的也是我。”

冯县令惊堂木一拍,高喝:“尔等用的什么妖术,如实道来!”

“百灵仙”说:“那日我用老鼠运银子,站在库房房梁上,屈身而卧,见县令闻声出来,走至马身后。我在那匹马后胯上用指尖弹上了一个蜱虫。这蜱虫一阵叮咬,马疼痛之下后蹄踢出,就将县令踢死了。我就将老鼠撤下,跳墙而逃。”

冯县令走下来,对着“百灵仙”说:“报出你的籍贯、姓名,说出一次只盗几十两银子的实因,别卖关子,省得大刑伺候。”

“百灵仙”说:“我是洛阳孟津人氏,叫杨七,害死上任县令那是为了冯县令你呀。”

冯县令一阵狐疑,杨七说道:“那前任县令看不惯董太师掌权,诛杀宦官。董太师闻说后派我来将那县令处死,才派你来上的任。董太师见王敬在你手上不仅没有被处决,反而让王敬杀了个回马枪,差点殃及宫内,如今王敬、王越一党又消失于世,董太师甚是不爽,让我来提醒冯县令,还记不记得董太师废汉少帝立汉献帝时,大家为表同心一起摔碎的那只用来喝酒的宫内白玉碗?可是有值班太监看着冯县令将它藏在衣袖里带出了宫。”

冯县令闻听,忙把杨七带到一边悄悄说:“宫内之物稀罕得很,冯某不愿毁了,是带了回来。”

杨七说:“董太师说了,天下乃是大汉的,宫内的东西不能少了一丝一毫,让冯县令将白玉碗还于宫内。”

冯县令说:“那碗怕在老家的阁楼里,等我去取来,密使稍坐。”

杨七点着头说:“不忙,不忙。”

冯县令出了衙门,径直走向王炎等人的歇息处,进了门细说了“百灵仙”的真实身份,叹息道:“不久前在老鼠搬银锭时引起了货架震动,置于货架顶端的白玉碗不幸坠地摔碎,这可怎么办?我全族的性命都系在这只碗上了!”

赵苛说:“那董太师来找碗是假,遣人找碴是真,我劝冯县令走为上策。”

冯县令说:“我食大汉俸禄多年,岂能弃大汉于不顾,任他董卓搬弄是非?”

何应问:“那碗的碎片可还齐全?”

冯县令说:“那碗已被我小心翼翼收了起来,碎片一丝一毫都不少。我正寻思着找个能工巧匠修补一下,一直没挪出工夫。”

何应说:“如此,你把那碗的残渣碎片找来,搁在这屋,人都出去吧,我会全力修补。”

不一会,冯县令用手帕捧来了一堆碎片,摆在桌上。何应挥挥手,喝了口水,大家便带上房门出去了。

何应把那只打破的白玉碗摆在桌上,盯了一个时辰之后,看全了所有残片残渣间需要咬合的缝隙,才慢慢动手。他像春风抽柳芽一样摆弄着那只破了的白玉碗,直到把碗严丝合缝地弄到一起。然后拿来美酒,面对白玉碗,一杯接一杯地喝了起来。何应整整喝了一天一夜,突然一张嘴,一口鲜血喷到了白玉碗里,随即整个人瘫倒在地,大汗淋漓,气喘吁吁,满脸苍白。

冯县令第二日上午赶来,唤醒了何应。冯县令捧过白玉碗,只见碗完好如初,原来的破损处变成了一轮旭日,怎么看怎么有意境。

冯县令喜上眉梢:“大师,修好了?”

何应没有立即做出回答，取过酒壶，慢慢把酒倒进碗里，随着碗里的美酒慢慢斟满，那旭日竟然散放出淡淡的红光，整碗酒仿佛被红日映成了淡淡的粉色。

晚上，冯县令邀杨七和何应入席。冯县令给杨七斟满酒，杨七双手捧住江山万代白玉碗观看，顿时被碗里的一轮红日吸引了，说道："冯县令，宫内的碗哪有这种色调，我记得原来这类碗里并没有红日呀？"

冯县令躬身说道："下官将此碗揣回家后，爱护不已，把此碗当作传家之宝供奉。后来有位世外高人来臣府上，见到此碗，大为吃惊，说此碗又叫'盛世碗'，只有碰上明君忠臣，碗中暗藏的红日才会出现。他给为臣将碗磨了半天，最后碗里现出这轮红日。"又伸手指向何应，说道："密使请看，这便是那世外高人哪。"

杨七把脸一摔，呵斥道："冯县令，你好大的胆子，列位臣公都将白玉碗摔破，表示支持董太师废汉少帝，唯独你的碗上还多了一轮红日，你要另立储君吗？"

冯县令摆着手，说："不，不，下官绝不敢有此意，只是爱碗。"

杨七说："那就应该是只碎碗，我也好带回去，面见董太师，我们互不为难。"

冯县令闭上眼睛，双手捧碗从半空摔下。岂料，那碗像铜铁一般坚固，任凭冯县令摔几次，都毫发未损。

冯县令苦苦地劝何应道："何法师，求你借个方便吧，让我冯某好下台。"

何应听完，盯着碗，约有半个时辰，突然猛一张嘴，一口鲜血喷在了碗上。然后何应把碗放到水中，只听一阵极细微的响声后，那碗按原来破碎之处一点点重新裂开了，那轮旭日竟然是鲜血，也化在了水里。

酒宴就此撤去，杨七拾起碗的碎片，包好揣在兜里，策马往洛阳而去。

就在这天夜里，王炎等三人也收拾行装，悄悄离开了县衙，奔上大道。

宫内宴上，董卓正因为冯进没有除掉王敬的事情而恼怒，见杨七从扶沟县赶来，献上碎碗，问群臣："怎么这冯县令吃了老虎胆，把皇帝御赐你我喝酒的碗都摔碎了。那天宴饮，可有人下达过摔碗的命令？你们的碗也都摔成这般德性了吗？"

群臣皆唯唯诺诺地摇头，举着手里用来喝酒的白玉碗。董卓呵斥道："冯进目无皇威法度，欺君罔上，治罪！"

七天后，冯县令在囚车里被押送进了洛阳。群臣有的掩面拭泣，有的跟着囚车观看，其中李儒踱步跟着囚车笑着对冯县令说："冯兄一把年纪，目无法度，欺君罔上，何必呢？"

冯进怒目而视，对曰："我是欺君，死罪。可你呢？圣上早就知道董卓派系党争，你又叫人弄御赐的江山万代白玉碗引我中计，圣上会不知道吗？会放过你们吗？"

李儒笑曰："圣上？好一个有铁骨忠臣，可群臣都和你不在一个槽子里吃草，你是大汉皇帝手里孤立的一颗棋子。"

追魂炮响三声，刽子手抡起了鬼头刀……

没过多久，董卓便力荐圣上查明宴间众臣结党营私，陷害忠臣冯进。圣上一纸诏书，把席间信口雌黄者满门抄斩，其中就包括那个刚回到宫内的杨七。

何应等人途经大康县城门，城门前站立着几个宫内侍卫，正拿着画册对着进出城门的男人一个个查看。正当王炎、赵苛被放过，何应以为是抓捕年轻的盗贼，准备牵马而过时，被一卫兵拦住，上下打量，最后问道："阁下可是何应？认得我朝大将军何进？"

何应被这一问，不知怎么接话，只好唯唯诺诺地点点头。卫兵送上一副锦匣，说："今日我朝董太师向皇上称赞何进大将军生前奋力诛杀为患宦官一事，岂料何进大将军不幸以身殉国，圣上特备下锦匣送给何进大将军族人，请阁下收下，我等好回去交差。"

何应接过锦匣，待卫兵撤去后，打开锦匣，发现里面盛着三支金碧辉煌的宫廷发簪。何应寻思了半天，于僻静处对王炎和赵苛说："我只是一个和何进无意中连宗的人，在朝内无品无级，怎好送我这等俏丽物件。我猜，卫兵守候于此处等我，是借我之手转交这城中神秘的大人物。城中有谁是何进的朋党呢？"

赵苛说:“那还不简单,骂何进这个竖子!”于是便和王炎口无遮拦地在市集最热闹处骂了起来,引来了百姓驻足,却都不知何进是谁。

二人骂得口渴,正喝酸梅汤时,过来四个衙役,对王炎等人说:“二位,我家县令老爷有请,速跟我们进县衙。”

公堂之上,县令也不升堂,只是草草地问:“当朝忠烈大将军何进是我干舅,汝等为何骂他,不知死者为大?”

王炎说:“老爷,我等皆从洛阳而来,为了要事要赶至外省,人困马乏。听说大康县是何进大将军的地盘,但不知户主是谁。如今朝廷昏暗,怕亮出我等是何进朋党身份遭到暗害,才出此下策,引老爷出来。”

县令“呵呵”一笑,说:“没想到我何家一族在封地都不敢大声说话。大康县何进大将军的心腹自然是一县之长的卑职了。你们三人哪个与大将军沾亲带故?”

何应上前几步,交上锦匣,说:“经过城门时值班的卫兵给我的,是宫内专门交给县里何进大将军宗亲的礼物。我想我与何进大将军快出五服,不敢独享,就来到何进大将军的封地,唤老爷出来迎接此物。”

县令嘴上的肌肉动了动,说:“鄙人姓彭,你既与那何大将军同姓,礼物也该你拿了才是。我等是干亲,无福消受。”又说:“那卫兵既然真是将礼物交付于我,宫内侍卫不亲自上门,居然请人转交,无非为了掩人耳目,怕是惊恐了王美人。自从王美人生了刘协,更是有恃无恐,在皇帝前与众妃子争风吃醋。陛下念其出身功臣世家,每每加护。哎……算了,你们一路东进,人困马乏,赶紧歇息吧。”彭县令拿过锦匣,安排何应等人住下。

不几日,何应在城中游逛,听闻大康县的彭县令刚上任就烧了两把火。一是把打犯人屁股的板子浸进粪坑;二是在牢狱中养猫,将本就不多的牢饭明抢暗偷带糟蹋。这两把火弄得犯人怨声载道,暗骂彭县令心肠狠毒。

这天,彭县令在一棵大树下见赵苛攀梯在鸟巢边观望,忽然“咦”了一声,便挤上梯头一看，竟见巢中两颗蛋正微微而动，幼雏破壳在即。

彭县令正一头雾水，又听赵苛惊叫："呀，回魂木！"说着，他从巢底择出个小木片，递给彭县令道："恭喜县爷！相传附近山中有神木名为回魂木，有起死回生之效。想来此木被雷击为碎片后，被鸟衔来筑巢。今日县爷得之，可喜可贺。"彭县令接过回魂木，瞧个没够。

听说彭县令喜获回魂木，县丞赶来相贺。见回魂木状若薄板，倒有几分像苦楝子木。彭县令道："师爷王文的案子怎么样了？那王文家有产业，怎会为区区二百两银子杀人呢？"县丞忙从内室拿出一个纸袋道："王文案发后，其妻杜氏请我代写诉状。这是我与杜氏同去牢中与王文三头对证录的诉状。"

彭县令抽出状纸细瞧。诉状上说某月某日，马宝找王文借纹银二百两，并立下字据。谁知第二天字据竟成了白纸，马宝遂翻脸不认账。那天夜里，王文趁酒兴找马宝论理。他怕马宝故意躲避，遂从大门入，谁知刚到院中，就被众人按倒。彭县令看完诉状又道："可王文并未承认杀人啊。"县丞摇头："人证物证俱在，容不得他抵赖。"

彭县令正暗自叹惋，又听赵苛在外面欢叫："出来啦，出来啦。"众人闻声望去，才知幼雏已孵出。只见雌鹳站在巢边探头探脑，似有疑虑。雄鹳闻讯归巢，却忽然冲雌鹳发出愤怒的斥责声，大叫着飞向远方，任雌鹳在身后泣血哀告也不回头。彭县令上梯一看，发现巢内竟是两只刚孵出的小鹅！

彭县令正百思不解，又听不远处有动静。转脸看，是王文咒骂着正将一个食盒踢翻。旁边，一个妇人正倚墙而泣。彭县令心一沉，把王文传到后堂询问。提起其妻杜氏，王文恨恨道："这妇人心肠歹毒，偷换诉状，欲置我于死地。"彭县令奇道："何出此言？"

王文道："禀县爷，小人那夜从狗洞钻入马宝家，被当凶犯拿了，次日托人捎话给杜氏，让不惜家财务必帮小人洗冤。杜氏于是寻到县丞。那晚，杜氏与县丞到牢中录诉状。县丞带了块尚散发着腥气的木板垫在膝头，将纸覆盖其上做录。期间有人来往，县丞数次吹灯以免被人瞧见。录好后，县丞说幸亏我是从犬门入，这样就算伤了人命，犹有转圜余地。小人看过诉状，签字画押后交与杜氏。不想次日杜氏将诉状交到公堂，‘从犬门入’竟成‘从大门入’，小人这才被判死罪。近来听说县丞正谋娶杜氏，必是那贱人有意于县丞，盼我早死。”

彭县令听得皱眉，然后调出县丞代写的所有诉状，读后大惊：“这些诉状十有八九是与马宝的债务纠纷有关，内容是当时写借据，后来变成了白纸。”

在王文案卷中，他又翻出张小纸片。据王文说，这是马宝当初打的借条，可怎会变成了白纸呢？

彭县令顺手从堂桌抽屉中拿出回魂木把玩，无意中将纸片往回魂木上一覆，大小竟不差分毫。他心一动，将纸覆在木上对灯细瞧，只见纸上似有隐隐字痕。迟疑间，他手一抖，竟将烛台碰歪，蜡油滴在诉状上，恰落在“从大门入”的“大”字肩上，“大”字顿变成“犬”字，彭县令不由心头一震。

这时，衙役送来了上峰对王文的斩决回复，三日后就可行刑。彭县令读罢心情更是凝重。他唤过衙役，询问县丞的来路。衙役道：“县丞是外乡人，半年前到本地。因他精于讼律，被前任县令视为部下。马宝与县丞家合开了间南货店，但总与人闹纠纷，还曾因县丞替对手打官司而恶言相向。”彭县令听罢点了点头，对衙役耳语了一番。

天刚亮，就有人来报，昨夜县城境内出了桩怪事，杜氏竟在县丞檐下悬了梁。据说是衙役巡夜时发现的，已送至医馆急救。

众人正议论，县丞赶到，连叫晦气道：“当初杜氏出重金要我替王文打官司，可鄙人再有本事，也不能颠倒黑白啊。输了官司，她非说我骗她钱财，竟跑到鄙人门上寻了短见。”正说着，衙役赶来道：“禀县爷，堂医发现杜氏脖上有两道缢痕，倒有些奇了。”旁观的何应思索片刻，道：“这说明县丞家并非案发第一现场，杜氏定是在别处被人缢死，又移至县丞家檐下。”

彭县令频频点头：“何应言之有理。等杜氏醒来，一问便知。”县丞颤声道：

“可堂医说怕回天无力了。”彭县令胸有成竹，笑道：“别忘了本县还有回魂木，诸位陪本县去医馆看看再说。”行至半路，县丞突然崴了脚，落在后面，趁人不备，径直向县衙奔去。

县丞跑进县衙，见四下无人，拉开堂桌抽屉，取出回魂木，正往怀里揣，就听身后有人大笑。彭县令率众从后堂走出，笑道：“县丞取此木，是怕本县令不肯救杜氏吗？”说着脸一变，怒道，“拿下！”众人擒住县丞，从他身上搜出个装墨汁的小铜壶。何应拧开壶嗅了嗅：“不错，正是此物。一个月前，马宝带此物到医馆让贫道分析配方。贫道发现此物原料均来自马宝的南货店，是用大王乌贼的墨汁与明矾兑水配成。”

“是了，马宝必因此而死，”彭县令怒视县丞道，“其实你与马宝早有勾结。你让马宝以这异色墨汁写借据，不久墨色消退，借据变成白纸。债主打官司，你便帮马宝脱罪，所得赃银你们平分。后来马宝探得墨汁配方自立炉灶，你才知马宝想撇了你单干，于是劈了马宝，顺势栽赃在王文头上。后来杜氏请你写诉状，你见杜氏貌美，又觊觎王家产业，便想做死王文，娶了杜氏。因此录诉状时假装怕人发现，趁吹灯之际，将犬字上一点用异色墨汁点上。当时看是犬字，隔夜那一点褪色，就成大字。”

衙役在一旁笑道：“老爷昨夜让我把王文的斩决文书塞到王家门下。不一会儿，就见杜氏披头散发往县丞家跑，口喊县丞救命。县丞闭门不出。杜氏绝望之下，才在檐下自缢。我正要上前解救，又见县丞开门出来四下张望，把杜氏解下放在地上。我刚松口气，又见县丞抱起杜氏，再把她挂在檐下，然后闭门装睡。我怕出人命，才将杜氏解下送医。”众人惊呼，原来杜氏脖上的两道缢痕是这么来的。

县丞苦脸道：“大人错怪小人了，那壶中不过是治病的胃药啊。”

彭县令用笔蘸了壶中墨，写了几个字，却毫无墨色。他不慌不忙，将县丞递过的一块木板垫在纸下，立时纸上显出黑色的字迹。县丞见状，顿时面如死灰。

彭县令掷笔笑道:“这新斫的苦楝子木有种挥发油,能助异色墨汁着色。但马宝贪心太切,垫板小了,挥发油少,着色时间太短,字迹消退太早,这才让王文发现。”

押走县丞,众人随彭县令来到前庭。赵苛正在扫地,将满地鸟毛拢成一堆,添些枯枝一把烧了。彭县令随手将回魂木抛入火中。众人正惊,彭县令厉声道:“大胆赵苛,你伪造回魂木,欺愚本官,该当何罪?”赵苛闻言道:“望老爷恕罪!”

案发那天,马宝写好借据,误将垫板落在了县丞处。县丞认为这小垫板就是物证,到牢中仍带在身边。怕不保险,赵苛掏鹳蛋时,县丞就顺手放进鸟巢。

彭县令一笑:“你怎想起用回魂木来骗本官呢?”赵苛道:“因小民深知县爷心存仁爱,才以回魂之名提请县爷对此木加以留意。”彭县令一撇嘴:“好大的马屁!”赵苛挺身道:“骗县爷就是骗县丞,我们设下一个局,就是为了让真凶钻进去。”又说:“县爷将竹板浸厕,是因浸过粪尿的竹板子打人后伤口不易化脓。县爷在牢中养猫,是因牢中犯人带枷行动不便,手脚常被鼠类啃咬滴血,容易形成疫病。”

彭县令笑道:“你倒有心,那鹳蛋又是怎么回事?”赵苛一时窘道:“蛋被县丞煮熟放在灶间,小人寻见,因饿得慌,三两口吞了,又去后院将正孵的鹅蛋摸了两个充数。”众人正暗笑,有人指着天边道:“快看,雄鹳回来了。”

这天,彭县令小酌一阵,伸手打开了锦匣,不禁愣住了。随着锦匣的开启,映入眼帘的是三支金色的发簪,大小和普通木簪差不多,只不过在一支金簪的后半截雕刻着一只展翅欲飞的凤凰!

彭县令呆住了——凤簪,这可是皇后才能使用的东西。于是,招来了夫人的贴身丫鬟、家仆、县衙的厨子,来瞻仰这宫内头饰。

第二日,夫人哭哭啼啼,说贴身丫鬟玉坠服毒死了。几乎同时,管家说家仆林虎也死在床上,死得干干净净,唯独手指甲发黑。很快又传来了县衙厨子张老头的死讯。

彭县令早已置好棺材，将三人后事尽皆交与家仆办理。何应闻讯，来到彭县令跟前，对彭县令说："彭大人，您这县衙住不得了，贫道虽然未查到真凶，却可以推算出杀手的下一步打算。"说完，何应从怀里掏出画着县衙宅院的那张宣纸，指着上面标记的尸体位置说："您看，杀手实际是按阴阳五行方位来杀人的。北方为水，所以杀手在冰天雪地里杀了厨子老张，然后把尸体放到了北边的后院墙边；南方为火，杀手就在南面的县衙大门内室伴随燃烧的松香杀了丫鬟玉坠；东方为木，您的家仆就死在了东墙根茅屋的木床上。由此看来，西方为金，中央为土，还应该有两个人被杀，最终的目标就是您。建议您暂时到安静之处躲避一时，待捕获凶手，您再回来！"

彭县令一笑，说："躲？不用躲。那三个人皆是看了你给的锦匣里的发簪后，服用随身携带的宫内毒药而毙亡。"

何应不解："那发簪怎么了？"

彭县令说："一个女人能有几支发簪？三支发簪的出现，说明什么，沦为阶下囚了，用不着发簪了，或是已经殒命。可宫内卫兵送来的消息说那是何皇后的，我偏不说这是何皇后的发簪，我偏说这就是王美人的，你能拿我怎样？宫内早就传出王美人被毒酒毒死一说，我亮出发簪给那三个奴仆，让他们自知路已走尽。我唤来仵作，仵作说死去的三人是毒药内服导致的中毒身亡。"

何应说："那么，何为路已走尽？"

彭县令说："我来大康县上任前，何进一族来了三人给我当家奴，其中厨子老张就是何进父亲何真做屠户时手下的帮手。家奴哪有宫里赐的，必是那王美人和何皇后内斗时，她父亲和祖父王苞为了压砝码，在我身边安的暗桩。今天三支发簪已现，无论这发簪是谁的，我和三个家奴都不必再相互提防了，斗来斗去已无趣，最大的已经斗死了，且我等皆不堪受发簪传信这等侮辱。"

彭县令把三支发簪取来，在手中掂量着说："虽然我参与了皇帝的废立，可打心里，我还是希望扶持一个刘姓的皇族当皇帝，但何太后却不这样想，她不仅要垂帘听政，还想自己当皇帝！为了这件事，我征求过董太师的意见，董太师当时就给我泼了一盆冷水：自盘古开天地，世间阴阳交替，五行轮回，从来没有女人当皇帝的先例。当今的大计是赶紧把皇权归还皇上。岂料，这皇帝竟是王美人生的刘协。”又说：“让不让何皇后垂帘听政，我心里是很矛盾的。让刘协当了皇帝，我心里仍旧矛盾，像被猫挠了一般。”

何应听得后背直冒冷风。过了一会儿，彭县令摸着三支发簪又问何应：“发簪上的那些麻雀、喜鹊又是什么意思？”随之彭县令自己苦笑了一声：“我也是见到这个凤簪才想明白，何太后年幼时家境窘迫，跟一只孤苦的小麻雀一样。入宫之后并不受宠，只能靠讨好奉承他人来保全自己，你说这像不像喜鹊？灵帝死后，她的地位还在两宫皇后之下，顶多算是一只孔雀。而今天，她已经成了母仪天下的太后，自然是人中之凤了。彭某估计是看不到那一天了。世风日下，彭某和何皇后必将有一个先走。”又说：“女人和太监唱一台戏，迟早是要出问题的。搬来太监充当忠臣，何太后虽然保住了自己的荣华，却也为之后的动乱埋下了祸端。数年之后，声色犬马的汉灵帝带着残破不堪的江山，步履蹒跚地颠到老祖宗那里报到。此时的汉家大将军何进，何太后那位杀猪的老哥，手握重兵，于是朝中一个招呼，懵懂之中的刘辩顺势登上了帝位。可接下来，如何瓜分天下这一杯羹却出现了问题。当然，困扰朝廷百余年的外戚内宦纷争再次兴起。可是，我们这位已是太后的屠户女，终于还是逃脱不了民女本色，一个亲近她的大臣都没有，只好靠向了宦官队伍中。帮外不帮亲，何进一看妹妹这架势不对，竟然自作主张，喊来了远在西凉的董卓。董卓这人，别看长得人模狗样，可一肚子都是坏水，慢悠悠地看了一场观虎斗的好戏，然后顺其自然地接管了朝中的大权。当然，董卓铁骑进京，何太后和她的皇帝儿子却没有得到善终，随着这场本不该出现的动乱，终是魂飞魄散。如此看来，荒淫的汉灵帝慢悠悠地将摇摇欲坠的朝廷推到了悬崖边缘。”

彭县令干笑一声：“何应你可以静观其变，宫内若阴盛阳衰，或五百年，或一千年，必定会有无数人死在一支雕有神龙的发簪之下，到那时就再也没有人能阻挡太后登基了！”

这天夜里，何应和彭县令席地而睡。何应突然在梦里听见一声触裂震动，睁眼观看，见彭县令撞墙倒在地上。何应起身观看，见桌上还放有一张何太后抱着汉少帝刘辩的画像。桌子上的笔筒压着一张草纸，上面写道：“收起发簪，为何太后昭雪。或远离朝野，回头是岸。”

七

何应见彭县令鼻间还有一丝气息，忙唤来家仆，抬入医馆。隔了几日，由于县丞被捕，彭县令受伤，出狱后官复原职的师爷王文便挑起了县衙内的一应大小事务。

这天，彭县令喊来何应和王文说："县衙仓库右边第一个柜子从下数第二格抽屉里，有一只玉龟，它牵涉到十几年前的一桩灭门案，如今有了新线索。要问起玉龟出处，需去找琴卿馆内一位叫婉玉的美妓，此人对上古遗传下来的古玉物件很是情有独钟。你们找她辨别此玉龟，或许能听来些藏于民间的秘密。"

这日午后，婉玉正在后房拂琴自娱，有老鸨差丫鬟请她去见客。婉玉停止拂琴，问明丫鬟，得知来客自称带有她所好之物，这才起身略为装扮，随丫鬟下楼。

来到前厅，只见那客人相貌堂堂、气宇轩昂，看穿着打扮应是个儒商。这人正是师爷王文装扮的。王文见了婉玉，从袖中拿出一只玉龟奉上。婉玉蹙眉一笑，接过玉龟，一番端详之后，不由呆住。此物大小似一马蹄，遍体晶莹透亮，柔若凝脂，体内几道血丝，隐隐泛着红光。婉玉将它小心地放在手中，边细看边抚摸，那玉龟背部正中有一微凹之处，大小正似一犬爪。

婉玉面色复杂，她将玉龟放回桌上说："相公，这应该叫邃古玉，传世已有上千年。邃古玉是土葬之玉，人归天后用玉陪葬，殓短者为邃，殓久者为邃古。玉器伴着主人，随着尸身的腐化，常年浸泡在血水中，玉器吸尽了人体的精华，伴着尸身慢慢养性，越久越是有灵气。邃古玉多藏于高级棺木内，尸身养玉，玉养尸身，出土后常有隐隐血丝，并在玉体内慢慢游动。这种邃古玉又称血丝玉，是世间少有的稀罕之物。”

一番话说完，为验证其说，婉玉又命丫鬟端来一盆清水将血丝玉龟放于其中，满盆清水霎时变得鲜红，犹如早起的朝霞。那龟昂首摆尾四爪欲动，活灵活现栩栩如生。拿出玉龟后，水中的红光又立即不见了。

王文呆坐桌旁，听得不断点头，越发对婉玉的才识高看一眼。他惊叹道：“姑娘果然貌美才佳。我只知这玉龟很珍贵，故而求姑娘到屋内鉴赏，以躲避外人目光，却没想它在姑娘嘴里竟有这许多说道。”

婉玉坐在一旁，柔声细语地陪他说话，漫不经心地问道：“那玉龟，相公是从何处所得呢？”王文答道：“那是一年前一个小吏送我的。”

婉玉掩嘴轻声一笑，说道：“想您那友人也是糊涂之人，哪有送礼不送完整的呢？”

王文一阵疑惑，婉玉说：“那玉龟原是两个，一大一小。大龟为龟母，小龟趴伏于大龟背上，为龟子。龟，原就寓意延寿千年，又驮一龟子，更含了子嗣兴旺、后继有人之意。你那下属只送大龟不送小龟，岂不是糊涂之人？相公若不信，可抚摸大龟背部，有一微凹之处，正是驮负小龟的地方。”说完，取出玉龟让王文验证，果如其言。

王文一阵难堪，为挽回颜面，忙许诺：“这事儿好办，待我回去，定找那小吏要来小龟，改日再见姑娘时请姑娘鉴赏。”婉玉一脸欢喜，感激道：“那就多谢相公了。”

王文回到县衙，想起送上小龟一事，忙唤来了那送大龟的小吏，让他去寻小龟。小吏一听却做了难，说那只大龟是在东坊间的藏宝阁送于县爷的，送时并不知还有小龟一说。

出了县衙，王文径直进了藏宝阁，向掌柜的说明来意。王文见掌柜的手里没有小龟，急得大汗直冒，央求掌柜无论如何也要想办法弄到小龟，并拿来大龟给掌柜看，让掌柜以此为线索寻找。掌柜见王师爷亲自出马，点头说：“这大龟原是我在豫南信阳州的一户人家求来的，待我再到那户人家中寻一寻。”

王文听见“豫南信阳州”，不禁振作了一下，那正是十几年前发生灭门案的地方。掌柜能在此地再次寻得小龟，怕是掌柜和这案子有牵连，于是回去唤来捕快，密切注意掌柜的行踪。

河南信阳那户被灭门人家现在早已败落，只有一个风烛残年的老管家守着院子。一个夜晚，掌柜的果然越墙而进，正当他在逼迫老管家交出小玉龟的时候，众捕快一拥而上将其擒获。同时传回衙门问话的，还有这名老管家。可掌柜的嘴硬，一概不交代。何应却对师爷说：“王师爷，我现在不知道那个掌柜的是不是真凶，但我可以查出来。”

王师爷一听来了兴趣：“你真能查出真凶？”这下何应来了劲，滔滔不绝地说起来：“师爷你常在剃头匠那里掏耳朵，刮眼睛，觉得手艺如何？”王师爷不耐烦了，说：“他们那本事还可以，和案情有何关联？”何应接着说道：“这掏耳朵、刮眼睛可谓刮骨掏心，师爷恐怕不知道，人在紧张的时候，所看到的东西会在眼睛里留下一些痕迹。这些东西，常人自然看不出来，但我在给人刮眼睛时就能看出来。这凶手在杀人的时候，被害者家的惨状他一定会看到吧。那他的眼睛里就会……”

王师爷没想到事情如此神奇，急忙打断道：“真有这样的事？”何应说：“不信，师爷可以亲自一试。”王师爷往太师椅上一躺，说道：“你倒是看看本师爷最近看到什么？”何应从搭在肩上的布袋中取出一把剃刀，然后用手将王师爷的眼皮撑开，那明晃晃的剃刀飞快地在眼皮上来回刮过，似乎刮着了眼睛，又似乎没有刮着。王师爷只觉得眼睛一阵凉飕飕的舒服。何应捣鼓完之后，王师爷问道：“何应，看到什么了？”何应垂手站在旁边说：“贫道不敢说。”王师爷喝道：“我就知道你是在骗本师爷，还什么刮眼辨凶，回去炼你的丹吧！”何应急了，道：“师爷真要我说？那我可就说了。师爷这几天和夫人闹别扭了吧，夫人的气可不小，你那好事看来不易成啊。婉玉虽好，不过，王师爷，依贫道来看，就算了吧。一个夫人就够你受的了，要是再娶一个……”

王师爷把掌柜请过来，说：“胡掌柜，案子拖了四五天，也没进展，想必是冤枉你了。这几日你胡子没刮脸没洗，出狱前刮刮胡子剃个头，洗净这身晦气！”胡掌柜没法子，眼珠滴溜溜地转，见拗不过，只得到挑子前坐好。何应将椅子放平，热毛巾往脸上一敷，先是给胡掌柜全身上下一阵捶捏。然后将一把剃刀擦得铮亮，一手将眼皮撑开，剃刀便如风般在胡掌柜的眼球上来回翻飞。一边刮，一边说道：“掌柜的，你这眼睛不像是悲伤过度得的病，倒像是惊慌过度啊。不过没事，我一样可以给你刮好。唉，信阳这家娘子死得最惨啊，那么好的一个人……现在竟在你眼皮间乱跳，要扒着你的眼皮从阴曹地府间走出来。”那胡掌柜不耐烦，嘴里催促道：“你倒是快些吧。”

何应收起剃刀却说：“我再给你掏掏耳朵吧。”说着，取出一个细长的掏耳刀，伸进胡掌柜的耳朵里飞快地旋转，刮动。何应正掏着，突然惊道：“哎呀，胡掌柜，你家娘子死时可是叫过你的名字啊。你当时应该是清醒着的，你怎么不救她呢？你们不知道，这死者叫谁的名字，谁的耳朵里就有异样。你看，这不是。”一听这话，围观的衙役堆里响起了一阵议论声。胡掌柜一见此情景，突然推开何应站了起来，喝道：“别胡说，她根本就不知道我的名字！”何应接口说道：“怎么会不知道，除非你本来就不是姓胡？”胡掌柜这才意识到自己说漏了嘴，赶紧争辩道：“不是的，不是的，这剃头的把我心搅乱了。”可不由他分说，王师爷已喝道：“你到底是何人？来人，给我拿下！”一班衙役拥了上来，胡掌柜想要反抗，可何应的剃刀却架在他的脖子上，只得由着衙役捆了。

被灭门的那家老管家在衙役的带领下去了藏宝阁，一一指出了藏宝阁内家中曾有的珍宝，并能唤上名，估出价来，铁证如山。老管家从怀里掏出一只小龟，望着柜间的大龟说：“大龟小龟这回才能凑成一对，合家团圆了。”官差问询当年被害人家可还有后人存世。老管家称当年家中确有一幼女因在亲戚家而幸免于

难,但后来不知她行踪。此女名唤婉玉。

王文听闻心中一惊,终于明白了婉玉为了寻出凶手,不惜自落风尘。她以嗜好玉玩为名,收罗天下玉品,目的就是想要再见玉龟。当年,胡掌柜在打斗中遗落了小龟。婉玉便以此为饵,借助购买玉龟之人的权势和财力,追寻小龟的下落。如此顺藤摸瓜,牵出隐匿于暗处的真凶。

后来他又去寻婉玉,却听说婉玉已为自己赎身,遁入空门。

王师爷问胡掌柜:“当初见我拿出和本案有密切牵连的大龟,你为何没做惊弓之鸟呢?”

胡掌柜笑道:“我们这等人从来不是胆小之辈。以为是彭县爷要找我把那龟拼凑一对,进献权贵,我等也好趁机敲诈。你们为官者的银子都是搜刮来的民脂民膏,花起来如流水一般畅快,这是个送上门的商机,也是我藏宝阁名扬四海的机会。天下屯卖金银宝贝的哪个不和黑市沾边?怎料,你家县爷不为发财攀依豪杰,只为了芝麻点大的案子,害苦了我。”

王师爷又问:“十几年前的一桩案子,你掠去财宝无数,怎么唯独要送我家县爷那只大龟?”

胡掌柜说:“我见玉龟背部正中有一微凹之处,知道是驮小龟之处,特意讽刺你这大康县县爷无后继任者。‘乌脚溪’这条毒河一日不改变成清河,你这县衙就是个摆设。”

大康县是一个寸土寸金的富庶之地。可是这里的县令却一个比一个清廉。上任县令升任府台之后,彭县令就成了大康县新任县令,可是大康县的县衙早已经破烂不堪了。

彭县令上任伊始,面对已成危房的县衙一筹莫展,要想修缮必须征税,但是这种鱼肉乡民的事情,彭县令自然不肯为之。他为了尽快了解县情,就让县衙的衙役们陪着自己,先将本县的村村寨寨都走了一遍。他发现了一个奇怪的事情:大康县境内有一条河流,名叫乌脚溪。乌脚溪是一条毒河,将大康县分成了城阳和城阴两个部分。城阳这边地价高昂，非常富庶，可是城阴之地却是一副颓废和荒败景象。

王师爷转了一大圈，最后又回到了县衙旁，瞧着县衙旁边的一个大水坑，说："修缮县衙的费用，我准备让这个大水坑替我们出了！"

何应活了大半辈子，还是第一次听到这种不着边际的话，舌头打结地问："向这个大水坑要银子？这有点不可能吧？"

王师爷回到了县衙，然后亲自提笔，写了四张布告。布告的内容是，为了净化县城，各户居民的垃圾不许乱放，只可统一都丢进县衙旁的大水坑中。

王师爷的目的很明确，他是要用县里没用的垃圾填平水坑，可是要想达成目的，没有一两年的时间根本办不到。三天后的清晨，本县最大的富商"刘半城"找上门来。刘半城一见王师爷，满脸堆笑，抱拳道："王师爷，填平县衙旁水坑的事，我可以效劳呀！"

刘半城可是本地的大善人，去年给本县修路的时候，还曾剩下了一大堆碎石，如果将这堆碎石丢到水坑中，估计水坑也就被填平了。王师爷听刘半城讲完话，不由得心中大喜，说："那就有劳刘乡绅了。只是本县囊中空空，没法给你填坑的工钱！"

刘半城呵呵笑道："彭县令病了，脱不开身，刘某能够效劳，这可是莫大的福分，哪里还敢要工钱呀。"

刘半城说干就干，让人赶着十几辆马车，匆匆忙忙地运送装在蒲包里的碎石。随着这些碎石被一袋袋地丢进大水坑，半个月之后这个大水坑就被填平了。

王师爷将这片填平的水坑地作价八百两银子，卖给了本县另外一个富商。有了这笔银子，他就开始雇用工匠，修缮县衙。

时间很快过去，县衙被修缮得焕然一新。这天上午，王师爷正坐在新县衙的书房中看书，只见王炎气喘吁吁地背着赵苛回来了。赵苛光脚没穿靴子，他的一双脚成了诡异的黑色。王师爷看着浑身绵软、已经不能走路的赵苛，问道："你这是怎么搞的？”

赵苛哭丧着脸说：“我一个外地人，哪里知道？这都是乌脚溪的水弄得呀！”

乌脚溪的水毒性很大，有些人一旦下水，脚就会变成黑色，然后会因为脚腿无力，瘫倒在水里被淹死。这就是乌脚溪的可怕之处。

赵苛今天早上和王炎逛街，遇到了一个小贼，二人追贼来到了乌脚溪的旁边。那个小贼赤足趟溪而过，王炎和赵苛也都脱下了靴子，随后入溪紧追。赵苛行到河心，一双脚就变成了黑色，腿软脚麻地倒在河水里，幸亏为身后的王炎所救。

王师爷听赵苛说完情况，满腹狐疑地问：“那条毒河怎么会如此奇怪？为何你的双脚会变黑，而那个贼和王炎的脚怎么都没事呢？”

赵苛吞吞吐吐地说：“王师爷，我也不知道准确原因。只是县里的人都说，好人赤足过乌脚溪没事，而坏人却不成。王师爷，我，我可不是坏人呀！”

赵苛和王炎为了在彭县令养伤时，给顶大梁的王师爷增加帮手，确实不是坏人。但乌脚毒溪又是怎么一回事？王师爷安排赵苛先回去疗毒养病，明天一早要亲自到毒溪旁去查看一番。

第二天一早，王师爷来到了乌脚溪边。赵苛昨天被一名捕快背回了家里，双脚上擦了不少的辟毒解瘟散，今天早上黑毒消失，已经能下地走路，就和彭县令手下的十多名捕快，跟在王师爷的背后，来到了乌脚溪畔。

乌脚溪之谜已经困扰了本地十多年，有的人赤足过溪就没事，可是有的人过溪一双脚就会中毒变黑，简直就像在变戏法儿。

王师爷来到河边，瞧着浑浊的河水，用长竹竿从水里挑了一点河泥上来，嗅了一下，对赵苛说：“这河泥有一股刺鼻的酸臭味道。”

赵苛心有余悸地嗅了一下毒溪里的河泥，低声说：“王师爷，河泥一般都是这个味道吧？”

王师爷摇了摇头，竟弯腰脱下了靴子，然后直向齐膝深的乌脚溪中走去。

赵苛被王师爷的举动吓了一跳，大声对身边的捕快吩咐道：“赶快下水，保护王师爷！”

那些捕快们脱靴下河，一股脑儿地冲到了王师爷身边。王师爷的双脚倒没有什么变化，反倒有两名捕快双脚变黑，腿部一软，瘫倒在了溪水里。

王师爷急忙命人将这两名中毒的捕快背到了河岸上。他从车上取出了两个瓷坛子，一只装满了溪水，另外一只装了一坛河泥，然后一行人便回转县衙了。

王师爷回到县衙，和王捕头一起对坛子里的水和泥研究了老半天，直到太阳西落，也没有结果。王师爷一看天色不早，对王捕头说：“咱们先吃饭，填饱了肚子再接着研究！”

县衙里的厨师知道王师爷今天劳累，特意煮了一锅酸菜白肉端到了桌子上。王师爷一边吃菜，一边喝酒。王捕头却不饮酒，只喝茶。

王捕头是南方人，一开始的时候吃这酸菜白肉不习惯，可尝了几口后，也喜欢上了。王师爷三杯酒下肚，瞧着王捕头忽然愣住了，原来王捕头的嘴巴和舌头竟一起变黑了。

吃酸菜饮浓茶，难道舌头就会变黑吗？王师爷夹了一筷子酸菜，放到浓茶的茶水里，果然那茶水立刻就变成淡淡的黑色了。他兴奋地一拍桌子道：“我找到那条毒溪污脚的秘密了！”

王捕头诧异地问：“毒溪污脚的秘密，难道和酸菜浓茶有关系吗？”

王师爷也不回答，只是让王捕头脱下了脚上的靴子，看着这只牛皮拼靴内侧上的“孔记”烙痕，说：“你立刻去将赵苛在乌脚溪中毒时穿的靴子取来，毒溪污脚的秘密就应该在他穿的靴子上！”

一炷香的时间，王捕头将那双赵苛穿过的牛皮拼靴取了过来。王师爷瞧着这三双靴子，都打着孔家靴店的记号，将手一摆说：“你跟我去一趟孔家靴店。”

孔家靴店是一家老字号，从最便宜的草鞋卖起，到一两银子一双的牛皮底快靴都有经销。

大康县的捕快因为县令清廉，所以也没有多少外快，买不起一两银子一双的牛皮底快靴，但是有一种用皮边子拼成的靴子——拼靴，因为物美价廉，倒是他们最喜欢买的。

赵苛在乌脚溪中毒时穿的靴子，恰恰就是十个老钱一双的牛皮拼靴。

王师爷和王捕头赶到孔家靴店的时候，孔家靴店正要打烊。王捕头一说县衙师爷来访，孔老板急忙迎了出来。

王师爷走进了靴店，借着店内油灯的光亮，一眼就发现了那些拼靴的靴筒里面都放着木制的靴楦子。拼靴因为是用皮边子拼接而成，如果不用靴楦子撑起来，实在是没有什么好的卖相。

王师爷留下了二两银子，将那十几双拼靴和靴楦子都买到手里。王捕头也不知道师爷要干什么，只得用青布包着拿回县衙。王师爷回来后，他从拼靴里一一取出了靴楦子，然后将从毒溪中取出的河泥仔细地涂到了靴楦子上。

令人惊奇的是，那些被涂了河泥的靴楦子竟都变成了黑色。

王捕头见王师爷这么轻易地就破解了乌脚溪的秘密，不禁竖起了大拇指，连声叫道："王师爷，您真的是太厉害了！"

第二天一早，王师爷命手下将自己要当堂破解乌脚溪秘密的消息散布了出去。中午的时候，大康县的许多百姓聚集在县衙堂口。大家伸着脖子，踮着脚，都想尽快知道乌脚溪的秘密。

王师爷吃过午饭，就将那些装有靴楦子的拼靴在县衙台阶上摆了一排，王捕头将那坛河泥一一涂到了靴楦子之上，看着靴楦子一个个变成了黑色，围观的百姓们欢声一片。

困扰了人们十多年的乌脚溪之谜终于解开了。孔老板一见竟是自己的茶木鞋楦子惹下了这场祸事，急忙跪地请罪。

王师爷说："不知者不怪，只是你以后千万不要再用茶木制作靴楦子了。"

孔家靴店的孔老板并不是想存心害人，因为他家的后院就长有十多棵高大的茶树，树枯死后树干就被他制作成了靴楦子。新靴子在制作前，皮板需要用火硝鞣制，残存在靴皮上的火硝对茶木靴楦发生作用后，茶木中可以和酸性河泥起反应的成分就会大量溢出，被拼靴吸收。而人一旦穿上了这种拼靴后，脚的皮肤上就沾满了茶木的成分。这些成分和毒溪水里的酸性河泥一相遇，就会发生变黑“中毒”的现象。

孔老板回到家里，一把火将那些茶树都烧掉了，以后再也没有发生乌脚溪中毒的事件。

不久后，县衙王捕头以身体有病为由，向王师爷辞去了捕头的职务，回家含饴弄孙，颐养天年去了。

又过了不久，王师爷来到了距离县城一百多里的王家堡，捕快们一抖铁链子，将坐在藤椅上晒太阳的王捕头锁了起来。

王捕头大叫道：“王师爷，您这是干什么，我可没有干啥违法的事情呀！”

王师爷从袖子里摸出了一张纸，“啪”的一声摔在了王捕头的面前。这张纸上清楚地写着王捕头在大康县城的三处房产，以及四处店铺的准确位置。

王师爷冷笑道：“大康县的捕头一个月五两银子，一年只有六十两的薪俸，而将你的财产折价却有五六千两之巨，这是怎么一回事？”

王捕头拒不认罪，王师爷也不跟他废话，直接将他带回县城。王捕头看着王师爷丢在他面前的刑具，长长地叹了一口气说：“我招，这些银两都是刘半城送给我的。”

孔家靴店其实就是刘半城的买卖，乌脚溪里酸臭的河泥也是刘半城搞的鬼。他之所以这么做，是因为要图谋城阴那片一千多亩的土地。

乌脚溪里有毒的消息传开后，人们不敢蹚河过去种地，城阴那一片土地立刻变成了鸡肋。刘半城经过了十几年的收购，终于将那片地全都买到了手里。收购后，他又借用王捕头的手，故意在王师爷面前吃酸菜饮浓茶，将自己的口腔和舌头全部弄黑。王师爷受到启发后，终于查清了乌脚溪让人黑脚“中毒”的秘密。

乌脚溪无毒,城阴那一片土地立刻开始翻着跟斗涨价。这才是刘半城所要达到的目的。

王师爷可是个聪明人,半年前就觉得乌脚溪的背后一定有事,现在终于水落石出了。王师爷丢下了飞签火票,时间不长刘半城就被几名捕快用铁链子牵到了堂上。彭县令带伤上堂。

刘半城看着王捕头的供状,嘿嘿一笑道:“彭县令,请您屏退左右,我对您有话讲。”

彭县令看着刘半城神秘的样子,一摆手,堂上的一众人立刻退下。

刘半城走到王师爷的身边,压低声音道:“彭县令,咱们可是一条线上的蚂蚱呀!”

彭县令一拍惊堂木喝道:“休要胡说,谁和你这个奸商是一条线上的蚂蚱!”

原来,刘半城为了让乌脚溪的河泥变酸,不惜人力物力,到距离溪阳县三十里的大黑山中采来大量的酸石。这些酸石被他磨成石粉后,偷偷撒到了河底,经过一段时间的堆积,河底的黑泥就酸味刺鼻了。

刘半城将城阴的地全部买到手后,剩在家中的酸石原料就失去了作用,正好王师爷要填坑,他就将这些酸石全都献出来,填到了坑里。

修缮县衙的费用绝对是刘半城帮彭县令赚来的。刘半城现在反咬一口,彭县令还真是脱不清与刘半城同伙的嫌疑了。

彭县令真的没有想到,这个该死的刘半城竟早就对他下了一个套,八百两银子,可是彭县令数十年的官俸。彭县令从椅子里站起,一把抓住了锁着刘半城铁链的另外一端,然后镇定地对身旁的捕快说:“来人,把我锁在铁链的这一端,然后送我们俩到太守那里领罪去!”

刘半城真的没有想到彭县令为除奸佞,竟有如此弃官舍身的决心。他身体摇晃,“扑通”一声跌坐在地……

八

牢房外传来了脚步声，何应等三人先后进入，何应拍着手笑道：“好戏，好戏，彭县令将戏演得出神入化了！”

刘半城呆望着彭县令，半张着口，彭县令说：“此言何意啊，我彭某哪时扮过戏子？”

何应说：“不是贫道有意取笑县爷，那日，彭县令撞墙诈死，我看见彭县令为表与何皇后忠心，而在临终前看了一眼宫内画师为何皇后与汉少帝画的面貌速写，令贫道生疑。若是死去的那三个暗桩是王美人赐下的，彭县令是无论如何也不敢在家中收藏此物。另贫道生疑的另一件事，是三个死去的暗桩在死前气色平平，死后停尸医馆，仵作摸其颈，颈椎皆断，那家仆林虎的手指甲发黑也是心肺缺氧所致，乃系外力勒住颈部。可是仵作的验尸结果还没呈上，彭县令就下了服毒的结论，此是疑点之二。我和王炎、赵苛勘验现场，厨子老张躺过的雪地里，发现了杂乱不一的脚印。县衙内室丫鬟玉坠躺着的泥地上，也发现了杂乱不一的脚印。家仆林虎躺着的茅屋木床前的泥地上，也出现了杂乱不一的脚印，这脚印大而平，来自同一个人。三个家奴不可能在同一时间约好了服毒，那就是有人将他们密约起来逐个杀之。出事前的中午，我在医馆内听见三个人聚集说话的声音，然后是王捕头将他们逐个唤去，说县爷唤他们去府台大人那里有要事相托。那日，王师爷查乌脚溪一事，将所有捕快的拼靴收集起来勘验，赵苛从这些拼靴中一眼看出了尺寸最大的那一双，和家奴命亡现场的脚印大小相仿，赵苛把拼靴

送回时，将这副拼靴的靴底用泥灰板拓了一个鞋印给贫道看，和命案现场留下的完全一样。而这双靴子的主人正是王捕头。”

刘半城说：“可是这里面和我有什么事呢，我只不过是个买卖人，刚才我的一席言论，也不过是和县爷开个玩笑。”

何应说：“刘半城，你在这一系列事情中的作用大了。那王捕头是彭县令的人，只不过充当引你上钩的鱼饵，整个孔家靴店也是彭县令的内应，否则，衙内的捕快为何都穿孔家鞋店的拼靴，这是在给乌脚溪一案埋伏笔，穿上拼靴才能让这件事看起来能查个水落石出，才能让你刘半城浮出水面。而彭县令要做的，就是将你们俩拴在一根绳上，再命王师爷控诉你一个敲诈污蔑之罪，将那一千多亩地的收益尽皆收入名下，用为公的办法除掉你，这大康县小，彭县令一手遮天，谁知道刘半城是谁？一千亩地滚滚而来的收益就尽在彭县令账上了。”何应喝了口葫芦里的酒，看见彭县令冲着自己面无表情，润了润嗓子又说：“彭县令撞墙那日夜里，遗书上写着让我等拿起何皇后的发簪尽皆逃命，从彭县令心狠手辣地除掉家仆，以及老谋深算地对付刘半城，贫道不禁后背发凉，如果贫道拿起三支宫内发簪离开县衙，不多久，怕是县衙的捕快就能赶到，被彭县令以三支何皇后的发簪为证，又有城门前卫兵送我锦匣的口证，定将我等唤作何皇后叛乱余党交给朝廷，等朝廷封赏，升官受赏一石二鸟。至于为什么要杀那几个家奴，从家奴的口音判断，绝对不是宫内的王美人赐的，口音是周口一带，那正是府台大人的所在地。也就是说，暗桩是府台大人留下的，彭县令和府台大人积怨已深，设计将我等治罪之前，先杀了暗桩，除掉耳目不让府台大人知道，待升官受赏后再结交权势除掉府台大人，或将府台大人招致麾下，那三支发簪竟成了官场博弈的砝码。就在这日，想必是府台大人知晓了暗桩被杀的消息，也通过其他探子知晓了我等一路外来人和三支发簪的事情，趁我三人在集市闲逛时，派人密邀我等在附近酒楼做客。府台大人一身便装而来，一席话之后，道出了苦衷，宫内势力犬牙交错，宫内消息又密不透风，何皇后和王美人这两个后宫权势究竟应该押哪个？董太师一直在宫内清除乱党，让府台大人摸不清路，每天如坐针毡。贫道进言，只有董太师的势力是目前值得押的。府台大人听了眼前一亮，说，既然彭县令在何皇后和王美人之间摇摆不定，那他就是乱党！此后府台大人说起彭县令杀了他的三个暗桩，并想将贫道三人交予朝廷邀功，此乃撇下府台大人私吞战果，令府台大人大为恼火。府台大人酒席上说彭县令这一去，必将置府台大人于危险处，府台大人一时惶恐不安，更令贫道等惶恐不安，不知善于算计的彭县令下一步棋走哪里。没想到被彭县令早料一步，怕自己羽翼未丰时与府台大人鱼死网破，就押了刘半城到府台大人那里去赎罪，利益自然均摊了，彭县令做了这么大一个局，刘半城一直在为彭县令卖命还不知晓。"

彭县令听完了，说："这故事不长，但还有短缺之处，可否让老朽一一补齐？这等好听的故事必配上好酒好菜，有人扮上人物在戏台上演着，我等也好下酒，使得兴趣盎然，汝等干吼了半天，可惜了。"

何应道："叨扰了许多日，看了一场朝廷外的权斗戏，我等实在不会在县爷和府台大人之间权衡利弊，话既已说完，我等告退。"

彭县令说："你等往东走，必将经过府衙，真成为府台大人重金留下的谋士，我以后的大康县令还怎么当？先是埋下三个暗桩，现在又撬走三个知情人，你等日后皆成为那府台大人的帮凶，加害本官，倒让本官心中有一推测，不知本官的项上人头值多少钱。不如我们卖个苦肉计给他。天下人都对董太师不忠，你等皆去府台大人那里当卧底，查明他勾结乱党，利用董太师加官晋爵的证据，等大汉祸散之日，我等再奏明圣上一起弹劾。现在纲常混乱，利用歹人攀上的官位，也无人敢揭开老底。"

何应道："你和府台大人怕是斗到下一个乱世也斗不出结果，你们皆是乱世的官，知晓乱世的理，天下平定之后，你们也许只会坐在树梢下，下棋喝茶，对峙到天昏地暗，颐养天年。"

彭县令说："汝等进了我大康县衙，便如鼠进猫巢，乱世已开，何进是我那干舅的关系也便不值钱了，而你这个捧着锦匣的何进宗亲倒是个好机会，我一直在估算着汝等的价格，只是这价格七上八下，让本官拿捏不准。只有骗你们先在我这府衙住下来，给汝等些差事或干做些人情束缚汝等腿脚，让我把汝等和府台大人沆瀣一气的证据做实，一起呈报上去，必是抓其乱党大功一件。我那何皇后抱着先帝的速写画，连同那三个何家暗桩，便是王美人借府台大人之名送于我的，她本想在那董卓进京弑何皇后及废帝后嫁祸于我，一并清除何后之党。今日，有王美人赐的何皇后的速写画，又有何后的发簪三支，府台大人替王美人埋下暗桩，你们一个是何后乱党，一个是王美人乱党，我皆揭发呈报请朝廷清剿，更显得我遂了董太师心愿。”

王炎给了何进一个眼神，楼下面的院子里已经点了火把，因为窗户对面的墙上有一块块亮光，听见外面有数人叫喊，大概正和赵苛厮杀。王炎从窗口处望去，所有捕快衙役的眼睛都望着院内的石塔上，赵苛正拼尽全力在石塔上坚持着，给何应和王炎赢得逃走的时间。

王炎挥上一剑砍断了锁住刘半城的锁链，刘半城见势便跑，被看管的捕快扑上去擒拿。王炎趁势挟持了彭县令，剑抵在脖子上，和何应一步步朝屋外退。

王炎挟持着彭县令躲在门边，听着何应下楼的脚步声。王炎侧过脸，小心地朝门外望去，看见火把在院子较远的那一边移动。

楼梯顺着墙壁一路斜下，台阶大多在黑暗中，只有接近地面的地方有块光亮，一轮满月明晃晃地照在上面。

院子较远的那一侧有一座圆柱形的石塔，那是一个开经布道的建筑。捕快们聚集在石塔的周围，明亮的火把晃动着，队伍似乎有些乱。赵苛正弯弓朝地面隔一段时间射一箭，尽量拖延着时间。

王炎用剑抵着彭县令的脖子，下了一半台阶的时候，捉刘半城的那两名捕快朝石塔下面跑，他们放弃了刘半城，都来围堵赵苛。王炎用剑抵着彭县令，进入楼梯下回廊的阴影之中时，看见院内侧门闪出一个人影，刘半城牵了辆马车在那等着。

“我认识这儿的路，连茅厕在哪我都知道，修缮县衙的时候，彭县令天天请我在这饮酒。”刘半城说。

刘半城脸贴脸上下打量着被剑抵住咽喉的彭县令，说：“我等都是起早贪黑做买卖的小民，怎料你是那般黑了心的国贼禄鬼！”

何应低头系鞋带，王炎撞了上去，持剑的手臂被撞开，彭县令趁势逃脱，在他还没喊出一个字，未多迈出一步时，被一旁的刘半城捡起一块石头朝后脑砸去，彭县令血流不止，倒在地上。

“我这也算是为乱世锄奸。”刘半城说。

王炎提着剑，何应提着酒葫芦跟在刘半城的马车后面，沿着远离石塔那的一个偏僻狭窄的通道走。路上漆黑一片，何应拖着两只笨重的脚，发出簌簌声，王炎在后面，背对着队伍，看着身后的情况倒退着步子走，耳朵跟着何应的脚步声，挪动着双脚。然后经过一个侧室，一部分屋顶已经塌了，月光洒进来，照着一堆堆的木头箱子和破旧独轮车。

“这是修缮县衙时的仓库。”刘半城说。

彭县令的夫人是在睡梦中被院里的喊杀声吵醒的。房间离石塔距离很远，彭夫人站在那儿，从事发地闪耀的火把中，惊讶地看着事情发生。看见赵苛像只会攀云的豹子一般，倚在塔尖的圆顶处，用弓箭拼命向人群中射去，不时有人中箭倒地，其他人不敢上前，不一会儿，人又围了上来。

箭射完了，赵苛从塔尖圆顶处滑下来，跑进了那座石塔。捕快们紧接着跟在后面也冲进了塔里，两团仇恨的火苗交织在一起。有的捕快趁机暗暗撤走，不屑去和这看不清面目的敌人厮杀，在不知真相的情况下为县令卖命。但大部分人冲进塔里要把赵苛撕个粉碎。

彭夫人看到，冲进塔里的捕快有二十多人，以为赵苛会随时被大卸八块，血淋淋地被人从塔里抬出来。可实际上，捕快们一个接一个惊慌失措地从塔里逃出来，一个个踉踉跄跄，因为不知是哪个捕快摔了一跤，手里的火把跌落，落在了塔上最高处储存油料的那个房间，引起了熊熊大火，一些捕快和赵苛困在了里面。先是打斗，后来捕快们开始扑火逃命，等发现四下里都是火海时，就已经来不及了。

彭夫人看到，石塔发生了一场极其可怕的事故，可县太爷在哪？塔里有几个人跑出来，倒在地上扭动挣扎，最后也都一动不动了。赵苛却奇迹般地从火势蔓延的房间内逃了出来，在黑暗中乱走，有点迷糊，受了伤，但还活着，扶着塔顶第二层的走廊扶手呼呼喘气。

赵苛已经被热浪裹住，觉得今天要和这帮冤魂孽鬼一起化为灰烬了。就在这时，一辆马车驶来，赶车的是刘半城。赵苛立即从塔上跳了下去。

赵苛醒来的时候，看见王炎和何应都在自己的身边，脸上不知何时有了一大片瘀伤，一只眼睛几乎没法睁开。

拐过了几间破房，刘半城牵着马，将三人引入了一片宽阔的院落中，院子的尽头有几间茅草屋。刘半城说："这是我早些时候藏石料之处，现在用不着了，给我等避难用，这地方荒凉得鬼都不来。这是城阴处，从前不值钱，院子是我私盖的，该养伤的养伤，该休息的休息，折腾了这两天，我也想歇歇了。"

过了半月，来了一个人，刘半城将此人引来向王炎三人说道："这是同我一起采集石料、开辟城阴的众弟兄中的一个，见我许久没有消息，找我来了。怎么样，三位英雄随我一起避难去？"

王炎笑了笑说："这倒是好事，奈何我们有公务在身，就此别过吧，如果有缘，你我将在梦里相见。"

刘半城说："一路向北走，能逃出府台的管辖之地。"

赵苛问："彭县令如果还活着，会不会向府台衙门请求增兵，这一增兵，县令和府台大人各推说对方是乱党一词，岂不是在真相前化为泡影？"

众人笑说："清醒者骂这个污浊的世界，蠢材才从中浑水摸鱼、坐收渔翁之利。不是太平世道，便是个吃人的世界，你我都免不了一死，不知营造这吃人乱世的董太师，可将自己置身在这乱世当中？”

途径睢县，路过一片苇丛，忽听里面传出一阵声响。赵苛上前拨开芦苇一看，见是只白鸽，不禁呆住了：前不久城墙贴的告示，说是发生了鸽瘟，要求无论何人，但凡遇到鸽子，一律射杀，鸽尸不得碰触，要就地焚化，违令者斩。

王炎说：“不用说，这里面有文章，一城有一城的灾祸。”

赵苛见眼下这鸽子，定是被人追赶躲到这里的，便上前轻轻一捧，把它捧在手里，一番细看，发现鸽腹有一个小伤口，早已结痂，不像是箭伤。

待赵苛等人安置好鸽子，再到京城时已是日上三竿，在城中他们发现围着一群人，挤进去一看，只见城墙上贴着一张榜，上面写着：“士大夫陈冉家的长女疑染瘟疫，但有回春妙手，能治好小姐的病，将赏银若干两。”

这时，王炎等人发现人群中有个身穿粗布蓝褂的老者，一副气定神闲的样子，正待讨教，忽听一阵马鸣，一群人骑着高头大马来到城门前。

领头的是个精壮汉子，伸手把那榜揭下，揣在怀里，率着众人进城而去。

众人赶到宫门前时，发现揭榜的可不是一个人，而是好多人，正在排队进府。原来城附近名医来了大半，都欲来到府中为陈冉长女看病。府门前人山人海，全是看热闹的人。

何应说：“你们知道那陈冉是谁？那是当朝士大夫，不甘董卓弄权，回到老家隐居，没想到长女遭此灾祸，只好于府中广招天下名医诊断。”

一个时辰后，何应等人见名医们全出来了，一个个低头哈腰，以袖掩面，灰溜溜地走了。

人群中一下子炸开了锅，究竟是何等瘟疫，竟令群医无策？这时，忽见一个花白头发的老者走到府门家仆前，低语一番，随后与那家仆进入府内。赵苛等人不明就里，便在府外静观。半盏茶过后，未见那老者出来，府门却缓缓关上了。

此老者大有来头，他是曾经救过先皇一命的神医华佗，平日行踪不定，此番正好云游到此地，听说忠臣陈冉的长女病了，便前来一看。府中医官一见，自然是喜出望外，当下领着华佗来到小姐榻前。

华佗见小姐双目紧闭，气若游丝，忙上前仔细查看，又号了脉。一番诊断之后，华佗眉头紧皱，问道："小姐病前可曾吃过什么？"家仆忙答："小姐曾喝过一碗鸽汤。"

原来，上月底，小姐在花园散心时，见一只白鸽在园中上空不停盘旋，想起户部尚书侯雄曾说过"春吃天上飞"的养生食谚，便令侍卫射下那飞鸽，交给厨子清炖。哪知到了夜晚，小姐突然呼吸困难，医官搭脉一探，竟不能断定所患何病，只好开了常规方子，让小姐暂且服下。几天过后，小姐不见好转，就想莫非那鸽汤有异？忙去厨房询问，得知当日做汤环节并无任何差池。医官分析，小姐定是吃到了一只染病瘟鸽，因为除此之外，小姐再未接触其他异常饮食！

华佗听后，捻着胡须说："小姐心脉受阻，脸色发乌，可以断定，小姐绝非染病，而是中毒。"众人闻言大吃一惊，谁人会对小姐下毒？又是如何下的毒呢？

华佗又说："小姐所喝鸽汤定有蹊跷，既然医官查过厨房没有问题，那定是有人在活鸽体内下了奇毒。不过如此一来，此毒也就有药可解了。"说着要来笔墨，写下一服药方：鸽肝一份，性鲜活；蜂蜜一瓶，量半两。

看着众人对着药方面露疑惑，华佗说："刚才医官说小姐所食之鸽，被食之前，仍能飞翔，说明那毒对鸽子无碍，但对人却如此致命，究其奥妙，定是鸽肝能解此毒。所以只需寻得活鸽一只，取肝作药，多半能解除小姐体内之毒。至于蜂蜜，药引而已。"

众人恍然大悟，可随之又面面相觑。华佗忙问缘由，医官说："这药方中的活鸽，目前只怕是打着灯笼也难找啊！"见华佗不解，医官便解释说："刚才我等之所以怀疑小姐吃的是只瘟鸽，乃因不久前城内发生过大规模鸽瘟，死了不少人，县衙为了灭鸽防疫，连官用信鸽也杀得不剩一只了。"

原来小姐病后不久，有一县急报，该县一山村，一夜天降大雨，村民晨起后见村头掉落死鸽无数，怀疑是大雨所致，便纷纷捡拾食用，谁知食后不久，个个腹痛如绞，片刻光景，全村几百人俱一命呜呼！当地县令觉得事态严重，众吏见陈冉长女这边食鸽生病，那边村民吃鸽毙命，同时出现这么多病鸽，都认为是发生了瘟疫。县令于是下令，赶紧灭鸽焚尸，消灭疫情。就这样，半月光景，全城的鸽子都被捕杀殆尽了。

华佗听后，面起凝重之色，缓缓道："此事，如若属实，那就更非天降鸽瘟，而是人造奇案了。试想，普通鸽子，从不雨夜飞行，又岂能一夜之间，大量暴毙于一村之内？此事相当蹊跷，背后定有隐情。"

众人听后无比震惊。华佗又说："为今之计，应当请县令立即诏告全县，澄清真相，然后再发个悬赏，十日之内，发现活鸽并捕捉送官者，当有重赏，如此才能在最短的时间内使小姐得到医治。"医官听后，频频点头，当即就将此情告知士大夫陈冉。陈冉将此事告知睢县县令，县令听后，在全城各地张贴寻鸽的榜文。于是县令就下了一道命令，把此事交给了县丞侯雄办理。

这日，赵苛等人去看鸽子，几天不见更加精神了。之后精心喂养鸽子，把这个小家伙喂得分外健壮。忽听说县衙又张新榜，废除了灭鸽令，一打听才知道，原来那天入宫的老头已查清陈冉长女之病，根本就不是鸽瘟所致，相反要治好小姐的病，恰恰需要活鸽才行。

第二天，赵苛背着箱子，带着白鸽，进陈府求见神医华佗。一名家仆领着他，左绕右拐将他带到小姐卧房。赵苛见房内布置得幽静雅致，满墙都是诗词字画。

华佗见赵苛来到，立即上前迎接，又有一家仆过来让赵苛落座。

赵苛捧出鸽子对华佗说："如今鸽子已到，请神医抓紧给小姐医治吧。"说完又轻轻用手抚摸鸽子的羽毛。华佗的眼光何其老辣，当下就看出赵苛对鸽子感情不一般，他接过赵苛手中的鸽子正色道："公子肯将心爱的鸽子献出来救治小姐，老夫无比钦佩。不过公子不用担心，小姐之病，仅需取适量鸽肝即可，而此鸽十分健壮，老夫保证将此鸽安然无恙地还给你。"

华佗拿出器具，先给鸽子麻醉，然后顺着鸽腹原有伤口，小心切开。忽然，那切口之中，露出一截东西，华佗抽出一看，乃是一个紧卷着的油纸纸条，展开一看，只见上面写着一行小字：此乃奇毒，无药可解。如果奏功，请速相告；如若有变，来信另谋。一句“此乃奇毒”让华佗不由联想起日前的小姐中毒和村民集体中毒奇案，感觉这三者之间，似有联系，细思之下，心头灵光一闪，不禁频频点头，当下收起纸条，开始专心手术。

手术前后用了半盏茶的工夫，过程相当顺利，鸽子苏醒后果然无甚大碍。华佗把那切下的鸽肝，洗净后切得极碎，放入瓶中，然后兑入清水，用手拌匀，接着倒出一些于杯中，再兑入蜂蜜，便让家仆端给小姐口服。他说如此这般一天三次，连服三天，小姐定能痊愈。

华佗则向前呈上在鸽腹内发现的纸条，把其来历和自己的看法向士大夫陈冉小声禀告了一番。陈冉看过纸条，听完禀告，对华佗的建议频频点头。士大夫陈冉走后，华佗又对赵苛说：“老夫还要借用公子的鸽子一段时间，待夏至过后，定当奉还。”

一切还真如华佗所言，第一天小姐就恢复了食欲，第二天竟能下床走路，待到服药第三天，小姐身体完全康复。小姐从家仆口中得知，这一切多亏了神医华佗和送鸽子的赵苛，便决定向二人谢恩。陈冉也备上酒水，请县令、华佗、赵苛一行三人聊表谢意。

这天正是掌灯时分，京城最大的悦来客栈忽然来了一个蒙面客人，直奔二楼的豪华单间。四下瞅瞅无人后，用手轻叩房门，低声道：“侯县丞，鄙人求见！”只听里面“嗯”了一声，蒙面人推门而入，室内忽然灯光齐亮，来人还没明白咋回事，就被按倒在地。他刚想挣扎，抬头一看，县令正威严地站在眼前，顿时惊恐万状，浑身筛糠。县令一把扯下他的蒙面布巾，原来此人是驯鸽子的陆虎。

县令说：“陆虎，你不在城内驯养鸽子，却来这里鬼鬼祟祟地约见侯县丞，玩什么把戏？还不从实招来！”

陆虎面如死灰，以头叩地，大呼县令饶命，说这些都是受侯雄指使。

原来县丞侯雄是个极具野心的枭雄，早就联络各地欲起兵之豪杰，觊觎皇位，乱世中图谋篡夺，但一直没有找到机会。

表面上，陆虎、侯雄两个人相距遥远，没有联系，背地里却狼狈为奸。陆虎原先是城内的驯鸽高手，城内的信鸽皆是出自他的调教，山高皇帝远，对朝廷阳奉阴违，却秘密通过信鸽，听侯雄差遣。一日，陆虎弄到了一种异域奇毒，此毒霸道至极，人畜若中此毒，绝难活命，唯独鸽子却是例外。他把此事悄悄告诉了县丞侯雄，侯雄思谋良久，心生毒计，要陆虎把一个训练有素的鸽子，注此奇毒，再让鸽子飞回县城，整天在花园上空盘旋。他这边在县令面前大肆宣扬春食妙方，县令常去花园，看到鸽子后，定会射杀食之。如果县令中毒，他就如法炮制，用此计毒杀皇帝，趁机谋位。如果不成，则再另谋他策。

哪知县令却一直并没有射杀鸽子，侯雄特别关心此毒是否有药可解，就用信鸽传信，要陆虎速速用信鸽告知。陆虎接信后，先放飞了去花园的毒鸽，却对侯雄所问的此毒是否有解也不知道，于是又去外打探，如此延误了许多时日，这才写上回信，放飞信鸽。这边侯雄不知情况，算计着应该是毒鸽、信鸽一齐到的，不料毒鸽被陈冉长女所食，而信鸽却不知所踪。侯雄心想信鸽很可能是出了意外，眼下毒杀计谋未施，若信鸽再落入他人之手，阴谋必然败露，为了毁灭证据，他派人制作一批毒鸽放飞至村中，酿成了村中鸽瘟奇案，以使人们误以为发生了鸽瘟，借机在全城范围内灭鸽焚尸，以此毁灭密信。

想不到人算不如天算，正是这灭鸽行动，让陆虎放飞的信鸽一路惊吓躲藏，然后又引起后面的诸般巧合——此鸽为赵苛所救，密信被华佗发现，华佗随后将计就计，将写着“事情已生变，见面来密谈，夏至夜幕时，悦来二楼见”的油纸条，依样放入白鸽体内，然后放飞了白鸽。当夜，县令亲率心腹，秘密在悦来客栈守候，将中计而来的陆虎一举擒获，又从陆虎口中，挖出了侯雄这个幕后真凶。

自此,奇案告破,侯雄、陆虎密谋篡位,被押赴京城。华佗治愈士大夫陈冉长女,又破获奇案,当封官赏银。谁料华佗留书一封后,竟不辞而别,又云游四方去了。剩下赵苛,送鸽有功,自当赏银,不想赵苛竟百般推却,说:“我们一行三人浪荡惯了,银子是束缚人手脚的东西,它让人买屋置地,从此不闻天下事。不如让我兄弟几人在城中住上几日,而后到别处去。”

九

这天，由士大夫陈冉的长女陈蕴领着赵苛等三人逛街，何应一个人在人群里钻挤，给全睢县城的人相面。赵苛、王炎、陈蕴坐在小摊前吃着大盆羊肉，吃完饭，何应晃晃悠悠回来了，摸着瘪瘪的肚子。王炎说："怎么了，你看到的一切面相，不能当饭吃？人脸都是幻象？"

何应说："这睢县城里的人皆有长寿相，兵灾不至于落入此地。"

陈蕴说："那是丰衣足食之面目，一旦乱军践踏，皇帝刘辩也会被拉下了皇位。"

其他三个人回头悄悄地看着背后，无人盯梢，皆对宫内异变长吁短叹。陈蕴说："叹什么叹，就在睢县待着，我爹虽是个士大夫，品级不大，可在这睢县之地却是一城之圣贤，又有县令相助，保尔等性命无忧。"

王炎说："正逢乱世，也看不出什么乱，只是持权人在斗，怕有一天真把你父亲裹挟进去，某位太傅、太保、丞相替皇帝下一道诏书，清查士大夫陈冉藏匿之处，遣一领兵之将对睢县屠城，那怎么办？"

赵苛只顾埋头吃着第二盆羊肉，陈蕴说："你把我父亲当成什么人了，他对权贵一无所争，哪会有什么灾难呢？"

王炎说："陈小姐，董太师清除异己，为新朝新政新皇帝考虑，却有无数人兴兵讨伐，怕是醉翁之意不在酒，都对董太师的位置垂涎欲滴，欺负董太师是西北的，只配打打架。"

突然之间，王炎的话没人听了，街边的小贩喊叫起来，紧接着传来急促的马蹄声，掀起一阵尘埃，将小贩的摊子碰翻，瓜果熟食洒了一地。马蹄声由远而近，向县衙驶去。

“看样子，是府台大人的兵。”陈蕴说。

何应喝着羊肉汤，说：“此地不宜久留了。”

下午，四面城墙贴上了告示，捉拿逃犯王炎、何应、赵苛、刘半城。首犯刘半城用石器杀害大康县县令彭远，主犯赵苛逃脱时杀害了大康县衙门十几名兵勇。

县衙一行人正忙着应付朝廷吩咐的杂事，县丞正叫主簿查今年赋税征缴情况。王炎等人快速备马，谁也没打招呼，匆匆从北门离开睢县。陈蕴也跟着，说如果有县衙兵丁拦路，她可以让兵丁行个方便。四匹马刚走过城门，便是荒野地段，前面一座石桥，王炎一眼就认出了下命令的高个子士兵，白皙的面目，浓眉凤眼，嘴角有两撇胡子，那是前几日在大康县时，府台大人请王炎三人商议对付彭县令一起吃酒时，站在府台大人身边的一名武艺高强的保镖。

侍卫见王炎一行人骑马从远处而来，速度放慢了下来。侍卫脸上带着淡淡的笑意，轻轻将剑拔出，剑柄贴在马鞍边上。

就在队首王炎的马再跨几步就会撞到树上的时候，王炎勒住了缰绳，对侍卫说：“你这是什么意思，从府台那大老远赶来，就为了见老熟人拔剑？”

侍卫说：“乖乖过来束手就擒，省得尸首分家。”

陈蕴怯生生地走了过去，说：“扣下我，将他们放了，府衙那边的事我不管，在睢县他们可是好人，救了我的命。”

这时候，赵苛注意到，陈蕴一走上前，侍卫略微调整了一下马的位置，赵苛立刻明白，侍卫要在自己和对方之间保持特定的角度和距离，以便在发生冲突的情况下获得最大优势。侍卫说：“小姐就是士大夫陈冉的千金吧，鸽瘟案一事早有耳闻，都已经震惊了朝廷，没想到在小姐身上有了突破，一切瞒不过陈大夫的法眼，小姐是不是诈病引得此案告破？”又说：“能捉到窥视王位的大逆不道之徒，县令和陈大夫的功劳自然少不了，听府台大人说，董太师正告请圣上封赏，陈大夫怕不能久隐于此了。”

陈蕴说：“此时回去，朝中忠臣早已被董太师换去大半，我父亲一去必是凶多吉少。”

侍卫说：“朝中的事我管不着，捉住这三个，我能完成任务，请陈小姐速回家去，不要挡住我擒贼。”

王炎说：“陈蕴，你速回去搬救兵，我等在此等候。”

陈蕴策马离去。

三个人怒目对视了一会，唯有队尾的何应用拂尘打着身上的尘土，一切皆没入他眼里，嘴巴里还吐出了一个枣核。

之前，考虑到王炎下马站立的位置，侍卫自己的马头和马脖子会临时阻挡他第一次挥剑，王炎就可能获得关键的那一点儿时间，要么去惊扰马，要么跑到马的另一侧。如果是后者，那么侍卫的剑要越过马的身体，攻击力量和范围就会减少。现在侍卫将马的位置略做调整，像王炎这样弃马而下，将剑留在马鞍上，没有武器想要突袭侍卫，几乎等于自杀。

赵苛注意到了这一切，他钦佩侍卫的战术技巧，也惊讶其中的复杂含义。赵苛注意到王炎的马的尾巴一直在眼前摇晃、抖动，赵苛心里想，这是因为动物的本能呢，还是空阔的土地上刮着狂风？

就在这一刻，何应发出了一声尖锐、刺耳的叫声，不能算是喊叫，那声音让人迅速想起一只绝望的狐狸。侍卫被那叫声惊扰得愣了一下，王炎抓住这个机会挣脱。这时候，侍卫才注意到，刚才的声音大概不是队尾的那个道士发出的，而是来自王炎，因为此前王炎的马在懒洋洋地啃草皮，听到这声音，突然转过头，朝他们冲了过来。

侍卫自己的马在他身后一阵乱动，让他更加疑惑，等他回过神来，王炎已经跑到了攻击范围之外了。

现在，侍卫面对的情况是腹背受敌，没有办法，最后他选择了面对王炎一侧可能先展开的攻击。赵苛惊讶地看到，这位侍卫刚才那么娴熟、那么镇定，现在已经有些不知所措了。侍卫朝自己的马望去，马受了惊，已经跑到远处了。侍卫似乎是想恢复信心，然后他举起剑，双手紧握着剑柄，剑尖略微高出肩膀。赵苛心里明白，这个姿势欠考虑，只会让侍卫胳膊上的肌肉疲乏酸软。

相比之下，王炎显得很镇定，他慢慢朝侍卫走去，在他跟前几步远的地方停下来，一只手握着剑，剑的位置很低。

“王亭长，”侍卫说话的声音不一样了，“你不要在我面前乱走动，尤其是我背朝你的时候。你乃汉室的亭长，是否愿意同我锄奸？那个糟老头不用你动手，只是那个不安分的乡蛮赵苛，一下杀掉县衙数十人，你身上是没有人命的，身为汉吏，不要被他们裹挟了。你是否愿意和我站在一起，共同对付赵苛？”

“我站在这儿保护的恰恰是那个糟老头，除此之外，天下的任何争议和我没有关系，我要护送那个糟老头回泰山，这是我们高县令的安排。赵苛也许是你的敌人，但目前为止他还不是我的敌人。”王炎答道。

“这个人是反对董太师的，王亭长，他到我们周口郡捣乱。我当然渴望履行职责，现在他面露狰狞，他就是我们的敌人，无论从哪个方面讲，王亭长你也要履行一个亭长的职责。留赵苛不除，你我作为汉朝天下最勇敢的男人，是弃刘汉天下于不顾！”侍卫喊道。

王炎说：“我有什么理由因为食汉禄就挥剑面对他呢？是你粗鲁地闯进了这个宁静的地方，打扰我们游山玩水，吓跑了陈小姐。”

侍卫说：“王亭长，如果你不来帮我，恐怕这就是你我的末日了。我恳求你，想想大汉的社稷安危，与我共同拿起武器对付这个嗜血的苍蝇。”

“放下你的剑，就此离开。”王炎对侍卫说，“在我掌握局面的情况下还可以放过你，若落入赵苛之手，你就要当场丧命了。”

“不要被蛊惑，”赵苛用剑指着侍卫对王炎说，“放他走，他会把我们的行踪告诉别人，很快他会带着几十名兵勇扑来，甚至更多。我可不想为了掩护你们再爬一次石塔，世界上根本没有‘仁慈’二字。”

王炎听到了侍卫发出的呼吸声，现在侍卫将剑拔了出来，一开始，两人都将剑尖朝下，这样胳膊不会疲惫。王炎的身体略略向左倾斜，并非直接面对对手。这样的姿势，两人保持了一会儿，然后王炎向右边缓缓跨了三步，从表面上看，他朝外的那侧肩膀已不在剑所能保护的范围之内。但是，要利用这一点，侍卫就必须快速拉近两个人的距离。与此同时，王炎改变了双手握剑的位置，侍卫也在改变握剑姿势。赵苛能感觉到，新的位置有不一样的含义。赵苛已经很久没有如此细致地观察战斗了，自己只是一味鲁莽地乱打，不及王炎对每一个动作都要求甚高，每一个变化都精妙地牵连着下几个动作的连锁改动。赵苛认真地看着，仍然有一种沮丧的感觉，王炎动作调整得既快又稳，赵苛能快速尽收眼底的，连一半都不到。

王炎和侍卫交手之突然让赵苛吃了一惊，两人之间的距离消失了，两人的剑似乎融到了一起。也许是因为两柄剑撞击的力量太大，侍卫拼尽气力，脸上的表情都扭曲了。王炎的脸看不见，但赵苛看到他的脖子和肩膀都在颤抖。时间越久，两柄剑似乎就黏得越牢。接着，犹如某根弦崩断，两柄剑瞬间分开。剑刃分开时，黑色的尘埃——让剑刃紧紧黏在一起的，也许就是这种物质——从中间腾起，飞向空中。侍卫脸上露出惊讶又欣慰的表情，他的身体转了半个圈子，单膝跪在地上。王炎被这股大力推动，身体几乎转了整整一圈，停下来的时候，用重获自由的剑指着远处山巅的云，背部正好对着侍卫。

等赵苛再低头看时，侍卫另一只膝盖也跪在地上。接着，侍卫巨大的身躯扭动着，慢慢倒下，摔在灰绿色的草地上。他又挣扎了一会儿，像睡梦中的人扭动身体，让姿势更舒服一些，等他脸朝着天空，脸上显出满足的表情，尽管他的腿仍在身体下面别扭的蜷缩着。王炎谨慎地走过去，侍卫似乎在说什么，但赵苛离得太远，听不见。王炎在侍卫身前站了一会儿，忘了自己手里还拿着剑，赵苛能看见红色的液体，滴滴答答由剑尖落入泥土。

何应睁开眼皮，又吐了一个枣核，说："结束了？埋了他，别把他的尸体留给乌鸦。"

草丛里有一条被倒地的侍卫惊动的未冬眠的蛇，正从他的身体下方滑出来。蛇是黑色的，但有黄色、白色的斑点，它灵巧地爬过去，慢慢露出整个身体，这时赵苛闻到了一股人的内脏的浓烈气息。那条蛇仍旧朝他们这边滑过来，草丛一分为二，像溪水遇到岩石分流一样，然后又合二为一，蛇越滑越近。

王炎擦拭着剑身，站起身，朝二人走来，说："没错，为了朝廷，亭长应该与侍卫联手，但是现在，一切都变得黑暗无常，我从侍卫的行动中读出的消息是府台大人要趁此征服大康县那片土地，和土地上的百姓以及县衙彭县令的心腹，只有以'为公'的名义替大康县出头，同我们开战，才能将大康县尽快占为己有。派出侍卫捉拿逃犯只不过是一个策略，我们几个人毫不影响府台大人进兵大康县，现在他已成为一方诸侯，窥视朝野，大概将我等忘得干干净净。"

陈蕴领着众家仆握着扫帚、铁锨赶到，现场不见人的踪迹，只剩一条蛇拼命往土里钻。陈蕴望着北面，又独自等待了半个时辰，她不知道自己离开现场的那几刻钟究竟发生了什么，陈蕴不敢多想，直到雨落在身上，越来越稠。

几个人一路快马加鞭赶至杞县，原来睢县、宁陵、考城县一带都属商丘郡，这通缉令恐怕已覆盖了全郡。唯独这杞县属于开封地界，通缉的消息应该还没传达到。也许一郡有一郡的安排，大多数官吏对于通缉令已毫无兴趣。皇帝都被囚禁，且没人拿到好处，凭什么把几个凡夫俗子囚禁起来，还要多沾一脑门子官司，况且被通缉的往往是曹操这类英雄豪杰，多一事不如少一事。

至县城外，见一妇女在角落内啼哭，围着的人指指点点，像看戏一般。何应等三人上前打听，原来这妇女无钱买米。

何应等三人刚打听仔细，就被一路跑来的捕快用绳子捆了，拖至县衙。

县令瞧了瞧被绑的人，自言自语说："嗯，没绑错，是这仨，不对，怎么还少了刘半城？”

捕头说：“老爷，不少，就这三个。”

县令生气地给了捕头几个耳光，说：“啰唆什么？赶快去找！”

捕头领命而去，县令责问何应等人：“你们来我杞县做什么？角落里那妇女为何啼哭？”

赵苛说：“你是这个县的父母官，应该是我们问你那女子的事情，怎么反过来追问我们？”

何应悄悄地对县令说：“我包袱里有一吉祥之物，县爷可要观看？”

县令问：“什么东西？”

何应说：“先把捆住我的绳子解开。”

县令吩咐衙役解开何应的绳索，何应取来包袱敞开，县令定睛一看，三支金碧辉煌的发簪，上面的雀凤栩栩如生。

县令责问道：“这发簪是不是你们抢了那啼哭的妇女的？”

何应道：“老爷真是个清廉的好官，对贵重之物不甚了解，也不放在眼内。这本是宫中的东西，是何皇后生前所戴之物。”

县令大喝道：“尔等休要狂言，宫中侍卫森严，那何皇后被囚于宫内，头上的发簪还能让你等盗去不成？休要用这发簪蒙骗本官。”

何应又从包袱内取出赠发簪的宫内文书，说：“老爷有所不知，发簪是途径大康县路遇宫内使臣所赐，那大康县县令彭远就是见我等有此宝物，起了歹心，才要加害小的等三条人命。此发簪事关党派之争，我等不堪见同朝官吏为了一发簪相互残害，想从彭县令那里要回发簪就此逃避。怎料彭县令爱发簪如命，专爱玩弄权术，要杀我等灭口。”

县令睁大眼睛看那发簪所佩文书，说：“我认得这文书上的印记，这发簪引起的波澜，势必引起下一场废帝前的较量，从死去的何皇后头上取下，真乃不祥之物，应该跟她去下葬，何皇后的阴魂已经笼罩了大汉。”如此絮絮叨叨又说了半

天，问何应："为何宫中使臣要把发簪交予你等保管？"

何应说："我与那何皇后的哥哥大将军何进乃是同宗，何皇后乃是舍妹，不敢妄称。"

那县令想了想，说："宫内的事情太过复杂，下官眼力脑力都不够。阁下就不要再从民间为你那一党派选谋士和继承人了，再斗，怕又赔进去一个皇帝一个皇后，实在不妥。家中小犬和拙荆不是那宫里的皇子皇后，请阁下醒醒，放了本县吧。"说完躬身一拜。

何应说："既然县爷爱民如子，为何县城角落有妇人啼哭，你又不为其做主？"

县令说："哎呀，她呀，乃是师爷的娘子，师爷输了本官七两银子，师爷本来俸禄就不多，本官制定的利滚利这一算下来，师爷家都没钱买米买面下锅了。知道师爷好赌，最爱和本县赌，输了就更想翻盘，他正准备变卖田产，来和本县一决雌雄。县中百姓都知道师爷的对头是卑官我，谁人敢管？只能由着那小娘子一通哭鼻子。围观者的话本县也听衙役们说过，无非是感叹这世道人心不古，可宫里的大将军何进都敢将天下安危赌在一个董卓身上，为何本官打打牌就不可以？"又说："好了，这次升堂有误会，捉了一应的皇亲国戚，下官该死，好了，退堂。"

何应等人来到那女子啼哭之处，不见女子踪影，只有一卖米老汉，便上前打听。那卖米老汉说："师爷家的娘子因为师爷嗜赌，赔没了这个月的口粮钱，想来我这里赊欠些米回去下锅。按说我该怜悯。可是这衙门里的官爱赌是出了名的，衙役们也赌，只不过皆有输有赢，不至于赌到揭不开锅。看来，这阮县令的赌博功夫了得，竟让师爷每月就差去当铺当裤子了，他家娘子陪嫁的首饰都当光了，这种人我敢赊米给他吗？不是舍不得这四升米，如果我赊了，师爷吃得饱饱的，又借钱去赌，输得更多，我岂不是和那阮县令穿了一条裤子，让师爷的娘子骂？他找县令去赌，输了钱回来，更揭不开锅，这米不如不赊。况且那师爷手中是有俩闲钱的，只是不在买米上，专在赌博上。如果满城卖米卖面的都赊一些米给师爷家，岂不是助纣为虐，让师爷家败落得更快？"

“阮县令不知从哪里学了些赌博稳赚不赔的法子，专和城中富豪赌，为官几年，有的赔得一干二净，干脆被县令一道命令，让衙役们抄了家。这被抄家的，我便是其中一个。怎奈家中小儿不听劝阻，非要把县衙赌下来，没想到把祖产赔了进去。县令和县丞还有师爷三个哄骗我家小儿一个，岂有不赔之理？你等可知怎样哄骗？知道家里不给小儿钱赌博，师爷一边放印子钱让我家小儿拿来赌博，一边又把印子钱赢去，又放印子钱。如此循环往复，印子钱的利越滚越大。我那小儿赌的是县衙和周围的商铺，小儿见的世面少，那县衙和周围的商铺又不是阮县令一人的，可阮县令每天只往返于县衙和周遭的繁华地带。我家小儿说是赌县衙，见阮县令斗倒了一个又一个富豪，便想赌掉阮县令的乌纱帽，因为一城百姓的田产家业都赌在县令的名下了，上头肯定来查。”

“怎料，当全县田产被赌到阮县令一家的时候，他忽然封了这些田产，说这些田产来路不明，都是赌徒从百姓手中一点一点赌来的，还把参与赌博的富豪抓去坐牢。那师爷要和阮县令分赃，阮县令不吃他那一套，要把师爷同这些富豪一起赌博的旧账翻翻。师爷无奈，只得和阮县令赌博，把自己输进去的钱再全赌回来。可是阮县令赌技高超，师爷总也脱不了身，还又往里一个劲地搭钱，从前和富豪赌钱都有阮县令庇佑，这回师爷自己真刀真枪上，不行了，只得认栽。阮县令治理手下真是有一套，让那县丞陪那牢狱中的富豪赌钱，县丞手拙，富豪有赢的，便赎了身，出来后再也不敢干赌博的事，慢慢经营，从过去的富庶到如今的小康，日子倒也过得清净。”

“杞县县城再也没有以富凌弱的事情发生，贫富大致均等，此所谓县令治县一大功劳，既使得贫富对等，又在民间清除了赌博风气，没有了富人，连那些黑市、青楼都倒了，这已被府台大人申请功劳一件，不日便将奏上朝廷。那封了的田产，每到季节，阮县令都雇人播种、收获，收成按规上缴国库，给雇农的银钱也比往日的地主高出许多倍，雇农们皆赞叹阮青天治县有方。至于我为什么不赊给师爷家米，我的田产都被县令、师爷、县丞设计夺去了，这三亩在林后的薄田未

登记在册,是我家自己的,师爷不还我田,我也不给他吃大米!”

何应等人走街串巷,找到了师爷家,见师爷家的娘子正拿米下锅。娘子问来者何人,要往何处去。王炎道:“我等是走街串巷的商人,因洛阳灾害频出,故借走至外地躲避一阵。”

娘子应道:“洛阳的乱象是演在表面上的,将来必有人收拾,可这杞县的乱象却被打上了‘盛世’的烙印,岂不荒唐?”

不一会,水开了,那娘子拿来米袋子倒米,赵苛问:“我等来的路上,见你啼哭,就为了这米。一天吃一袋子米,吃光了,第二天再去街上哭吗?”

娘子说:“我哭自有我哭的道理,我哭能哭来一袋子米,哪像我家相公,给阮县令当帮凶,现在骑虎难下,被人耻笑,都当笑话了。”

赵苛见米在锅中翻滚,问那妇人:“这米是哪家米店赊给你的?”

娘子答道:“哪家肯赊给我?还是早些时候,我把家中的六只鸡蛋给了乡下常来做买卖的一位乡下人,我听他说他回去用这六只鸡蛋孵出六只小鸡,他家没有母鸡,还是用豢养的野鸽子孵的,从此就有了鸡种,才在我走了十里山路上门说明来意后,赊给了我这一袋子米。”

十

正说话间，姓罗的师爷回来了，见了王炎他们，口中念道："你等都是想听我和阮县令打牌的故事的？什么世道，瞧人落魄相都瞧到家里来了，让你瞧！让你瞧！让你瞧！"说着拎开衣服让王炎等人看他胸襟处那皮肉上的伤痕，说："这原是我和县爷打赌，一晚上把县衙内的那口破钟赢回来，夜里困乏，拿一炷香自己烙的。"

王炎等人摸不着头脑，赵苛问道："怎么，你们还赌一口钟？"

罗师爷说："县城内的东西，只要是实物都被县爷明码标价了，整个县城一应事物皆是我家县爷赌场上的筹码。一口破钟算什么，我赢来也挪不动，将它估价抵给卖烧饼的，让我每天拿他几个烧饼回家和娘子吃，卖烧饼的也不肯，因为这口钟他们底层人摸不到，像东海龙王用珊瑚做玩物一样，对普通人无益。这口钟只在左右县城前景的上流赌场中流通，所谓流通也就是不流通，是县爷拿笔圈出的一个金蛋，可没有母鸡下这颗蛋，这金蛋也孵不出小鸡来，这蛋也只能在我和县爷的较量中占得一份重量，当铺也收不去，你说这颗金蛋值不值钱，县爷和我们的赌具妙不妙？我刚把那口钟赌了下来，铜的，能抵下一些我和县爷从前的账目。"

王炎问："你和县爷的赌具还有什么？"

罗师爷说："多了，赌博时用的八仙桌上摆的珊瑚，县内富豪曾经进献的玉盏，堂上那口朝廷笔迹的匾额，马圈里的马。"

赵苛问:"赌这些东西,定是有深刻的含义吧?"

罗师爷说:"不假,郡王结婚时,娶的是灵帝的妹妹,珊瑚是灵帝所赠,郡王将珊瑚转交给县爷保管,是为了拉拢县爷辖下的杞县,若是丢了就有破坏郡王联谊之嫌,至少也是个蔑视朝廷之罪。那玉盏一旦丢了,落入歹人之手,流言蜚语四起,岂不是给我家县爷定个收受贿赂之罪?那块匾额要是被人摘了去,县爷还升什么堂,官威何在,就像给老虎拔了胡子。况且皇帝都把要立的储君名字藏在匾额后面,堂上匾额若丢,就怕同僚弹劾我家县爷,编造一个理由污蔑我家县爷意为大汉将来无人即位,岂不荒唐?马圈里的几匹马是逃命用的,天下正乱,明敌暗敌连皇上都分不清,何况我家县爷从不闻天下事,避乱世之外,对乱党而言踏平一个县活捉一个县令如探囊取物,县爷一世清高,对这乱世深恶痛绝,岂能落入乱党之手被天下人耻笑?"又讲:"县爷摆上这四具东西,就是提醒我们当差为官者,要每每仔细,每日自省,与这乱世抗衡到底。"

王炎问:"你从伙同县爷对全县百姓的赌博一事中觉醒了,要洗清自己那本旧账中的浑浊?"

罗师爷说:"我等不是鼠辈,没有一辈子被全城百姓指指点点过日子的道理,我罗某帮县爷完成了政绩,却要替县爷背锅,着实想不通。不似那县丞,仍然乐在其中,和牢狱中的富豪赌博,富豪的命运皆在县丞手里攥着。若哪个富豪还肯与县丞赌,说明还有祖上积攒的财产,能为县上征得巨额赋税分忧,既然已经下狱,再抄家就有些说不通了,此为县爷故意留的活口。县丞便请示阮县令,如此巧设机关,念其富豪年老体衰故而大赦,回家需替邻里多承担数倍赋税以消赌博之孽、牢狱之灾。"

锅里的粥熟了,罗师爷盛上一碗就往喉咙里咽,烫得一个劲儿地咳嗽,气血上涌,待脸上的血色褪尽了,问娘子道:"这粥是谁家赊的?"

那妇人白了一眼说:"你身为师爷,若喝赊来的粥岂不成了乞丐?应该问粥里的米是哪来的,那是我用六个鸡蛋换的。几个月前,我与一个来城里做买卖的乡下人熟了，你和阮县令要拜会路经此地的董太师的谋士李儒，要杀一头羊备上美酒款待，你忘了？你还说阮县令最崇拜李儒，说他替董太师赌了天下，你们家的县爷也模仿他赌下了县城。我去替你们买羊，怎料县爷一个钱也不肯出，说那些赌来的钱都是要充公的，应当视作公款，不能用公款招待朝中大臣，就让你这个做师爷的出钱买羊，以后若有征集上来的粮食，先从中扣出一部分作为咱们家的口粮。岂知，上缴的口粮一升一石也没有咱家的，那阮县令真是个铁公鸡。天下贪官甚多，如果阮县令征两次粮，岂不是把'贪腐'二字写在了明处，让朝中官吏和平民百姓所不齿？阮县令小心了一辈子，不可能在一石粮食上栽跟头。"

王炎说："刚才阮县令和我们的交谈中，可是很忌讳同朝中懂权术的人交往，怕惹祸上身，这些显贵哪个是吃素的？"

罗师爷说："你不知道，我们县爷最想结交朝中显赫，过了大半辈子，不想在这个小小的杞县憋死。在地方为官越久，越知道地方官难做，前几日李儒来，酒过三巡，李儒拍着县爷的肩膀说，只有为董太师提鞋是我等谋臣该做的。你谋你的地方事务，我谋我的京城事务，都是为董太师分忧。话里话外想把阮县令拉入董太师麾下，阮县令毕竟有志向，说全县城的一应百姓的财产经过他阮某的苦心经营，都被绑在所缴赋税的花名册上，怕是汉朝再换几个皇帝也缴不完。现在阮县令自己是过着隐居的富豪日子，只是还有官袍在身，不便透露家财数额，朝中若有老臣厌倦朝中杂务，想享享清福，阮某愿意舍下全城的财富与他交换。阮某不结党营私，若是有一天董太师累了，可以来杞县尝尝一县富豪之滋味。享有天下的董太师下凡，占尽全城财富、买卖、人脉，谁敢说什么，谁敢？那李儒见阮县令是个急脾气，半天说不出话来，最后低声问，若是董太师来了，那辅佐皇帝的工作谁来做？阮县令说，对调啊，董太师过我的生活，我过董太师的生活，身份上是董太师的谋士，和李儒大人一样，为天下事操劳。李儒又问，那之后呢？阮县令道，最累死累活的是皇帝，而如今皇帝年幼，累死的将是我们这些大臣，董太师是个急脾气，大剑一挥就废帝，如取贼寇首级般让人来不及思考。真等董太师来杞

县养老那天，阮某便和李儒大人分管朝中事务，天下事像切饼一样一分为二，这饼皇帝食不得，董太师食不得，诸位大臣也食不得，饼内所藏的一切玄机皆是我和李儒大人共享的秘密。那李儒听后笑说，若是董太师不到杞县来，想在宫中颐养天年呢。阮县令说，洛阳已是饿殍遍地，危机四伏，细作往来于朝野。不如将都城迁入杞县，杞县风平浪静，百姓安居乐业，秩序井然，皇帝和太师周围都换上阮某的奴仆，让那些朝内大臣还留在洛阳，这样人脉、眼线就断了，那些对皇帝和董太师图谋不轨的行动、言论岂不是就此止步？董太师若是还不乐意，就在府衙处设下赌局，每日唤几个大臣来赌一赌，我和县丞奉陪，保管教那些大臣把家业、前途都输给董太师，董太师不用采用权术就把大臣们调理得服服帖帖，又有大臣的家业、人口在手，将来把大臣们一个个驯化得如猪狗一般，效命朝廷，不敢擅自越权，再进那些贬时局、扬自己威名的蛊惑人心的言论。董太师为了天下赌人心、赌政局，我等用牌桌上的雕虫小技赌来众卿家的身家性命，解了董太师的后顾之忧。董太师的赌具是天下，下官的赌具在牌桌上，也能替董太师收服天下，董太师不知赌天下的一个骰子多少步，下官替太师丈量，再多，也多不出杞县城的城墙以外。让那些敢于和董太师打赌、抗衡的大臣们被我的赌具变成杞县的一介布衣，剩下的都俯首帖耳。”

罗师爷又喝了一碗粥，对娘子说：“六个鸡蛋换一锅粥，赔了。”

娘子说：“哪是一锅粥，是四升米，只舀出一瓢米做了粥，以后要喝还能喝许多日。”

罗师爷放下碗，眼睛看着天想了想，说：“六个鸡蛋还不够一人一顿饭，那这回足足地赚了，到底是谁这么傻，把四升米给了你。”

娘子说：“这鸡蛋是我送的，给了乡下来的一个买卖人，六只鸡蛋在他家已经孵出了小鸡，四只母鸡两只公鸡，我这也是跟阮县令学的押宝，他押李儒没押对，我押那个老农押对了，再讨几次米吃应该没问题。”

罗师爷脸一拉，说：“鸡肉啊，鸡肉，好端端地我怎么喝上稀饭了，你把鸡肉给我变出来，那老农家住哪？”

娘子说：“给你六只鸡蛋，咱们家有母鸡孵吗？”

罗师爷说：“不过给他几文孵化的辛苦钱罢了，为何还要把几只鸡便宜送于他？”

娘子说：“你我连喝粥的米都要去赊欠，鸡若放在咱们家，拿什么喂？”

罗师爷气哄哄地嚷道：“妇人之见，妇人之见，卖上一只鸡，养鸡的糠不就全来了？”

罗师爷说罢把碗舔干净，要了那赊米老农的地址，徒步出门。

罗师爷爬了半天山路，一路打听着来到老农家，见门口散养着几只芦花鸡。

罗师爷小声嘟囔着：“我家的鸡，我家的鸡。”就抱起一只鸡藏于褡裢里，敲响了老农家的门。

老农花白的头发，见了罗师爷咧开嘴笑，嘴上缺了一颗门牙。

罗师爷问：“我还没问你，你倒笑我，我脸上可有好笑之处？”

老农说：“我去杞县城走惯了，每次罗师爷出了衙门，走在街上，都被人指指点点，说罗师爷的万贯家财都在阮县令那里。”

罗师爷说：“我真有万贯家财，那是和县爷一起在那帮富豪身上赌来的。这家财放于家中就略显我罗某嗜财，不如暂且用封条把那些土豪劣绅的家门封了，将属于我的那一份也登记在册为国所用，也算是我博得功名后助县爷治理杞县，好事一件，有何可笑？”

老农说：“我只笑你家县爷治县无功且荒诞，却引得全县满堂彩，反而让助他的师爷过得不如一个行脚商。”

老农说得罗师爷垂下泪来，说：“老哥，这芦花鸡可是我家娘子送你的吧？”

老农一愣，说：“你家娘子是谁？”

罗师爷说：“送你六个鸡蛋的那个。”

老农缓过神来，说：“对，是六个鸡蛋，我家老母体弱多病，我就用豢养的野鸽子孵出了六只小鸡来。现在都已长大,我准备让蛋生鸡,鸡生蛋,平日里用鸡蛋给我母亲补养身体,之后,只留一只种鸡,把另外一只公鸡宰了,给母亲熬鸡汤喝。”

罗师爷说:“老哥,杞县这么大,是什么让咱哥俩碰到一起的?”

老农说:“是我勤于去县城做买卖,遇见你家好心肠的娘子,听说我娘病了,买鸡贵,就送了我六个鸡蛋。”

罗师爷说:“不,老哥,一句话,是穷。”

老农眨眨眼,说:“不错,自从县爷设赌局以来,富豪都被下狱,出狱后也没往日那般呼风唤雨之力了,所以搞得物价飞涨,才让我无钱买高价的活鸡。你在县衙终日陪着县爷在赌局上,大子不见一个,俸禄还要搭进去,听你家娘子说师爷要卖祖田了?”

罗师爷说:“不光是卖祖田,祖宅也卖,现在住的是我那开油坊的丈人家的房子,不收我们租金。”

老农说:“罗师爷,你把祖宅租出去,起码不用让你家娘子四处讨米吧?”

罗师爷说:“租出去?我现在只是一个人倒赔在县爷那里,如若让他知道我家的祖宅我有权力租卖,就怕他翻旧账。当年那些富豪全是我上门一个个邀请来和县爷对弈的,开始是下棋,富豪们和县爷混熟了,便发展到小赌,其实县爷有输有赢,只是跟来赌过的富豪交了朋友,让这些先去小赌的朋友出了衙门就散播县爷赌技高超,让杞县百姓不要赌博,否则输在县爷手里,会押上祖传的田地房舍。就这样,城中富豪凡是有私赌者,输的那一方气不过,便去县衙举报。我等就派衙役将其拘来,放进堂里,弄几把桌椅、赌具,和这些富得流油的富豪赌博,这些富豪有错在身,不敢说赢,都撇下几间房舍几亩薄田给了衙门,就当认罪,回去后拼命想在其他赌徒那里把财产弄回来,赌博后又被人举报,再进衙门,再输上几亩薄田,几间房舍,仍觉得县爷秉公执法,没有一丝悔恨,只恨那些让自己赌博输了的民间小厮,让自己赔上了祖传家财。如此又赌,被拘至县爷处又诈输。

心里恨同自己赌博的民间小厮恨得牙根痒痒，专想一门心思对付那些小厮，没想到螳螂捕蝉黄雀在后，没让那些民间小厮赔上一砖一瓦，倒把自己的家财一点点赔进县衙去了。去县衙同县爷赌的也有敢赢的，赢了的回到家心中更狂，又唤来民间小厮疯赌，有输有赢，被举报传到衙门再同县爷赌，也是有输有赢，只不过比起前者，一个输得快，一个输得慢，县爷正是抓住了赌徒好赌不服输的心理。现在，若问杞县城谁最会赌，当然是县爷，像有仙人指路一样，赌来了一座城的家业。若是被县爷知道我有藏匿的祖产不报，我必被县爷算计，先被我唤来和那些同富豪赌博的民间小厮举报，再被我用民间小厮陷害的众富豪指使家丁将我围殴致死，我就是县爷过河的马前卒罢了。”

老农听了觉得有些绕，无奈地点了点头。

罗师爷抱起一只花公鸡说：“老哥，我今日吃你一只公鸡可好？”

老农说：“我要宰一只公鸡给我娘补身子，你若吃了我剩下的一只公鸡，我就没种鸡了。”

罗师爷放下公鸡，抱起一只母鸡，抚摸道：“老哥，那就把这只母鸡给我拿回去炖了吧，那只公鸡我就不爆炒了。”

老农说：“罗师爷，母鸡虽多，也有贵的道理，它好下蛋，一是给我老母吃，二是拿鸡蛋到街上卖，三是它能孵出小鸡来。如果我今天送了你一只母鸡，以罗师爷反复请民间小厮围困、骚扰众富豪的心理，罗师爷一定还会再来讨我的母鸡吃，若都把母鸡吃尽了，我不能再用饲养的野鸽子孵鸡蛋吧。”

罗师爷扔了母鸡说：“那六个鸡蛋是我娘子见你可怜送你的，今日你却眼见我的困难于不顾还讽刺我。我家娘子不过赊了你四升米，我也只喝了两碗粥混个半饱。是先有蛋还是先有鸡我不知道，但在我们两家的事上是先有了蛋，才有了后面的故事。之前那六个鸡蛋我娘子对你是送，今日那四升大米你却要赊欠。那好，我算了一下，六只鸡的价钱正好等于一石米，你送一石米给我，咱们就此别过，那六个鸡蛋钱，和四只母鸡以后下的蛋我也不要了，好不好？”

老农挠了挠头说："可我家没有一石米呀，十升米行不行，你吃完了再来。"

罗师爷说："如果我家娘子再来问你要米，你也要给，你给她米是还她人情，你给我米是酬谢那六个鸡蛋孵出的鸡。"

老农说："师爷，不如我也给你六个鸡蛋，把野鸽子借给你，孵化出小鸡来，咱们的账一笔勾销。"

罗师爷说："你以为我傻吗？先不说那鸽子我要怎样饲养，若飞到别人家寻不见，你定要我赔。就算六个鸡蛋成功孵化出小鸡，这六只小鸡从小到大需要精心饲养，还要雇人修一个铁笼子，防止黄鼠狼来偷，又要花钱。每日六只小鸡的饲料也要搭钱，若躲过鸡瘟、黄鼠狼、鸡贼，等到长大了，六只鸡我是吃呢还是卖呢？吃，不划算，不如这米面抗饿。卖的话，杞县乃是一座赌城，让这赌局要弄得物价不稳，房产田地都落入官府手中，登记在册，买卖不动。商人为了发财，越容易卖的米面价格越高，像鸡犬这一类紧俏物，往日只有富豪家宴请宾客能买来食用，现在他们都垮台了，这鸡已经被划在买卖圈之外，大半可能出价极低，还抵不过养它们花的精力。对了，到时我还欠你一个鸽子孵蛋的人情，怕我家娘子再送你什么礼物，我岂不是再吃一次亏？若再以六个鸡蛋相送，你岂不是成了养鸡大户，富了又不归县爷的赌局管，赌徒心理！"

老农并不生气，说："罗师爷待鸡长大了，可以在我去县城做买卖时，把鸡卖给我呀，这样这笔债总消了吧？"

罗师爷说："六只鸡值一石米，这是咱们俩按照旧例定的价格，将来孵出鸡来也是只能卖你一石米的价钱，你为何不现在给我一石米，解我燃眉之急，无非就是用鸡换米，把这一石米现在给我岂不省事？等将来到了市场上让我冲你叫卖，有县内行情管着，这鸡自然卖不上价了，你岂不是拿我寻开心？你无非想花我的工夫替你孵鸡、照看，如若你病了死了，你家揭不开锅，你给我的那六只鸡岂不是要烂在手里，还欠你个人情，到时候就是你家妇孺老人来我家门前磨牙了。"

老农叹了口气，给了罗师爷十升米，罗师爷便背着米，一路哼着小曲往家走。

心里寻思着："下次我就不要米了，直接用二十升米换一只母鸡，不知老农肯不肯。若有了母鸡就会有鸡蛋，我让我家娘子仍在城中将鸡蛋送于过路做买卖的农夫，送鸡蛋就是送恩情，这买卖就得杀熟，把家里的鸡蛋全送于这些农夫。之后，我一家只索要一只鸡，公鸡用来斗鸡用，母鸡留来下蛋，这买卖便如滔滔江水连绵不绝。"师爷这般想着鸡带来的滚滚利润，哪知那装米的口袋一个角没有缝紧，不停地往地上漏米，农夫家的五只鸡跟着一路啄米，从山上走到了师爷家中。

赵苛等人已经离去，那娘子看到身后跟来的五只芦花鸡，说："你把赢了县爷的那口破钟抵给老农了，换来了五只鸡和一袋米？"

罗师爷被这么一问，早已忘了褡裢里还有一只鸡，看着五只鸡，想了半天，兴奋地说："娘子，咱家的鸡没白给，还是个鸡蛋的时候就在咱们家，如今成了有耳有眼之物，没想到还认得回家的路，造化，造化！"

娘子一摸瘪瘪的米袋，说："你就要了这么点米？"

罗师爷把米袋提在手中，这才反应过来，一路只顾遐想哼曲，早把肩上的米抛之脑外，况且这米是一点点漏的，自己浑然不觉。

娘子说："是这袋子漏米引来了五只鸡相随，你快把鸡还回去，省得那老农怀疑了，将来入城做买卖时来家里要。我把剩下的这点米倒进缸里。"

罗师爷愤愤地拿了一只空米袋，用一根麻绳栓了五只鸡的鸡脚，提溜着上了山，刚到山上，就看见那寻鸡的老农，说："老哥，你给我的米袋漏米，你这些鸡跟了我一路，吃尽了米袋中的大米，你家的鸡吃了我家的米，我让你如数赔偿，不过分吧？"

那老农脑门前鼓起一根筋来，说："好不知羞耻家伙，偷了我家的鸡，用麻绳拴着，过了这座山，就是东明县城，杞县的鸡卖不上价，可东明县物价平稳，还专设有鸡市，你专用我家的鸡做你自己家的买卖！"

罗师爷说："你的鸡吃了我家的米，我今天爬了两趟山路，就为了取回这点米，把你家的鸡剖腹，从鸡嗉子里把我家的米都倒出来，今后便井水不犯河水。"

老农道:“谁能证明是我家的鸡吃了你家的米?”

罗师爷拿着一个空米袋说:“米袋明明都空了,还不是你家的鸡吃的?”

老农说:“你把我家六只鸡偷去,用绳子拴好,又把米倒入家中米缸,去东明县卖鸡这座山是必经之路,恰好被我撞见,扯了好大一个谎,这不,褡裢里还藏着一只,你把鸡藏入褡裢里是什么意思?”

罗师爷说:“这六只鸡都是我家的鸡蛋孵出来的,我见了个个怜爱,就拿起一只放入褡裢里,可我一路只是想如何用鸡致富,和你家这只鸡没关系,我忘了将它藏入了褡裢内,只惦记着我家当年那六只未孵化的鸡蛋,怎么到了你的手里呢?这只鸡倒没吃我家米袋里的米,可以不剖腹还给你。既然说不清,不如你还给我二十升大米,我用这米买你这只鸡。”

老农说:“开始还嫌养鸡费财费工夫,现在又打起鸡的主意,说露了自己还浑然不觉,走,见你家县爷去,让他断断!”

罗师爷说:“走就走,你家的鸡吃了我家的米,六个鸡蛋都是我家给你的,这一断,怕让你连本带利都还给我。”

罗师爷褡裢里揣着一只鸡,手里提溜着五只鸡,背上背着一个空口袋,走到县城时,对老农说:“这五只鸡太沉了,你帮我提一会儿!”老农无奈,只得帮师爷提着鸡,两人推推搡搡进了县衙。

罗师爷命衙役换来了阮县令,阮县令见师爷背着一个空口袋,领来了一个手里提溜着五只鸡的老农,不禁喜悦道:“罗师爷可是见县衙内没了赌局,个个百无聊赖,用这些鸡斗一斗,让那帮出狱的富豪来押注,搞个斗鸡大赛?你背上的口袋是你寻了个会障眼法的艺人变戏法用的,在斗鸡后把胜利的那只鸡卖给来斗鸡的富豪,口袋里有加了蒙汗药的谷粒,斗鸡吃了自然没力气,富豪用它来赌必输。这老者懂养鸡的行道,知道鸡有阴阳眼,用口袋罩住,再卖给富豪,这阳的一面被老者的口袋一罩,拿起口袋鸡眼便昏花,只剩阴眼被强烈阳光一刺照,鸡看见的是满世界的白光,如此一来富豪又得输,这是个双保险啊,罗师爷摆的这个局好。”

罗师爷说:“县爷意会错了。”

阮县令踱了踱步子,忽然问道:“知道本县令为治理一县百姓生息,自创设赌局以来和县丞以及师爷呕心沥血,特叫来一个叫花子,让他每日给我们三人做一顿‘叫花鸡’吃?”

罗师爷道:“县爷怎么每天不是赌就是吃?我家都快揭不开锅了。”

老农道:“我家被罗师爷强行勒索,如此下去,真的揭不开锅了。”

阮县令说:“原来你俩是对头,要来打官司,这官司自从设了赌局,有几年没人打了。从前都是以富凌弱,自从本官机巧行事,判那些土豪劣绅下狱,全县其乐融融,民间再没有发生争执一说。”

罗师爷说:“县爷明察,不来告状不等于没有事,那穷人是见了富人都入了大狱,没钱的更不敢来造次,那穷人道德上真比富人强出百倍?不见得,穷人更有抢夺天下财物之心,山匪、强盗哪个不是穷人变的?今天我特来从半山腰叫来一个穷困老农,让县爷看看他在城外不归这城内法规辖治,如何猖狂至极!”

阮县令趴在椅背上看着,老农说:“县爷明察,罗师爷偷我家的鸡。”

罗师爷说:“这鸡是跟着我的步子到了我家,只怨你给我的米袋漏米。”

老农说:“这鸡自从会走了谁家都没去过,能单单去你家?我不信。既然鸡吃了你家的米,如何又将鸡如数奉还,罗师爷那么小气,更说不过。其实这谜底也摆在桌面上,是罗师爷偷去我家的鸡,把米倒进米缸里,然后把鸡还回来,诈称鸡吃了我送你的米,要剖开鸡腹检验,如此不过是想多讹十升米罢了。”

阮县令说:“吃米,还鸡,偷鸡,这是三个事啊,讲不通,老农怕是打诳语吧?”

老农道:“他家娘子前些时候送了我六个鸡蛋,孵出小鸡,鸡生蛋蛋生鸡,让老农我有了点营生。怎料这师爷家中无米度日,他家娘子就去我家赊米,赊米倒还好,被这贪心的师爷听了定说他家的六个鸡蛋是我这家业的祖宗,变了向地勒索老农。先是要用这六只活鸡抵一石米,后又上门,用抵的这一石米分出二十升换我家一只鸡，如此下来，剩下的那几只鸡怕也都让他借这歪理换了去，请老爷明察。”

阮县令问：“剩下的鸡可曾被罗师爷用所谓的歪理换了去？”

老农说：“没有，可定会有那一天。”

阮县令说：“污蔑。他家的娘子给你六个鸡蛋你为何不吃，偏要孵出小鸡，明显是想制造一场污蔑师爷的骗局。罗师爷在治理土豪劣绅上是立下了汗马功劳的，我县衙封了的田产可有你家的，你受何人指使污蔑衙官吏？”

老农说：“可明明是我家的鸡先孵化在前，罗师爷家没米来我家赊欠在后啊。”

阮县令问：“罗师爷，这事你怎么看？”

罗师爷说：“起初，是我家娘子送了他家六个鸡蛋，鸡蛋孵出小鸡，我去他家要赊一石米，他偏给了我十升米，又给了我一个破米袋装米，那米就洒了一路，他家的鸡全跟在我屁股后面吃米，跟到了家里。娘子耿直，命我还回去，我拴了几只鸡刚到半山腰，就碰上他，说我是偷鸡的贼，一路吵嚷着就来见县爷您了。”

阮县令说：“老农，罗师爷若是真图你家那几只鸡就不会送你六个鸡蛋了，你家的鸡吃了他家的米，你赔上米不就完事了吗？”

老农说：“冤枉啊，老爷，罗师爷褡裢里还藏了我家的一只鸡呢，这定是偷的手法吧？”

阮县令说：“好糊涂的老农，他褡裢里既然偷了你家的鸡，为何还要往你家方向去？就如他家娘子给你送几个鸡蛋，你怕跌碎了，揣进怀里和捧在手心里不是一回事吗？何必纠其细节？”

老农说：“老爷，他是路过，等翻过这座山到了东明县，境况就不一样了。那里有鸡市，而且物价稳定，是这杞县远远比不上的。”

阮县令说：“大胆老农，你是诽谤本官治县有差池吗？你身为杞县百姓，本就该尽义务让杞县在百废中振兴，不仅不把杞县放在眼里，反而胳膊肘往外拐，公堂之上诽谤本县，现在本官就把这几只鸡剖腹，看它们的嗉子里到底有没有从你家赊来的米。”

老农上去护住自己的五只鸡，被衙役推开，尽皆宰杀，检查了嗉子，衙役道：“老爷，五只鸡的嗉子里皆有大米。”

阮县令一拍桌子，怒斥道：“大胆老农，铁证俱在，你还有何话说？”

老农指着罗师爷褡裢里的那只鸡说:“把那只鸡也剖开验了,让老农我安心。”

阮县令又下令让衙役把罗师爷褡裢里的鸡剖开验了,衙役说:“禀告老爷,这只鸡的嗉子里没米。”

老农说:“看见了吧,罗师爷还是偷了老农的一只鸡。”

阮县令说:“既然如此,你家的鸡你自己带走,从此看护好,再不可任意走出院门,给百姓添乱。剩下的这五只吃过米的,我将命衙役仔细勘察,找出失主。”

老农听了一愣道:“老爷,那五只鸡虽吃了米,可也是老农我的呀。”

阮县令说:“这五只鸡油滑得很,是惯犯,既然能胆大到跟了罗师爷一路回家吃尽了他口袋里的米,那别人家的粮食它们何曾没吃过?如此吃了百家饭养大的鸡,就不是老农你一个人饲养的了,故此本县决定留下这五只鸡,查明它们每日行踪,好断定一个主人,再以善言劝勉主人家畜应好生饲养,这鸡也似那骡子、牛、羊,不可乱放养出去踩塌了稻田,破坏了生产秩序。”

老农说:“这鸡从山上溜到县城,如此远的距离,找个失主未免太难了吧,还是让老农抱回去一一问清楚左邻右舍,吃了谁家的米,老农赔上便是。”

阮县令说:“老农不必辛苦操持,本县不怕麻烦,本县就是要替民多担待。这五只鸡是油腔滑调的惯犯,既然有了嫌疑就要配合本县查案,岂有说放就放的道理,要配以牢舍和衙役严加看管。”

老农说:“可这五只鸡明明被剖了腹,死了呀,等到案情水落石出岂不是臭了？”

阮县令说：“以前本县审理人命案也有被案情的峰回路转延长了许多时日的时候，对于尸首的保存仵作自有一套办法，老农不必多虑，虽然鸡最初来自你家，可你也是个被这狡猾的鸡蒙蔽的无辜者、善良人，本县不会加罪于你，回家去吧。”

老农怯怯地说：“我的五只鸡就这么丢了？”

阮县令说：“经过这几年，我将杞县民风治理得很好，这几只鸡既然涉及了破坏民风的案子，就要审查，本县还要抓出指使它们行动的幕后真凶，怕是一个有组织针对本县造声势的团伙，不得不防。”

罗师爷在一旁开口说：“老哥这你还不明白吗，县爷在赶你走，既然这五只鸡被剖腹了，剩下的就是处理下水，这五只鸡县爷今晚得吃一只，留下四只好招待府台大人和其他达官显贵。走吧走吧。”

老农落下了眼泪，说：“今天衙门吃鸡，老农我回去也给老娘炖鸡，真感谢师爷褡裢里藏的那一只。”又说：“罗师爷，你好聪明，让我佩服，有祖传的宅子一套和良田百亩，就这么放着，平时和县爷给那些富豪设局，自己这一套豪宅摆着，就是让满城富豪看看做人要清廉祖宅田产才能保住，此来正好能为杞县纠正民风助力。那一套田产和宅院你也不住，也不宣扬，就横在县爷的眼皮底下，就算是县爷和你翻旧账你都穷得当裤子了，这祖宅和田产你也只字不提，平时也从不犯什么错误让县爷逮着，这是县上唯一没登记在县衙名下的田产，才让县爷垂涎欲滴，所以事事讨好你。看起来，你们是一个红脸一个白脸针锋相对，其实是合伙鱼肉乡里。用的是一套说辞，吃的是一朝俸禄，住的也是一个衙门，管的也都是杞县百姓，杞县百姓何日能看到晴空，杞县何日民风能正？老农豁出命不要了，要说一句‘上梁不正下梁歪’！”

阮县令句句听得仔细，激动得脑门冒汗，大喝一句：“大胆罗荣，早有民间富豪举报你利用民间小厮缠绕那些富豪赌钱，每每被县衙衙役拘来，害得本县令我

和县丞为了正民间风气，同这些富豪赌博，一来二去害得他们丢了家产，有丢了家产又嗜赌者只能锒铛入狱。我问你，那些民间小厮哪里来的，可是你带来专为在杞县兴起赌博从中赚取利润的？为何又鼓动那些小厮同富豪赌博，富豪背后便是小厮，小厮背后便是你，你从中赚取了多少利润，又败坏了杞县风气，害得本官连续几年呕心沥血的治理，黑发熬成了白发。你那藏匿不登记在册的房产意欲何为，是否是赚了富豪的钱积攒下置办的，如此房产田产还有几处？如实讲来。罗荣，你每天穷得连米都买不起，今天还寻觅了一个老农上演了这场夺鸡大戏，分明在演给本官看你有多穷，要和本县分这充公的田产就可看出你的贪心，你才是杞县赌博成风的龙头，制造了一个专属于你的黑色利益链，这些年，你早已富可敌国。县衙的牢房为了掩护你的买卖而关满了人，本县和县丞也成了你一个人手下指使的奴仆。富豪们的家产虽已充公，可本县将来一旦调任，充公在册的产业带不走，带走的只有本县那两袖清风的名声，等下任县令到任，你再将充公的产业和下任县令瓜分，你们之间不存在旧账，这诱惑哪个县令能抵挡？”

罗师爷说：“县爷，那富豪背后的是小厮，小厮背后的是我，我背后的分明是你呀，是你让我邀请那些富豪来和你喝酒、对弈，引得满城骚动，生来这些祸事，富户皆倒，物价上涨，饿殍遍地，让罗某连米都买不起。”

阮县令说：“本来是你造的孽却推到本官头上，好好好，你这油腔滑调之徒，让本官验一验你的话有几分可信。你说这五只鸡是吃了你口袋里的米尾随你到的你家，可这鸡是老农饲养的，又不是那丧家之犬，如何肯跟你回家？山鸡就在山上活动，就如虎卧在山中一样，鸡来到平原人多处便有危险，它能不知？果然被剖了腹。换个比喻，山上有老虎你肯去？嗉子里的米分明是老农喂的，那五只鸡定是没随你回家，被你一绳子系了起来提溜着找老农赔米。”

罗师爷说：“县爷明察，我既然没有回家，那口袋里的米哪去了？”

阮县令说：“你中间应该回过一次家，把米倒进缸里，将口袋弄破，以此为由逼迫老农用二十升米换给你一只鸡，你褡裢里藏着的那一只鸡便是证明。”

罗师爷说："请县爷明断，褡裢里的鸡是我先塞进去的，跟老农要鸡是之后我回去发生的事。"

阮县令说："既然用褡裢偷了一只鸡，还管什么你前我后，强盗抢银子还分时辰给他定罪吗？"又说："赊欠的米是老农家的，那六个鸡蛋孵出的鸡也是老农家的，你却要用老农家的鸡换取他家的一石米，又用这一石米换取他家六只鸡，由此，可见是无中生有。如果说那鸡蛋是你家娘子送的，那老农家的六只鸡也算是你家赐予的，既然老农受恩，赠予你家大米也在情理之中。可你用这六个鸡蛋生出的鸡变本加厉向老农索要一石米，再用这一石米要回之前赠予的六只鸡，由此也是无中生有，两个无中生有便生出一个'贪'字。你却恬不知耻，和那老农对簿公堂，肆意欺压，若不是本官及时转动脑筋，差点也被你拉下水。罗师爷，你贪婪而且谎话连篇，这样的下属我以后怎么敢用，肆意盘剥一个老农，若不是本官将这案子及时断干净了，怕你说那五只鸡是长了翅膀飞入你家的。来人！将这黑心的罗荣打入囚牢，查一查他家藏有几处房产、田地，共计多少金银，我要替汉室匡扶正义！"

罗师爷被衙役拖走时，嘴里大声呼唤着老农："老哥，今天的误会闹大了，可我那一石米可是寄存在你家的，鸡我不要了，都是我那娘子拿这六个鸡蛋惹的祸！可一石米的事看在曾经你有过六只鸡的份上，权且记下吧，等我娘子找你赊米时，不要冷了我家娘子的心。那祖宅田舍现已充了公，我没啥好还你的。老哥，罗某没偷你鸡，只有褡裢里的一只鸡还是罗某想用二十升米找你换的。"

老农惊慌地瞅着被拖走的罗师爷，还没反应过来，阮县令说："老农，今天的案子了了，你不畏权势大胆举报师爷，举报得好，举报得对，这种事要早对本官讲，才不至于被罗荣这种人以恶相欺。县丞家还缺一个家仆，你可愿意去？活不重，有赏钱，比你在山上生活强百倍，关键是能看到许多本县都未必了解的消息。"

公堂上的峰回路转，让老农还没醒过神来。县爷见老农不语，以为老农为难，说："也好，一下子把你送入县丞家未免太突兀，让他生了疑，与本官生了嫌隙，本官还要用他做许多事。等将来本官慢慢渗透，将县丞家上下打听仔细，把与县丞本人相来往的人调查个明明白白，再唤你去，老农，你若有个半大小子一并带去最好，最不令县丞生疑。”

老农仍怯生生地听着，半晌说：“老农的孙子如今十岁，长成个半大小子还要几年，等几年后才能去县丞府上给老爷们买鸡、宰鸡，或炒或蒸或炖，听老爷们讲笑话。”

阮县令一摆手，说：“这个不急，不急，几年后若本官调走了，老农和孙子也不必来了，就踏踏实实过山民的日子吧。老农，这些剖杀的鸡本县会从罗师爷的账上折出银子还你，我家里还有些鸡蛋，不如你稍等一会，我让个腿快的衙役取六个送来，保你以后丰衣足食。”

老农全听懂了，“扑通”一声跪倒在地，直呼：“青天大老爷，为民做了主。请青天大老爷再做一回主，这剖杀的六只鸡放在公堂上不雅，不如让老农打扫干净，把六只鸡一并带回去埋入地下，倒也干净。”

阮县令说：“哦？这么好的鸡你要埋了，不如留给本县的厨子处理吧。”

老农说：“说埋了是怕老爷再追究此案，此案已经结了，罗师爷为了褡裢里的一只鸡，赔上了前途，真吓傻了老农，老农途径师爷家门口时，还要把褡裢里的这只没吃米的鸡送于他家娘子，能省去清理嗉子的工夫。老爷一判师爷有罪，那妇人便没有来钱的路了，只能来我家赊米了，说是赊，就是白送了，等于白白添了一丁人口。这剩下的五只鸡老农拿回去给老娘吃，我爹是饿死的，我们乡下人只听得饿死一说，还没见着有谁撑死的，若五只鸡一顿饭真把老娘撑死了，也是老娘的造化，享了县爷赐的洪福。”

老农来到罗师爷家，送上了一只县衙宰杀的鸡，备说了前事，那妇人听之垂泪。老农又送上六个鸡蛋，说：“不必担心，这是县爷送给我的六个鸡蛋，我想这一切都因这六个鸡蛋而生出，你把这六个鸡蛋还给县爷，或许能保你家相公出来，还能给相公和县爷一人一个台阶下。”那妇人哭得更厉害了。

不费吹灰之力，罗师爷家中的祖产查明了，的确有，但是在一山之隔的东明县，让阮县令惊得下巴都要掉下来，藏万千金银居然越过了阮县令的职权范围，藏到了邻县，让阮县令头脑中的一处金山发生了崩塌，不，阮县令摇了摇脑袋，确切地说是一处政绩的灰飞烟灭。自己管的杞县是以穷为名，而相邻的东明县是以富著称，如果罗师爷的祖产在本县，那功劳就会算在阮县令身上，而这处祖产在邻县，让阮县令觉得罗师爷是一块难啃的骨头，或者说，这时候不能想骨头的事了，全县被放出的富豪有多少已经秘密在相邻的东明县置办家业了？

罗师爷这人绝不能放，或者说那些为富不仁的富豪此时和罗师爷有着千丝万缕的关系，杞县这片天下此时不易惊动，罗师爷这条线索要让阮县令本人一点一点地找寻，也许罗师爷这边的油水不多，祖产就这些，可阮县令要看的是肉下覆盖的骨头所露出来的面目，阮县令觉得，这真相几乎可以用“狰狞”来形容。

罗师爷不出狱，有人受不了了，就是每天盯着罗师爷家门口的那些陪富豪赌博的小厮。这些小厮们皆是游手好闲之辈，最会赌博，当年一个个被罗师爷邀请来和众富豪对弈，同县衙合力骗净了富豪的家财，可县衙的阮县令是个清官，不肯动一丝一毫的公款，富豪的账目更不肯动，那是将来呕心沥血治理杞县不正之风的凭据，县衙便把这笔钱一直亏欠在罗师爷身上，罗师爷便一直拖欠着这帮民间小厮的工钱。听说罗师爷被打入大牢，这帮小厮们不管当官的起了什么内讧，但如此可见自己这两年白忙活了，苦心帮阮县令活脱脱改变了一个县的县貌，如今工钱没有了，看来这帮衙门里的官不光吞富豪的家产，对自己的工钱无故亏欠眼皮也不眨一下，这帮小厮豁上了，要撼一撼县衙这棵大树。

那些小厮们见富豪们都出狱了，又搬来了那一套，每日和这帮富豪对弈。富豪们都对此退避三舍，又不甘日日被这帮小厮骚扰再被阮县令打入大牢，都对阮县令失望至极，觉得这阮县令乃是心如煤炭一样黑的赃官。于是打起了歪主意，没几日与那啸聚山林的黄巾军余党刘辟一部扯上了关系，派人献上了杞县县城绘图，并将杞县家中剩余财产尽皆于东明县变卖，从而支持黄巾军攻城略池，富豪们皆把后路藏在了东明县，希望一把火烧走这个姓阮的赃官，迎来新官治理，让城中的秩序正常，那时候再安安稳稳地做老百姓。富豪们和这些来赌博的民间小厮摊牌，一同对付阮县令，两伙人一拍即合，小厮们也早憋着劲，想把阮县令治理下的杞县来个烧杀抢掠，杞县只是在阮县令眼里繁华有节，在平民眼里早已生灵涂炭，一片荒芜……

这日，城内的小厮们给刘辟的副将送来了出狱的富豪描绘的县衙结构图以及城内的布防图，刘辟的副将得了这两幅图便挥师向杞县浩浩荡荡地挺进。

城内百姓悉数逃往邻县，这夜戌时，阮县令从县衙办公结束出来，城里没有往日的热闹，冷风吹来更觉空旷与恐怖。只有月光映在路面上，而一片云遮得月光尽无，阮县令的瞳孔里倒映着杞县城的影子，不觉感叹："我真像活在了一场虚幻中，杞县便是我做下的虚幻的政绩，今天正应了此言，难道城中百姓皆是女娲娘娘捏的泥人变的？时辰已到，皆化成灰，今天是上天让我在这太虚幻境走一遭的日子，这一走是否已走到了人间尽头？"

正胡乱思索间，"呜……呜……呜……"，激昂而嘹亮的号角声冲天而起，风云铁骑开始奔跑，形成了一股惊天动地的轰鸣声。风云铁骑就像平地上卷起的一股飓风，又像山洪暴发一样，排山倒海，铺天盖地地杀进了县城。

阮县令脸色剧变。

阮县令浑身掠过一阵凉意，就像寒风钻入骨髓一样，直接凉到心里。然后这丝凉意直冲他的脑门，不由自主地打了个寒战。

黄巾军的士兵们个个面无惧色，耳边除了铁骑飞奔所发出的轰鸣声已经听不到轰隆隆的战鼓声。

汹涌扑来的铁骑越来越近，声音越来越大。一张张杀气腾腾的脸，一匹匹狂野凶悍的战马。战士的吼声、战马的喘息声，已经清晰可闻。

副将大叫起来，叫声凄厉而恐怖。

"顶上去，命令前列顶上去……"

“射击……，射击……”

“放……放……”

吼声不停，叫声不停，战鼓声不停，传令兵在队列中疯狂地奔驰。

长箭呼啸而出，一路厉啸着，撕破寒风，穿透雪花，“唰……唰……唰……”

霎时间，漫天长箭，像一片厚厚的乌云，迎面飞向杞县县城一片片楼阁和低矮的房屋。

几个顶在最前面的士兵们几乎在同一时间举起了圆盾。

“快冲！驾……驾……”一个参将全身都趴在马背上，拼命地叫喊着。

凄厉的号角声顿时响彻战场。

长箭落下，箭射三轮。

骑兵像秋风扫落叶一般迅速，瞬间淹没，吞噬。阮县令远远地看见铁骑奔来，眼睁睁地看着自己被铁骑淹没，被滚滚洪流吞噬，大声问道：“你们可是董太师的西凉铁骑？”随后除了临死前发出一声惨叫，什么都没有留下。

被士兵们的脚步踩得泥泞不堪的雪地上，转眼之间就溅满了鲜红的还在冒着热气的血液，阮县令血肉模糊的躯体在战马的践踏下翻来滚去，断肢残臂和着泥沙，雪水在马蹄下飞舞。

倒退四个时辰以前，发生匪患的这天中午，赵苛一行三人在路边吃着油饼和粥，两张油饼下肚，赵苛觉得未饱，就对摊主说：“老哥，麻烦再来俩油饼。”

那摊主收拾着离席的客人剩下的碗筷，说：“粥在锅里，要喝自己去添，只是这油饼没有了，今天也不烙了。”

赵苛说：“是家里有喜事，这么着急赶回去？买卖不做了？”

摊主说：“若要爱吃我这油饼，后天到一山之隔的东明县，在闹市中闻着油香味就能找着我的摊位，只是今日城中到处流传着‘苍天已死，黄天当立。岁在甲子，天下大吉’的口号，想必那‘三公’首领要分出一拨人马踏平这杞县城。”

王炎问：“消息是从哪流出的？”

何应说："这消息是陪富豪赌博的民间小厮放出的，那日还有小厮蛊惑我朝他们背后的杞县富豪手里投钱，想必是富豪已经把后路留在了不远处的某个县城，富豪要向全城百姓借款在邻县汇聚民间资产兴办买卖，赚了钱再对投资者返还利润。这几日这帮小厮整日替富豪们搞民间集资，整个杞县城才这么大，个个富豪都搞集资，说明富豪要搬迁了，唯一能证明的就是阮县令也料不到的情况要到来了，这批富豪在一拨拨搬家，在撤出杞县前搞些融资。为什么不变卖家中仅剩的田产房舍，这是个不能说的秘密，释放出的信号就是这座城马上不属于各家主人，甚至不属于一门心思搞政绩的县令了。要说这些小厮唯恐天下不乱，当年陪人赌博把县城赌得乌烟瘴气，见富豪一个个皆成了穷鬼，没了油水，县衙又不养这帮混蛋，想必是在城内做内应，勾结一股黄巾军洗劫这杞县县城。秩序若大乱，城被毁，小厮们利用黄巾军拿走的是整座城往日的财富，不给阮县令留一分一厘，而黄巾军拿走的是这座城在全国的战略地位，和周围余党勾结，能兵乱洛阳。阮县令豢养的这些小厮们因为结不清工钱而报复他，惹得官逼民反，带领黄巾军屠城掠地，就怕社稷不保。阮县令看起来是朝中不起眼的一个小官，可退一步讲，在天下危乱的局面下，他背后就是整个大汉。"

王炎点了点头，说："这么短的时间，谁能洗劫一座城？除了董卓也就剩黄巾军。"

摊主说："不知城中富人融的利钱能不能准时到账，只是新买卖仍由这帮小厮们张罗，我一个做小本生意的一个子儿也不敢投。"

赵苛说："为何富豪们不自己开诚布公地朝全城融资，而非要经过小厮们这一手呢？"

王炎说："富豪们的一举一动阮县令都盯着呢，这些小厮们本就是些赌博放利钱的主，用他们好做掩护，能在黄巾军到来前，以及阮县令未察觉前无声地融到资产全身而退。既然全城都瞒着阮县令，就怕阮县令是最后一个得知杞县不保消息的，他想调来官军时间不够了，若弃城而逃只能落得一个对朝廷的大不敬罪，阮县令是被这帮富豪撇下的，怕要在这场斗争带来的匪患中被挫骨扬灰了。”

摊主说：“几位可聊得尽兴了？我要速速收拾桌子逃命哪！”

王炎等三人从摊位上起身，看看整座县城，看到有不少百姓皆拖家带口从通往东明县的北门而走，也有的往通向开封县的西门而逃，大小包裹装了一车又一车，抬眼望去，约有数百辆。三人又在一角落处看见罗师爷家的娘子哭泣，不过此时已无人围观。

赵苛走上去，问：“敢问小娘子为何又垂泪，米行不都开到你家了吗？”

那娘子见有人搭腔，还是熟人，就说：“你们有所不知，这米行虽开在了家里，可我日日思君回来，就像月缺等着月圆一样。哪知有今日灾祸，县城不久将遇匪患，我那相公还关在监狱中，岂不白白被伤了性命？”

赵苛说：“小娘子休要惊慌，赵某陪你解救你家相公。”

王炎白了赵苛一眼，何应深深吸了一口气说：“要抓紧时间，匪患如潮水，来势汹汹，我等还要去泰山顶上研究拯救天下的道理。”

王炎说：“大不了和这小娘子还有罗师爷我们五人一同上路，在阴间观其县城被屠戮的全貌，没准还能在幽冥司撞见阮县令等一拨县衙内的禄鬼，将这治理杞县的差池讨教个一二。”说罢，又白了一眼赵苛。

值班的衙役听说是探监，就放了罗师爷家的娘子一个人进去，那娘子见了罗师爷，罗师爷相貌大变，瘦得已是皮包骨头，娘子不禁哭泣，罗师爷说：“呀，又哭了，又哭了，这牢狱你若哭一哭就能哭开，那天下重犯要犯要么多，怕是连长城都要哭倒了。”

娘子说：“相公不知，今日若不救你，就怕我们永世不得相见了。”

罗师爷听了，眼珠一转说：“你要改嫁了？是哪家的财主？”娘子不高兴地说：“你胡说什么呀？你为县衙豢养的小厮们拿不到工钱造反了，不久有匪患将降临杞县城，若今日不救你出来，等明日坐上县令宝座的就是匪首了，跟他你说得清楚吗？”

罗师爷听了,捶胸顿足:“那我辛苦为县爷换来的政绩就是孽绩啊?天哪!”

见那娘子还不出来,值班的牢头急了,出去一看还有赵苛等三人等候,便说:“你们是同那罗师爷家的娘子一同来的,还是要来看别的囚犯的?若也是探监的,别磨磨蹭蹭的只顾和值班衙役扯舌头,速去探监!”

赵苛问:“怎么?牢房还打烊?”

牢头说:“怪不得你们还优哉游哉地转悠,城中百姓哪个不往外跑?没听城中四处传播的消息和城内小儿的口头歌谣,全是唱的黄巾军要来的歌。想那阮县令把杞县百姓治理得是七荤八素,几年下来依然不改旧风,城中百姓能不气恼?这个劫,是阮县令搏来的,真让我等觉得窝囊!竟被一群专和人对弈糊口的民间小厮给整治了,传出去,多大的笑话,一县竟毁于县中一群和县衙机要无关的亡命徒之手。”又说:“罢了罢了吧,急死我了,今日我当班,没有县令、县丞命令又不敢下班,真不知该听县令的话还是该听黄巾军的话了。”

何应说:“既然官军都想跑,那就一同撤了去,给县令留个空衙门。”

牢头说:“空衙门?”

何应说:“你们县令不是好赌嘛,赌来一座城,今日我让他就把这座城作为赌注,看能否被我赌了去,救下全县百姓。”

几个人计谋了一番,何应就昂首阔步来到了县衙,见阮县令正在喂蛐蛐,就对阮县令说:“贫道乃何进大将军宗亲,路过此地,见门不闭户,夜不拾遗,民风甚好,听得一切皆是县爷从一个‘赌’上得来的机妙,使得全县秩序井然,贫道佩服,愿请县爷赐教,来博弈一盘。”

阮县令抬起了头,把盛着蛐蛐的瓮盖上了盖子,说:“法师既然和从前的何进大将军是宗亲,那么一定对这宫内的事知晓一二,这局咱们不赌,就在这围棋上厮杀一盘,谈谈天下的形势,下官甚是喜欢听人用道论讲天下。”

两人对面而坐,何应问:“阮县令可曾闻得最近有黄巾军在活动,也不曾加强城内防守,向京城请得一支兵来驻守?”

阮县令也不抬头，放下一子，说："黄巾军余党一直猖獗，难道林中有蛇道路艰险双脚就废弃了？为官者，都要学会在危险中生存，那黄巾军是你能看得见、可控的，可朝中的大臣们呢，营私结党的皆藏在暗处，让你防不胜防，这苦又对谁诉？新入京的官都是有功之臣，大都落个虎落平原被犬欺的下场，那些营私的群臣像是群狼抱在了一起，维护着一党的利益，蒙蔽着圣上的双眼。为臣者不明察秋毫，朝廷机要处皆被朝内乱党打通，朝内每日党权相斗，斗争者还振振有词相互弹劾。当年皇帝已被十常侍藏于宫内深处，朝中大臣每人每日都纠葛于个人利益，官场昏暗腐败。从下至上的消息通道都被银子、利益交换买断，民怨无处申诉，导致匪患四起，进而成了一股股不小的势力。奉命讨伐者也看重利益借着围剿乱匪割占地盘，一个个的军阀形成了，进而危害中央集权，让朝中腐儒每日唯唯诺诺如刀架在脖子上一般，皇命无人肯听。黄巾军、文臣、军阀将大汉的精神割据成三块，首尾不相连。那日是何进大将军请来董太师，才荡平宫内营私的乱党，立新帝开辟新局面，如今和天下蠢蠢欲动的各路军阀展开誓死的较量。何法师，何大将军将开辟一个秩序井然的新时代，董太师也将名垂千古，你能和下官在天下未平定之日来一场心无旁骛的博弈，说明何法师已从别人的一步之下看到了一百步外，至于那黄巾军，只不过是军阀练刀的器物，董太师酒后的笑料。"

何应说："如果是黄巾军的将军刘辟和你对弈，你也出此言论吗？"

阮县令摇摇头说："就如这棋子，刚才想着这样放，转眼一想不如不放或让对方多走一步，看出他的企图，有时你一招我一招比画下去很累，久不见战果，高手把权术当棋子玩，像我等这样玩棋子当玩天下的，实属蠢材。呵呵，黄巾军来了又怎样，改变不了天下的形势，就如这棋盘上落下的子儿，每落一步都预示着走向灭亡，依下官看，只有董太师才能改变这棋盘上的态势，黄巾军是极好的一粒棋子，不如重金招来对付天下的各路军阀。我已写信给了李儒，信中我讲听闻黄巾军刘辟一部已运行到杞县和睢县、宁陵县一带，请董太师拨兵来我地谈判，将刘辟收揽于麾下，成为破军阀的先锋，此计若成，大可效仿，对阵起来只用黄巾军为开路先锋，不伤我朝中大军一兵一勇。这计若成了，杞县就成了扭转战局的核心爆发点，将来必成兵家必争之地。我已将城内富豪的家产尽收，为的就是让整座城成为一座屯兵要塞，不牺牲小我，怎么拯救乱世？草文已拟，待将来李儒一到，我就呈上此计，让周围邻县接纳杞县百姓，也算为朝廷分忧。文书将昭告城中百姓，来我县衙领取当年因为赌博输去的浮财去邻县安身，谨慎度日。若有一天，黄巾军倒戈，我阮某人遭人毒手，杞县能在乱世中被打造成战略要地，黄泉之下我也闭眼了。”

忽有衙役来报，说有人劫狱，犯人尽被放出，捕快们已经去追捕犯人，一个时辰了还不见回来。阮县令听说，淡淡一笑，还未及开口，县丞来了，呼哧呼哧地喘着气，捧着大肚子说：“县令大人，不光那牢狱中的犯人和捕快们已消失得无影无踪，城中的百姓也几乎消失殆尽。”

阮县令说：“此事有何奇怪，必是那草拟的文书中的消息提前走漏，百姓哪个不怕兵，都去邻近的县躲起来了，这一去甚好，我还怕我阮某人劝不动百姓呢，看来百姓最好说话，与我阮某熟了，知道我的脾气，最识趣。”又说：“今日是李儒派来的铁骑六百来我杞县驻扎之日，先让他们熟悉熟悉地形，我要抓紧把政务整理一下，就怕这兵一到，会附带一个新县令下来，阮某我要升官面见董太师了。”

何应又和阮县令对弈了一阵，两个人三局循环无胜负，走了个和棋。阮县令取来酒和何应对饮，醉了就倒头而睡，何应心里觉得这棋局暗含着如棋盘一般厮杀的天下形式，黄巾军起义一局尚无胜负，阮县令苦苦经营几年与百姓对峙无胜负，董太师在宫中弄权依然惶恐于各路军阀，也无胜负。便在阮县令呼呼大睡间，替他掩好了门，留下阮县令一人等待黄巾军。

那边，县丞换着靴子说：“姓阮的你居功自傲，你不跑不要连累了老夫，又装聋子又卖傻，我倒要看看黄巾军那帮土匪吃不吃你这个酸腐文人的那一套！他们可不会像城中百姓一样拖家带口，慢吞吞地跟你赌博，看你演戏！”

当黄巾军刘辟部占领杞县县城的时候，阮县令的尸骨正躺在雪地里，头发乱蓬蓬的随风卷起。黄巾军的将士分出一拨去抢占县衙，还未下战马的将士看到远处城门口来了黑腾腾的一队人马，看那支队伍盔甲穿戴整齐，知道是中了埋伏。

这些人马乃是朝廷拨来的兵，两队人马相见，立刻将队形调整，拿起弓矛，随着一阵号角，黄巾军两翼骑兵率先出动，中军兵士则跨着整齐步伐，山岳城墙般向前推进，每跨三步大喊"杀"，从容不迫地隆隆进逼。

终于两路大军排山倒海般相撞了，若隆隆沉雷响彻山谷，又如万顷怒涛扑击群山。长剑与弯刀铿锵飞舞，长矛与投枪呼啸飞掠，密集箭雨如蝗虫过境铺天盖地，沉闷的喊杀与短促的嘶吼直使山河颤抖！长箭落下，刺耳而尖锐的叫声让人毛骨悚然，又接二连三的有士兵中箭落马。长箭射到圆盾上的声音密集而沉闷，就像下了一阵猛烈的冰雹。

这是两支国乱中最为强大的铁军，都曾拥有常胜不败的辉煌战绩，都是有着慷慨赴死的猛士胆识。铁汉碰击，死不旋踵，狰狞的面孔，带血的刀剑，低沉的吼叫，弥漫的烟尘……

与杞县城中黄巾军遭遇的数百铁骑折损大半，剩下的少半人马恐再中埋伏，分几批绕远路回到了洛阳。杞县落入了黄巾军刘辟部手中，周围的黄巾军一鼓作气，将一些碎片化的领地逐渐连成了片，刘辟部的势力已经威胁到了洛阳，杞县周围的几个县形势告急。宫内的董卓气得摔了一个茶盏，命令立刻斩下吃了败仗回来的铁骑部队的将军的脑袋。

李儒说："杞县的阮县令行踪不明，这支军队怕是他招来威胁朝廷的，此人最好'赌'，这一次他赌对了，拿整个朝廷和他个人的安危比，朝廷多有畏战者，必然朝廷在这一局中输得一败涂地，姓阮的正是在各路起义诸侯中树立权威的时候，背后支持他的一定是这起义讨伐的各路诸侯联军。他们以黄巾军为先锋，黄巾军乃游荡之军，毫无章法可言，所谓'神龙见首不见尾'，从而也能掩盖诸侯联军的真实出兵路线，以两股势力出鬼兵布鬼局来迷惑朝廷，不利局面一旦形成，朝廷与陛下如在火势之中。那些畏战的大臣每日只知道私下里派人跟诸侯军讲和，以为能挽救朝廷于水火之中，是为朝廷立功，其实正助长了诸侯军的嚣张气焰，太师不可不察。"

董卓说："那几个和诸侯军通风报信扯关系的乱臣我已尽皆掌握密信内容，他们的重要谋士已被我重金买通，等到诸侯联军被说服，待他们兵围洛阳城和你我展开战势的时候，我的大军从外围形成包围，将他们一网打尽。"

李儒说："那个阮县令三番五次劝我等把都城从洛阳迁至他管辖的杞县，幸好我只当酒中玩笑，真若朝廷一应人马皆去，此时岂不都成了刀下冤鬼？”

和杞县百姓一起浩浩荡荡闯入东明县的，还有一支黄巾军，县衙官府人员早已闻之逃窜。东明县一下子没了秩序，阮县令为杞县所做的一切，仿佛环环相扣能传染，像瘟疫一样席卷了东明县、睢县、宁陵县。

县城中随处可见头裹黄布手持矛盾的黄巾军士兵在城中行走，一眼望去，数十个黄巾军士兵混在百姓中间。何应说：“瞧瞧，咱们如今落到匪患中心了，朝廷若下诏剿匪，给朝廷留下的只能是一座空城。倒不是说人们闻听消息都跑了，而是官军无暇辨别头上裹黄布者，是否会来一场屠城比赛，到时候，东明县、睢县、宁陵县等藏有匪患之地皆会尸骨遍野、血流成河。”

王炎说：“这几个县说不太平也太平，说太平如今也不太平，黄巾军一到，就如一粒老鼠屎掉进了粥锅里，作为这锅粥的负责人阮县令，不死于黄巾军之手，也会死于朝廷之手。乱世中的官最难做，仿佛在火上跳舞，你看他跳得欢快，其实根本不敢停下来，停下来双脚一旦被打上烙印，便有藐视朝廷、放纵匪患之罪。”

正说话间，听见一阵聒噪，原来是杞县流民发现了杞县县丞，尽管官袍已脱，但凭着那副嘴脸仍被流民们从人堆里认了出来，县丞眼睛像老鼠眼又圆又小，加上一脸络腮胡还是难逃一辨。被捉出来了，巩县丞也不生气，说：“赌局是阮县令一手策划的，政绩都在他身上，如今他生死未卜，要钱你们去杞县城找坐上县衙县令位置的黄巾军头目要去。”

正撕扯间，赵苛发现一老者用手抚摸着一头牛的脑袋，那牛泪迹斑斑。赵苛上去问这牛为何哭泣，老者说：“这头母牛刚产下一只牛犊，就闻听匪患将至，来不及带走牛犊，所以母牛伤心。”

赵苛抚摸牛头，说：“如今人命都顾不上了，如何肯为一只牛犊牵扯了心思？”

老者说：“牛是我家的宝贝，下地耕田全靠它，如今产下小牛犊，全家自然疼

爱有加。哪知又闹匪患，国不像国，家不像家，这母牛甚通人性，它定是知道人间福康路途走到了尽头，不仅为它那丢失的牛犊垂泪，也为这乱世垂泪。我见了母牛如此通人性，却说不出话，道不出苦，只有垂泪。”

赵苛说：“一头牛尚且知道国家遭难了，那作威作福的官吏却不知，朝中大臣定少不了斗鸡戏犬者，远的抓不到，就抓这近的。”说罢，来到人群中央，拔出剑抵住巩县丞胸口，说：“今日你若不为民做主，进县衙为百姓坐堂平冤，我这把剑定不饶你！”

人群中慢慢撤出了一条路，那是通向县衙的路。巩县丞拱手道：“罢罢罢，乱世当个糊涂官吧，黄巾军和这伙刁民如一母所养，专爱搬弄是非，让天下失了体统。”又说：“可断案那一套我从未做过，只会做些文书工作。”

赵苛说：“你把阮县令吞下的田产房屋按照灾民的申诉都写个条子记下来便可，还有这位老汉丢失在战乱中的牛犊。”

巩县丞说：“开些凭据并不难，哪个财主丢了哪一套房屋巩某心中有数，就为了等以后，我将那证据让后代呈于新任杞县县令堂上，归还了这些城内富豪的一应田产房屋，给后代落个好名声，也让自己心安。”

巩县丞坐在东明县县衙的大堂上，流民挨个吃饭，吃饱的来申冤。何应拿县衙的毛笔做着记录，王炎、赵苛立在两侧。

有一流民上来喊道：“冤枉啊，大人。”

巩县丞说：“你有何冤屈？”

那流民讲：“我家本是良田千顷，房屋数十间，只因和那民间小厮聚众赌博，被杞县阮县令分几次抄家，房屋田舍尽交了公。而那阮县令又不是诚信之人，说好了只是借我这财产一用，可一用就是几年，等全城的富豪皆被抄了家，我那田产竟成了阮县令捉赃的第一道榜样，不仅不归还我财产，还将我与几个大的富户押着全县城游街。阮县令用我的地雇了佃户耕种，给的钱多，阮县令便成了一代名官，被百姓歌功颂德，这杞县县城变成了穷人的天下，求老爷替我等申冤，不仅要重新夺回田产，还要把名声夺回来，我等不堪受佃户的胯下之辱。”

巩县丞说：“怎么来的流民讲的都是同一个版本的故事，人物相仿，故事脉络相仿，地点相仿，就连冤情也相仿。”

巩县丞从椅子上起身，走了下来，掰开了那流民的手说：“诸位，这分明是双干粗活的手。这城中的富豪我皆认得，这人不过是一富豪家中的仆役牛二，是吃了豹子胆，来冒领主人家产。”又说：“牛二，你扯那么多谎话，意欲何为？”

牛二说：“县丞老爷，我家老爷乃读书人，说这一通废话来博得家产他脸上挂不住。一是读书人觉得唯有读书读出来的心气最高，其他皆属下品，所以他无脸来要，唤小的来替他要。二是这一通话他也讲不出，若讲出了，就如泼妇打架，把自己的底线暴露了。小的想，以我家老爷走一步观一万步的行事准则，他应该还看到了别的方面，让小的回去问问。”

巩县丞说：“问啥问？见本县丞为富豪做主了，不要家产又不行，可满城都是黄巾军，怕露了身份，再被黄巾军杀富济贫，所以唤你来做个替死鬼。”

牛二说：“做替死鬼也好，不如老爷就把家产记在牛二名下，等老爷驾鹤西去后，小的多去老爷坟前烧几炷高香。”

巩县丞说：“牛二，听你刚才一席言论，像是读过几年书的人，为何要给人做家仆，不去干个体面的营生？”

牛二说：“老爷说得差了，何为有头有脸？牛二能跪在这里替天下无辜之人蒙受这无辜之冤而申诉，便是第一个敢于出头的人。读那些书何用？不过是正心、修身。我牛二虽无官无爵，可深知为天下人出头的道理，杞县的富人们积攒些钱财不易，还求县丞老爷平了此冤，把有家业者的财富、名声赏回来，牛二有礼了。”

巩县丞又回到座位上，说：“牛二，我只可以开个白条，至于这白条何时能抵得上田产、房舍，就看匪患何时能消，天下之乱何时平定了，能不能给你们这些富豪还回家业，要圣上说了算，而不是老夫我。毕竟这事已经由府台大人归列为杞

县政绩奏明圣上了，一旦形成政绩，那就不是你我大笔一挥就能撤销的，你读的书也不少，应该懂得宫内行事的深远远超过了你家老爷宅院的深。你家老爷的祖产可以扣押，但如果上报政绩这事出尔反尔，这就是蒙蔽圣上了，看似是你家祖产的事，其实事关府台大人的前程、阮县令的口碑和圣上对我们的信任。如若在这事上让圣上丢了脸面丢了对杞县一地的信任，那府台大人治理下的几个县，包括杞县在内，都要遭殃。到时候怕是圣上觉得该地有失体统、丢汉室之颜面了，逢灾年不给该地拨一米一粟，任凭地震瘟疫等异兆，也和他汉室无关，成了汉室发肤上被肆意切下的一缕头发，它还怎样生长或扎成头冠为汉室生风？就怕这私分祖产的消息传至圣上耳目中，连这黄巾军之乱的朝廷也不会派兵围剿，待你我都死干净后再迁一拨新居民来此安家，白白享受杞县一带人民留下的祖业。那董太师最为狠毒，就怕趁此替圣上浇灭烦恼，派出一支兵屠城，既消灭了为患的黄巾军功盖天下，又使得你我的骨灰附庸在董太师的政绩上。牛二，洛阳一带百姓生活在水深火热中圣上都无暇照顾，你却要凭一腔热血在东明县谈文人的理想。你若让我开了这白条，一旦生了效，消息传入洛阳，就是你只顾自己，丢弃了汉室的天下于不顾，我主圣明，必然会维护汉室尊严弃杞县于不顾。牛二，这冤情你还申诉吗？”

牛二说：“我牛二嘴笨，说不过你，你若让天下人来评这理，哪一个人肯替你这附庸权贵的人说话？”

堂外的流民纷纷垂泪，东明县县衙的官员跑了，从杞县带来的那些银两买不了一房一舍。

就在此刻，一队军马赶到，下马的是刘辟的部将龚都，那龚都闻听杞县县丞在黄巾军占领的东明县升堂，判杞县流民的祖产归属案，觉得好笑，便来看看。

龚都下了马，手里握着一根马鞭，身穿胄甲，锐利的黑眸，乌眉斜飞，迈入了堂中。巩县丞见了赶紧起身，拱手作揖，那龚都也不理睬巩县丞，而是意犹未尽地说：“我自小生长在村野，随大军攻城略地时才第一次进城，更没见过升堂这回事。要我说，这升堂时，衙役站在两边，都是吓唬胆小老实的穷人的，有理也变没理，那些县官专爱结交富豪，没理县官也能说出理来。我听说今天巩县丞断案，断的都是流民要回家产的案子，这曾经的富人，如今的流民，在巩县丞眼里是穷人还是富人哪？”说着，鼓起眼睛一瞪巩县丞。

巩县丞头也不敢抬，说：“将军说的哪里话，若没有县里占多数的穷人每天操持着一县的生计，我这县丞的位子也坐不稳，早扶着犁杖下地耕田去了，他们吃的比牛少，干的却比牛多，将军来监听下官审案，下官岂敢造次？只是这些祖产是这些富豪赌博输给阮县令的，阮县令正是用赌博的手段教训这些盘剥穷人的富豪，是为了净化杞县的风气。现在阮县令生死不明，我擅自断案已是越权，开个白条盖上官印让他们领祖产容易，可是如今正逢乱世，我这么一做，岂不是乱上添乱？”

龚都笑了笑说：“我们摧毁的就是腐朽的汉室，你却要用这官印来压人，没有这官印，我们的大军不照样攻城略地？今天你这官是做到头了，居然敢用汉朝的官印来束缚百姓，束缚我的言论。你看，这个可比官印好使？”说着亮出锋利的宝剑，吓得巩县丞低头不语。过了半晌，牛二说：“若不用官印分配一县祖产，成何体统，黄巾军只不过占了数城，大半黄巾军被朝廷歼灭，天下还是汉室的，还要照顾大局的好。”

龚都听了对牛二说：“你站起来说话。”

话声刚落地，牛二站起来，巩县丞“扑通”一声跪下了，颤抖不已，见牛二还未开口，巩县丞见缝插针说：“牛二，你休要发羊角风，胡言乱语，赔上的可是全城百姓的性命！到那时祖产也没得分了，我可不想因为你满口胡话引得杞县百姓往刀口上撞。”

龚都说：“巩县丞觉得性命第一，不敢对峙朝廷，也不敢对峙我黄巾军，是一个活得乱了章法的人。这名叫牛二的年轻人看来有些胆气，你说说，我黄巾军如何能以少胜多，像最初起义时那样，挽救颓势，势如破竹？”

牛二说:“秦末的陈胜、吴广起义最后失败,被随后的项羽、刘邦收拾了残局,先起义的队伍往往为后来的起义队伍开辟局面,让他们吸取教训。黄巾军已是颓势,但步你们后尘的起义军会接连出现,最终摧毁汉室,黄巾军当属开辟汉末起义的先行者。汉室虽然腐败,但仍有相当的经济和军事力量,而黄巾军成员大多是农民,并没有经过正规的军事训练,其将领水平同样参差不齐,调兵运粮、兵法谋略等能力和正规将领不在一个档次,一开始或许能打官军一个措手不及,但对峙时间一长劣势就会尽数显露出来。所以你们只能一定程度上撼动汉政权,不能和朝中大臣里应外合,没有将占领的城池作为后勤补充的要塞,故不能一口气将汉室推翻,最终还是步入了前人栽树后人乘凉的结局中。”见龚都听了感兴趣,又说:“兵道,诡也,起兵前不能将攻击撤退路线保密,反而要告知天下,赢得轰轰烈烈,输得坦坦荡荡,汉室久在中原经营数百年,随便调一支兵进行围点打援,你们的大军就行不得半步。黄巾军是农民起义军,如今却变为一群强盗军,让我等平民谈之色变,宁愿归顺重税压身的官府,也不愿结交黄巾军。你们在起义后完全背离了刚开始时的宗旨,比官府更疯狂地残害农民,你们若久占杞县县城,我们就算和县丞谈妥,要回了祖产,田地祖宅也在黄巾军的控制下,带着官印的白条对黄巾军而言如同废纸,黄巾军没有设立新旧政权交替的工作,这是个盲点。黄巾军如今是为了一己私欲摧城拔寨,几乎蜕变了最初的颜色,忘记了初衷,更不会保护农民,从而尽失民心。”

巩县丞吓得上下牙打战,瞪大了鼠眼,匍匐在地上,龚都说:“依你看,大军浩浩荡荡还有数万人,总不能撤了吧?撤退,往哪撤,人往哪散?大军不能落个有来无回。”

牛二说:“董太师如今为天下人所不齿,不如将黄巾军数万人分散归附各路诸侯军,助其完成大事,各路诸侯军中又都有黄巾军的人马,将来分天下时也好多些谈判的筹码。黄巾军如今精华尚在,不如从长计议,既能依附诸侯联军形成规模,又能讨来个义师的名头。”

龚都对巩县丞说："巩县丞，少了这小子，你们杞县的那点破事你能继续操持下去吧？"

巩县丞头一抬说："不影响老夫。"

龚都说："那我就把这小子借到军中，我脑子笨，虽听得话中暗藏些奇妙道理，却不能回去跟首领一一道来，让他跟我回军寨。"

龚都看了看满门口的流民，又说："一个个被前任县令糟践得活得不如狗，又私心繁重，让县丞在东明县搭台唱杞县的戏。"回过头对巩县丞说："县丞，你累不累？"

巩县丞还匍匐在地，由于没听懂弦外之音，不接话。龚都又说："你猜我的刀斧手一刻钟能剁下多少颗脑袋？"

这句话巩县丞听懂了，颤颤巍巍地说："小的脑笨，数不过来，刀的快必赛过逃跑的腿。"

龚都说："不如我将你这杞县流民尽皆杀之，再给汉室留一座空城，巩县丞断案让本帅我不放心，怕断出什么冤假错案来，既然汉室的尊严重，那就杀他一方百姓，杀一杀汉室的锐气。"

之前被赵苛追问的那个牵牛老汉光脚冲上了大堂，用巴掌扇着牛二的头，口里说道："你这个害人的祖宗，不听巩县丞的劝，居然和巩县丞杠上了，还引来了黄巾军围观，如今看累了又要杀杞县百姓。你爹当初让你读那么多圣贤书，是让你匡扶汉室的，不是让你在这大堂之上公然咆哮，蔑视法制，为黄巾军助纣为虐的！"

牛二又跪下了，巩县丞见事情有转机，从地上站了起来，问老者："你和这牛二是什么关系？"

老者说："我是他二叔，他爹死得早，家中只有这一个独子，最是顽劣，家境和祖上的名声也让他败坏了，只能与人为奴。"

巩县丞问龚都："龚将军，我能接着审一审这牛二吗？"

龚都说:“审吧,这是杞县最后一个案子,审完了你也好脱了官袍落户东明县,不影响我用杞县百姓试试刀的锋利。”

巩县丞拱手道:“感谢大将军不杀之恩。”

牛二说:“巩县丞你不要得意,这拨贼留你有用,他们要占领杞县就必须找个熟悉杞县地形、人口、交通的有用之人,他们占领杞县一日,你便是黄巾军中的一员辖下的杞县小吏,百姓都被杀尽,你就要夜夜守着杞县这座鬼城。你是心向朝廷还是心向黄巾军?你身为汉吏,做人的底线在哪里?”

巩县丞说:“今天我就要治一治你这个为将死的杞县百姓出头的人,我问你,你书读得那么多,通晓天下形势,又敢利用黄巾军唬吓本官,祖上必是久经仕途之人。你祖上是何人,你为何又与人为奴,可是阮县令的眼线?今天故意替阮县令盯着本官,你身后一定有一棵大树,是本官看不到的。”

牛二说:“我祖上第一个为仕途历经坎坷的是做上大司农的牛演,儿时家中藏书甚多,我每每拿下来细看,引得家父喜欢。牛二觉得,读书是开阔人心胸与人为善用的,而不应该用在为官巧争豪夺上。今天汉室官场腐败,天下大乱让牛二心寒,祖上和先皇的对弈、阔论牛二也从家父那里闻知一二,今天就不说了,说了无益,城中百姓不久将死于黄巾军屠刀之下,治理天下靠的是能臣脑子,以及实践者使出凿山之功才能初见其效。治国难,治乱世更难,先皇和祖上每每对汉室的错漏捶胸顿足。这治理天下稍有不慎,便如天上的太阳被玉帝失手打翻,伤及无辜百姓。牛二生在乱世,郁郁不得志,家父在时,家世已随着汉室走向下坡路。家父去世得早,留下一个牛二活得甚无意义,这杞县最大的是阮县令,可阮县令的才思也是在家父之下的。乱臣当道,家父无意去京城做官,便引一家老小在老家生存下来,市井之人不知牛演是谁,更不知我家底细,只有悉数攀交的富豪知道。祖上在朝中也有死敌,家父怕乱世中我的官名引来贼人的报复,故改名‘牛二’以此遮掩。家父去世后,棋盘上对弈无对手,不像祖上能和先皇一边博弈一边阔论天下形势,牛二觉得烦了,见有许多靠赌博赢钱的民间小厮,便尽皆唤来，与之赌博。赌博甚无意思，却可以让牛二输尽家当，过一过苦日子，也算在活着的时候尝受了人间的世道轮回。”

巩县丞说：“既然你也从民间小厮那吃了苦头，为何不替自己要回家产，而把侍奉过的主人的家产放在你家前头？”

牛二说：“我家算不得巨富，这民间小厮无盘剥我之意，是我从市井街头间唤来的，这阮县令利用民间小厮设陷阱，骗取富豪财产在后，而牛二利用这帮民间小厮赌去我家财产在前。故此，牛二的故事和杞县富豪入狱一事无甚干系。”

巩县丞眼珠一转，说道：“也不尽然哪，那民间小厮本来只是小赌，对于赌房舍、田产一事本没有规章制度，至于阮县令用了这些民间小厮，是见他们已经成势，在城中利用赌博做起了富豪间相互利用小厮炒房价、陷害其他富豪、进行盘剥之事，小厮们分明已经成了富豪间进行竞争的工具，各种依每盘对弈标出的押注价格已经在杞县形成了行间定价，阮县令才敢放心大胆地启用这帮民间小厮依照民间的赌法对富豪进行下套，要说起来，你是这城中富豪陷入灾难的始作俑者呀，是你用一套祖产换来了杞县所形成的一道奇葩风景，才使得阮县令功绩卓著，富豪反抗，引来了杞县的刀兵之灾。”又对那牵牛老者说：“老伯，我问你，你这侄子说的可是实情？他又何故去别人家里为奴呢？”

老者说：“是阮县令拉拢我这侄子做坑害富豪的同党，因为小厮们和他最熟，让我这侄子做个暗桩，侍奉哪家富豪，便将此富豪家中的一应具体事情摸个底透，对富豪进行蛊惑，拿来赌行中新炒作出的押注价格，让富豪们把钱押在上面算是给阮县令搞的赌局搞融资，能赚些利钱。富豪们都相信这个祖上做过大司农又有一肚子圣贤经纶的家仆，一个个皆把家产拿出一份押上了。可是阮县令融了资之后，就开始放高利贷，借高利贷的大都是想利用利钱进行赌博翻身的穷人，可翻身的甚少，多数人赌输了还不上利钱便卖了自己成了富豪的家奴。阮县令把融到的资金拿出一些给我这侄子，让他给那些卖了身的家奴给自己赎身用，家奴个个赎身，对阮县令感恩戴德。可富豪们见这些钱打了水漂，气愤难当，我这侄子便从中调解，有了阮县令这个融了民间资本的钱庄，赌行中的押注价格便让参与赌博的富豪自己定。富豪们赌了一阵，有输有赢，赌行的押注价格也逐渐确定了下来，房屋田舍都舍不得押赌，便以家奴充作赌博的赌资。只是府台大人巡访，无数赎身的平民喊冤，告的是杞县县城赌博成风一事，怕阮县令翻手云覆手雨，再把自己充作赌资变作家奴。府台大人一经过问，杞县马上县风大改，市面再也不进行公开的赌博交易了。

只是阮县令又颁布一条，赌博犯法，那些曾经拿了利钱赌博成了家仆的皆被问罪蹲了大狱。我这侄子又重新扮作好人，挨家串访，主动给有钱人家做家仆，面上一套背后一套，不敢想阮县令怎么害大家，只敢想阮县令如何于危难中救大家。我这侄子和富豪们做起了买卖，赢狱中一个家仆者阮县令表扬，赢两个家仆者阮县令嘉奖，赢三个家仆者县衙送匾额，赢四个家仆者县衙给善人立牌坊，赢五个家仆以上者，将此举写进县志，且能通过辟举、荐举，能由阮县令指名出仕为官。富豪们一个个心动，哪个不想坟前长蕙子冒青烟？由于事关县衙威严，我这侄子在衙内无职，自然不便出面，事情就由县衙的罗师爷来做。富豪纷纷和罗师爷麾下的小厮们赌，赌博犯法，去衙门接受县爷的指点后再回来重新赌博。富豪们知道，这是花钱捐官，阮县令既想为县衙创收又想做善事，官本来就不好做，富豪们攀爬做官的途径自然显得艰难、狭窄。富豪们输了房子、田产，尽皆由于赌博的罪名被县衙打板子教训。说来可笑，府台大人一句话，阮县令成了二皮脸，却用‘赌’拴住了全县的人心。那些嗜赌成瘾者众多，皆下了大狱，走上仕途的一个没有。”

巩县丞问牛二：“牛二，你这回来欲夺回家产，是夺回你家哪个主人的家产，不会尽皆夺回再替阮县令搞融资吧。阮县令护得严哪，紧要关头把你换成了罗师爷，要留着你干大事呀，阮县令的心思只有天知道。”又说：“黄巾军首领这就要杀杞县百姓了，若没有你这始作俑者从头而来的一番戏弄，杞县百姓何至于落此境地？待你我都死干净后，杞县的一切也不被人记，尽皆说我等是死于战乱，一切功绩孽绩尽皆抹去，留下的只有这片浸血的土地。就怕董太师说杞县一带已被黄巾军控制，等皇上恩准，那屠城的兵已经在路上了，不光杞县，还要连累东明县、睢县、宁陵县三地，我听说黄巾军不久将攻打开封县，你将这兵祸越引越大，那董太师也不是面善之人，会将人越杀越多，待平定兵乱，史书上记载的是这一日朝廷剿灭多少黄巾军，而略去我等百姓不提，如此的政绩将记在屠城的兵身上，我等皆成了趴在屠刀刀刃处的蚂蚁，一旦使刀，你我必将首尾分家。牛二，你应该活下来，目睹这场惨剧，去看看洛阳的惨象，皆是你这种喜好搬弄是非者所为。当然，你能活下来，凭那三寸不烂之舌在黄巾军的庇佑下活下来，将来怕是还要名震军中，被朝廷收买，像你的祖上一样为朝廷尽忠，这就是你们走仕途之人的路子，是踩在万民的身上攀爬上去的。如今兵患降临，你还像鸿儒一样展示着经天纬地之才，我主圣明，必然会维护汉室尊严弃杞县于不顾。牛二，我再问你一遍，这冤情你还申诉吗？！”

牛二说：“世间生命皆贵，轮不到朝廷来压我们，我要用我的血表达对汉室的深爱，我牛二一命愿能抵得上千万条命。”说罢，触柱而亡，脑浆迸裂。牛二的二叔气血上涌，昏死了过去，围观的富豪没有不捶胸顿足者，不敢有骂朝廷的，只能对巩县丞指责道：“乱天下的走狗，搬弄是非的小人，霸占杞县财产的恶人，在兵匪夹缝之间苟活的蝼蚁，愿人间怒气引得天上千道雷来劈这中原大地，福佑的升天，孽满的入狱。”说罢，又有二三十人自寻短见，死在了东明县县衙门口，瞬时，哭声遍野，引来无数黄巾军将士围观，皆瞠目结舌，一时间，舆论哗然，黄巾军内部士兵都言：“原来是这天命不让人活，我等和朝廷文武还斗智斗勇，都是一个水洼里的蟾蜍，兵灾犹如洪涝，随我等造反起势，有家的无处回，家也早毁在了战火当中。”

何应竖着毛笔，问巩县丞：“敢问县丞，这白条还开吗？”

巩县丞摇了摇头，闭眼道：“流民要的是安逸，我给的了吗？杞县已被黄巾军控制，不久就毁于战火了，白条既然不能哄住流民的情绪，不如在这生命倒计时

之际,想想一生所做的善事,祈求杞县一带平安。”

龚都说:“我回去和刘辟将军讲一讲,按这牛二小兄弟之言,不再使天下起乱,而是依附一支诸侯军平定战乱。牛二和死去的百姓能不畏县丞身后朝廷的权势,我等起义者也不畏朝廷的权势,此乃是肝胆相照,我等即将撤走,把这杞县留给杞县流民,阮县令已死,一切如初。”

董卓用刀砍宫内蜡烛上的火影，火影一起一冒，董卓对一旁的李儒说：“朝中大臣也不尽是贪生怕死之辈，许多如这火影，在犹如屠刀一般的强权面前能屈能伸，不屈不挠，真乃大丈夫也！砍了一会火烛上的影子，火苗没事，老朽的刀倒烫得滚热，这还是曹操献上的七星宝刀，现在这刀握在手如握着天下的形势，不称手又不称心。睡觉的时候，经常听到如马嘶一般的鸣叫声，这噩梦的内容便是那诸侯军杀至洛阳了。”

有军士来报，围于杞县、睢县、宁陵县一带的黄巾军并没有攻打开封，而是要依附诸侯联军一同起事。董卓听了对李儒说：“这些黄巾军依附诸侯军说明什么？说明在他们眼里老夫成了软柿子！”

李儒说：“太师多虑了，那些黄巾军成不了气候，才和诸侯军联合，诸侯军也不过是一帮乌合之众，流浪一般的匪患罢了，并且诸侯军不像朝廷的军队有可靠的后勤保障，如今北风凛冽，滴水成冰，听说诸侯军连过冬的棉衣都没有，如叫花子一般，叫花子再多，也不足为惧。我已派谋士行进在联络诸侯军的路上，让各支诸侯军都有朝廷的谋士，将来各路诸侯必将发生内讧，那时太师胜券在握，这一小股哀兵就算破釜沉舟，也难以与太师的虎狼之师抗衡，到时还不是任由我们的将士围追堵截、刀砍斧剁？”

龚都得知赵苛一行为了救天下之乱而长途跋涉赴泰山寻道，说：“此去泰山一路坎坷，要小心为妙，乱世如这遮挡阳光普照的乌云，要拨开它，需要上天入地

的本领。”

何应说：“能平定乱世的方法很多，你等此去依附诸侯军，我等向圣人讨要平定乱世的方法，董卓逆贼已为千夫所指，定不会长久。”

龚都等一应将士从杞县一带离开，涌入东明县的流民又慢慢向杞县走去。赵苛和王炎穿着黄巾军首领送上的兽皮衣服，往封丘县走去。身边长草摇曳，晨曦从草间漫过来，远处的河水平稳地流淌着，无风无浪。何应问道：“你们二人怎知让巩县丞断阮县令封下的杞县富豪财产一事，能引起黄巾军一行人去向的改变？”

王炎说：“牛二之死算是个高潮，也是个意外，不过我觉得巩县丞一旦断案，必会装腔作势空打一个白条，他会做的只是拿朝廷的威严吓唬百姓，我就要给黄巾军看看百姓是如何不惧怕朝廷的，同黄巾军一样志同道合，以此唤起黄巾军更高昂的斗志。”

赵苛说：“王炎所说正合我意，那牛二本人是我从他牵牛的二叔那里了解的，他乃是杞县赌风的始作俑者，我才怂恿着推他上堂去的。”

何应说：“我觉得我们如今就坐在一波清潭之上，现在筏子越漂越慢，我们把棍子伸向河水，发现一下就碰到了河底，我们想把筏子往河中心推，但是那棍子似乎被河底吸住了，使不上力气。这时，长满深草的田野上，天已经亮了，我们看清楚了木筏四周都缠着厚厚的水草，好像要把我们牢牢绑在这片静止的泥水中一样。”

早晨的阳光照在何应身上，王炎能看出来，何应浑浊的眼睛盯着自己脚下，目光专注。何应说：“我爱这片土地，此去泰山救的是天下，‘天下’这个词比‘天下百姓’要大，天下的百姓会跑进黑暗中，而天下不会。”

三人午间到了一座木屋内，没有人，四周偶尔有狗路过，赵苛拿来火绒点燃了火苗，火苗“噗”地燃烧了起来。

赵苛脱下靴子，在火上烤。不一会，打起了盹。

天空中，一只鹰盘旋了好久，最后消失在云彩里。

何应拿着酒葫芦，里面空空如也，何应说：“我去城中转悠转悠，找能沽酒的地方。”

王炎说：“把葫芦给我吧，我倒要看看是什么笼罩了县城。”

王炎骑马往县城中心跑去，整个县城空空荡荡，酒肆前有几面招引客人的幡子。

一种不祥的预感涌上王炎的心头：“这封丘县难道已被屠了城？”

远处尘烟四起，不一会的工夫，城内影影绰绰出现几十个刺探的排头兵，几十双眼睛捕捉着整个县城的情况。

王炎躲在一家敞开后门的杂货店里，伏在货架下，两只眼睛悄悄穿过货架，像狼一样警惕着城内几十个探子的行踪。这些探子很怪，随手拿一把扫帚，倒退着走，凡是土地上留下脚印的地方皆用扫帚重新拨土掩盖。

王炎蹲得腿麻，慢慢起身，弓着身子一个跟头翻到杂货店的楼梯处，像猫一样往上攀爬。

到了二楼，王炎匍匐在阁楼上，清楚地看见几十个探子回了军中，大军一眼望去有两千之众，皆穿重甲，列成一个个方阵。

赵苛盯着地上一处印记说：“人的脚印！”

何应说：“王炎去城里沽酒，是不是自己先喝上了，我这酒瘾犯了，手脚直打哆嗦。”

赵苛顺着脚印追了出去，脚印越来越深，像负重背着什么东西，到了一处悬崖，突然不见了。

赵苛追着痕迹往悬崖下瞅，看见悬崖下有一堆明晃晃的东西，在阳光的照耀下，甚是晃眼。赵苛抄小路追了下去，从地上提溜起来的是一副厚重的盔甲。赵苛觉得荒唐，一个战士怎么会留下盔甲而逃呢。赵苛听见马被惊了，急忙沿山路跑回去，见一个偷马的贼正要解拴马的缰绳。赵苛嘴里大呼着冲上去，那贼掉头便跑，被赵苛一手扳住肩，腰部一用力，那贼四脚朝天摔倒，躺在地上。那贼要爬起来，赵苛用脚踩着贼的肩膀，贼问：“敢问阁下在哪个军衙当差，竟有如此蛮力！”

赵苛说：“要想活命，我问你什么，你便答什么，要说谎话的话，这就是你最后一次开口说话的机会！”

那贼直呼：“英雄问便是。”

赵苛问：“山崖下的那一身盔甲的主人是谁？你是否就是那逃跑的军士？”

那贼说：“莫开玩笑，我的哥哥正等着我回去呢。”

赵苛问：“去哪？就为这抢我的马？”

那贼说：“这城不久将变为一团火海，我要回延津县躲避灾祸。”

赵苛说：“我问你，那盔甲为何撂在山崖下，盔甲的主人是谁？”

那贼说：“说了你也未必听得明白。这封丘县有个马六，是张记铁匠铺的徒弟，拿一个马蹄金拜的师，本以为他要找张师傅学一身硬手艺另开铺子，哪知马六不是个省油的灯，自己做主进了一批青铜，逼着张师傅打造作战的盔甲。官律规定，在民间私制盔甲乃是造反，是死罪。马六没害怕，倒把县衙的县令吓坏了。因为如今正值乱世，诸侯联军和董卓的部队正在对峙，县令不知这马六的背后是哪路起义的英雄，若依法关了铁匠铺让马六的脑袋搬家，县令就怕自己一家老小也跟着陪葬。张师傅每去告一次状，县令就‘啧’一声，摇摇头，每去告一次状，县令就‘啧’一声，再摇摇头。如此几次下来，张师傅的状越告越软，马六怂恿张师傅造盔甲的腰杆却越挺越硬，张师傅做盔甲也是第一次做，每次累得汗流浃背来酒肆喝酒时，周围人问这状可曾告赢，张师傅就学县令‘啧’的一声感叹，然后痛苦地摇摇头。”那贼又说：“这间木屋是我的，我负责看管这片林场。那夜夜深了，四周静悄悄的，我听见有人踩着草皮走路，就竖起耳朵来听。原来盔甲已经制成，但是碍于皇威官律，马六并没敢穿着盔甲走街串巷。铁匠铺里又热，穿不得盔甲，就和他师父两个人来到了林场的僻静处，马六让他师父帮着穿戴。马六跟师父说，师父啊，这些日子苦了你了，又去公堂又找人卖铺子，又找衙门托关系告状，让这死神一路追着我，不过这造盔甲的本事我也学会了，马蹄金给你便牵扯了你，我也收回去，咱俩啥关系没有，从此张记铁匠铺也不存在，你换个买卖做，避避难吧。那张师父垂泪道，我一辈子没收徒弟，因为身板好，不料贪了你这块马蹄金，末了你还要收回去，你是主，我是仆，你白用了我这个劳力还偷了师，我能要点工钱不？这马蹄金给我我才能不白蒙受这不白之冤，否则我做鬼都会记得你。”

赵苛问：“悬崖下的那身盔甲是怎么回事？”

贼还没回答，何应从木屋走了出来，贼见了何应的装束，说：“看样子你们不是官军？”

赵苛说：“我们是官军怎么样，不是官军又怎样？”

贼说：“官军若知道了，能宰了那马六，还能给我赏钱。民间人若知道了，只怕抢了功劳去。”

赵苛说：“我等是朝廷派出来的浪荡游神，专收孤魂野鬼，带他饮铁汁入地狱，你们这些人都恨去地狱无门，我等可领你去，董太师煮人最是擅长。你刚才的一番言论已经撬动了这冰山一角，不如全盘说出，免去你夺朝廷龙马之罪。”又问：“说说那山下的盔甲，山崖上的脚印为何开始浅，后来深？”

贼说：“本来那马六是和师父和和气气的，虽有纠葛，但没吵嘴。最后马六穿上了那盔甲，走了几步，留下了脚印，美滋滋地又问师父要那双铁底靴，穿上后走到山崖处，岂不是留下了更深的脚印？那师父便在一旁半愤怒半羡慕地说，你这身行头不错啊，赔上咱爷俩的性命让我日夜打造，就怕那县官有一日醒转过来，非要拿咱俩的脑袋，我看他这是欲擒故纵邀功绩。全县都知道我胆子大，你那拜师的马蹄金没哪个敢收，也就是我敢。我这个铁匠铺二十年来挤垮了四处别的铁匠铺。不久前我还和最后一处垮台的铁匠铺老板吵了嘴，他非说我欺行霸市要打官司。官司没来，你倒来了，你莫不是拿了这四家铁匠铺师傅融的一个马蹄金来贿赂我，让我收下你，搞些私造盔甲的勾当，将来你们来个里应外合，我手套枷锁被关进囚牢治罪，剩下你们在牢房外喝酒庆祝。哎，可怜我那一个马蹄金啊，徒弟，你给我吧，给了我这个马蹄金就说明咱俩是一伙。那个马六竟瞪着眼说，岂有此理，你竟然拿区区一个马蹄金来侮辱我，我马某是拿了盔甲干大事者，岂能因一个小小的马蹄金和你在这里纠缠！我起初给你马蹄金是为了遮人耳目，为了你好，让咱们师徒俩造盔甲一事不被人发觉。现在拿走马蹄金是怕将来官府万一拿我治罪时，我能替你洗清干系，你倒用这一个马蹄金来敲诈我！你报官要官吏捉拿马六，并不是为了洗清私造盔甲的罪名，若是你不想造盔甲、造兵器，你这铁匠铺为何要开得这么声势浩大，不就是想昭告天下你张记铁匠铺包揽一切锻造生意？刀剑能造，为何盔甲不能造？如今正逢乱世，枭雄并起，所需盔甲甚多，你见这生意来了才挤垮了四家铁匠铺，和那县官背地里勾结发国难财。这个理，只有马某来了，全封丘县的百姓才能懂。既然马某已逼迫你练就了造盔甲的本事，你不去找这讨伐的枭雄们广揽天下锻造盔甲兵器的生意，反而只盯着马某的一个马蹄金不放，是何居心？今天马某已经出师了，马某看不起你这个只认钱的铁匠，不认你这师父，还了你这一身盔甲，从此咱俩一刀两断。说罢把盔甲扔到悬崖下，那师父哭丧着脸说，马蹄金不留给我，盔甲好歹也能估个价钱，我怎么招了这么一个不识好歹的徒弟？”那贼突然不讲了，问赵苛：“还想继续听接下来的事吗？”

赵苛说：“有话快说，有屁快放，贼眉鼠眼地看上我的马了？”

贼说：“对，不过既然我们熟了，这马我不偷了，我借它一用，这封丘县不久就面临兵灾了。”

赵苛说：“兵灾？你怎知道？县官贴的告示？”

贼说：“这场兵灾县官也无法阻拦，皆是由那马六引起。”

赵苛说：“你若把马骑走了，我怎么办？”

贼说：“我把故事讲完，你去找马六啊，找着马六自然少不了你一匹马的。阁下是想搅和这事的，我能看出来，我好人做到底，把你送入这场将至的兵灾中，而我不久后就要溜之大吉了，呵呵。”又说：“这马六弃了师父而去，并没有离开此城，而是凭着偷来的手艺，‘叮叮当当’赶制另一副盔甲，这店师父也没敢收回，县官都管不了，他一个铁匠能管？怕将来造盔甲真引出祸端，难辞其咎，就拿了些金银细软，凭着一身本事带着妻儿走了。他走的时候，县城的百姓还不知大难将至，仍旧一个个喝茶的喝茶，吃酒的吃酒，打架的打架。师父最了解马六，所以比全县人早看了一步，腿也先快了一步。”

赵苛问：“那城中的百姓是何时逃走的？”

贼说：“那日马六在铁匠铺闷了一天，也没听见他打铁，下午黑着脸来到一处酒肆喝酒。此时人们都认为马六是个骗子，用一个马蹄金骗来了一个铁匠铺和一身本事，至于师父为什么走，全县人都好奇，就问马六师父离开封丘县的根由。马六喝完酒把酒碗一摔说，这将是我马某在封丘县喝的最后一碗酒，不久封丘县大限将至，毁于战火，我马六就是朝廷大军叛变的军士，溜出来探听封丘县虚实，去加入诸侯联军的，封丘县将成为诸侯联军剿灭朝廷西凉军的起战处，也是我马六邀功领赏之地。马六这话说完，有几个脾气粗暴的就把马六捆了个结结实实，送入县衙，向县令备述马六之言，要求给马六治罪，保封丘县一带平安。那县令说，酒后之言，不足信，既然情况真如马六说的紧要，且又事关机密，他怎可能当着大庭广众之下说出口？如此，必是用作吹牛的资本，哄诸位一笑罢了，当不得真。于是马六又大摇大摆回到城中，再也没有人招惹他，这马六却跟封丘县城四面守城门的士兵说，那县令糊涂断案，你们的命却要包在我马六身上，一旦两军围绕封丘县城大开杀戒，首先尸骨化粉的必是你们这些守城的，你们不如早些逃命去吧。我师父是个好铁匠吧，性子稳，一天才打几支铁器，遇到此坏了性命之事，还不是拖家带口连铁匠铺都不要了？于是，守城的士兵在酒肆喝酒时就每每和百姓说起此事的蹊跷，大家想起张记铁匠铺的老板逃跑一事，越发觉得里头有故事，这些传闻也飘到了县衙衙役和县令耳中，县令只得命瞭望塔上的衙役仔细查看四周可有大军行进的动向。”

贼停了一下，看了看赵苛，说："后来发生的一件事倒应了马六之言，让县令大惊失色。城中人都知道县令在朝廷军中有做将领的亲戚，有天那亲戚就一道密信让县令速速逃命。我觉得是在真相浮出水面前那县令矫枉过正，朝廷派出去的细作又多，封丘县要起战事一事自然传入了朝廷大军耳中，所以引来县令那做将军的亲戚对县令的善意提醒，让封丘县百姓提前做打算，使全城性命幸免于战火。想必，诸侯军的细作也不是吃干饭的，早已把西凉军的动向探听仔细，知道西凉军要在封丘县城做文章，两股势力怕真要在封丘县刀兵相交了。"赵苛问："那马六哪里去了？"贼说："县令劝全城人撤出封丘县的时候马六就失踪了，谁也不知道他去了哪里。"

王炎在诸侯军撤走几十名探子后，便跳上了阁楼，翻越城墙而出。王炎在杂货铺一眼望见的诸侯军中，便藏着马六。马六前几天披上自己打造出的一身胄甲骑马疾行，径直闯入驻扎在商丘的诸侯军中，马六说："我本是西凉铁军的探子，奉命在封丘县城摸排了数月，探知了封丘县的城中面貌，本应回至军中，只是董太师玩弄权术，杀害朝廷忠良，鄙人马六愿追随诸侯军一起剿灭了董卓的西凉军。"说罢，带来用笔绘制的一幅封丘县城图，校尉看了，把此情上报，几个参将看了，说："一直听闻西凉军要在封丘县做文章，封丘县乃是朝廷的西凉军控制的地界，这细作必是西凉军派来迷惑我们的，是为了诱惑我等引大军前往封丘县一带，只怕西凉军早已设伏。"有一参将说："闻听封丘县百姓尽皆撤出，西凉乃是一座空城，这将是我们和董卓决一雌雄之地，或许在封丘县一战能扭转战局不利的局面。"又有一参将说："据细作报告，西凉军见封丘县县令弃了城惧怕战乱落荒而逃，朝廷竟没有降一道旨给封丘县县令，只任他随意去了，可见董卓对封丘县也是拿捏不住，从县令逃跑没被降旨治罪可以看出，这封丘县是两军相交的地带，我等一鼓作气，趁乱占了此城。细作又说，那西凉军毫无出战之意，据封丘县最近的一支兵马还龟缩在中牟县，如此战机，乃是天助！"其中一个参将说："如今打仗，都凭细作的消息来打，稍有差池，两军便不得会面。"为首的将领说："封丘县百姓尽皆而逃,是给我们留了座空城,不如待我们派一支小部队先入城打探清楚城内结构,然后弃城而出,把封丘县县城留给西凉军,他一日到,我们等一日,他一月到,我们等一月,只要他肯来,我们就在西凉军入城后,用大军包围此城,火烧封丘县城,他们不知我们来了多少兵马,必降。”参将皆言:“此计甚妙。”

正在马六想着凭着这一身甲胄和献上的城中地图何时能领赏然后溜之大吉时,一个小校让马六前面带路,马六见后面跟上了见首不见尾的大军。这是诸位将领经过深思熟虑决定先拨出的一支军马,由于怕马六是西凉军诈降遣来的细作,如若大军一齐出发,怕在途中遇袭。几个将领便对一旦遭遇奇袭后或进、或退、或与敌周旋一直争论不休,无非是封丘县一带没有其他路友军能做支援,那这支冒进的军队便是孤军深入,于是便只拨了两千人马行进在前,大军浩浩荡荡在后。若先锋军遇袭可以后撤,让后面大军站住阵脚,将营寨扎在离封丘县不远处,以此引来西凉军大批人马来厮杀,也是为其他路诸侯军吸引了西凉军大批主力。西凉军的主力来了便从容对峙,若来的是小股敌人,聚而歼之,夺下封丘县城。

马六骑马冲在前头引路,用手摸着马的后脑勺,满手汗液,听着马蹄声,能听出是一匹快马,便一直想借机骑马跑下山坡逃跑,保住性命。怎奈那后面军中的马皆是此类快马,怕引来追逐或用弓箭将自己射杀,因为一个马蹄金骗师父弃铁匠铺而走,从而又将诸侯大军骗至此处,让自己命悬一线,想到此处马六懊悔不已。

大军行进到封丘县界内,派出一小队人进城刺探虚实。那一小队人皆拿着扫帚,进了城。这城已经近半个多月没人住了,地上尘土埋没了靴底。探子把全城上下检查一遍,又分别将城坊结构做了详细笔样,拿回军中与马六绘制的城图比对。就在撤走时用扫帚扫尽了留下的脚印,仍留下无人来刺探的一座空城的假象。

西凉军内,有细作报告,商丘一带的诸侯军大军启程,绕过有西凉大军驻守的开封县，而是穿插至封丘县，此来必是要兵犯洛阳。西凉军内的几位朝中要员上报董卓，董卓下达命令令开封县驻守的西凉军火速驰援，将诸侯军剿灭在封丘县内。

诸侯军苦苦等待了一个上午，大军每隔三十里一批，见西凉军还没到，皆埋锅造饭时，有一骑来报，说西凉军浩浩荡荡地已经奔着封丘县城而来，消息不一会传遍了百里之外的整个大军，诸侯军严阵以待。另外西凉军则要抢在诸侯军头里占领封丘县城，此城地势高，易守难攻。西凉军到达封丘县城，见城内空空如也，引军的将领立马命令各处兵员去布置城防，死守封丘县城，等待大军驰援。西凉军的士兵爬上瞭望塔时，看见正有数以千计人马卷起尘土厮杀至城下，吓得从瞭望塔的台阶上连爬带滚的跌落下来，对一将领说："禀告将军，我们皆中了埋伏。"那将领问："来的人约有多少？"那兵说："两千多人。"将领说："这是袭击洛阳的一小股兵，只是路过，不要出战，只需死守住这封丘县城。封丘县城至洛阳的城池都是修建在咽喉要道上，避无可避，我等只要占住城池便有七成胜算。"

哪知来此处攻城的诸侯军有数万之众，先是朝城中以火把火箭投射，惹得城内一片火海，烧死、呛死者不计其数，城中兵只知道救火，哪还顾得上守城作战。诸侯军又围而不打，试图活捉城内将领。有西凉军运送粮草的车马来到，皆被诸侯大军拦杀在半路，粮草尽为己用。那不足数千的西凉援兵和诸侯军一阵厮杀也败下阵来，救不得封丘县城。封丘县城内被困的将士里无粮草外无救兵，便开城门降了与之对峙的诸侯军。

两军酣战数月，都积攒了不少战俘。这日，就以封丘县为界，交换战俘，战俘中有从封丘县城逃跑的县令，县令逃往洛阳，本想搬兵来救封丘县，哪知朝廷核对了身份，将封丘县县令捆了，充作人质将来要挟诸侯军，朝廷做最坏的打算，封丘县城若落入诸侯军之手，那就用封丘县县令换一个值钱的朝廷要员。这朝廷要员被换回来也许就被董卓砍了脑袋，但谈判的本钱要有，封丘县城不能一日无县令。

听说县令被当战俘逮了，两军对阵之后形成了漫长的休战期，封丘县城的百姓有许多又回到县城。这日，是两军换战俘的日子，牙将换牙将，裨将换裨将，最后西凉军中掌管换战俘事务的官吏说：“封丘县县令在此，贵军要拿这次封丘县一役中降了你们的那三员大将来换。”

那三员降了诸侯军的大将，深知西凉军的战法战略，诸侯军舍不得放，就把马六押了上来，说：“这人原是你们西凉帐下的一员，他一开始就降了我军，在阵上献了封丘县城中的布防图才使得我军所向披靡，杀西凉军于无形之中。”

马六此时战战兢兢，西凉军掌管交换战俘事务的官吏让马六开口讲话，问马六是何处人，是何时投了西凉军，属于哪支部队。怎知马六一开口，全露馅了，那官吏骂道：“一口开封县口音，怎好冒充是我西凉人氏？”

围观的百姓和往日守城门的士兵说：“没错，正是这人当初散布了封丘县城将于不久后被兵灾毁坏的消息，在兵灾降临前引得一城百姓尽皆逃亡。”

又有人说：“这马六一进这封丘县城就甚是可疑，先用了一个马蹄金拜师，进了铁匠铺落了脚。张记铁匠铺的师傅也没些正事，只是打那几件犁杖、镰刀。只有在这马六出现后，两人以师徒相称，竟在铺子内叮叮当当做起盔甲来。”说得掌管交换战俘事务的官吏眉头一皱。另一个百姓说道：“做盔甲做什么？当然是马六出军队之后，来县城时不便穿军中盔甲，这张记铁匠铺就是为了掩人耳目，也是为了让马六好找，这是他们探子落脚的地方。张师傅给马六打造一身甲胄，穿了好去投降诸侯联军啊。”

说着，众人把张记铁匠铺的老板张师傅从人群中拉了出来，那马六一见张师傅，立刻下跪道：“师父，救我！”

西凉军撇下了封丘县县令，押着师徒二人返回洛阳。其中一个百姓说：“呸，用一身甲胄想邀功，骗来了两军对峙，一座城池毁于战火，让诸侯军大胜，可我们的家被毁了，这找谁去？马六是个连师父都骗的人，说出来的能有真话？诸侯军用一个夺来的封丘县顶在战事最前沿，这不是把我们当作案板上的鱼肉吗？”

西凉军把张铁匠师徒二人押至洛阳，看着马六，所有军队的低级军官都说没见过此人，又往上报，一直到了董卓那一级，董卓命人翻看派出细作的名牌，也无马六这个人。董卓了解了来龙去脉后，觉得马六和扮作师父的张姓老板，皆是圣上埋下的雷，让张老板在封丘县城内营业，苦苦经营出了一个献城的计谋。让马六和张老板接头，然后绘制城中布防图给了诸侯军，使得此战西凉军中了奸计大败。如此被圣上戏弄下去，恐怕日后吃的亏还会更多，说不定有一天太师的位子也将不保。便问李儒："你可是奉了圣上旨意来我面前听差、献计的？"李儒不语，半天说道："圣上的位子比太师的位子难坐，太师一定不要坐。"

马六师徒被软禁在了宫中，每天大门也迈不出去，马六心慌地对师父说："师父，你可不要死了，这联络外界给宫内通风报信的铁匠铺是你开的，董太师和天下都已知晓，你若死了，店便倒了，到那时马某真成铁匠了。"

何应等三人一路快马，依稀看到一处村落。待马一路从山坡上奔下，看见一个村民正在荒野里拾东西。王炎过去问此处可是长垣地界，那村民说："此处三不管，本应该是长垣地界，在富庶时封丘县和滑县皆派民夫来此处采矿、淘金。那派来的民夫和我处劳力皆有当地县衙的衙役押管。这些县衙背后皆是由宫里的一些达官显贵撑腰，借着县衙的门面给自己遮脸。村里的事都是经上了年纪的老人口口相传，传说祖上并没积德，村子穷得连乌鸦都不愿落。相传就在王莽篡位时，村里村外都是梧桐树，宫中飞出了一雄一雌两只金凤凰，白日在山巅处嬉闹，夜晚就在梧桐树上栖息。那梧桐树闪闪发光，开出许多金黄色的小花，和这凤凰身上的羽毛颜色一致。一时引得孔雀、天鹅、丹顶鹤、朱雀、鸾、青鸟、喜鹊、鸽子纷至沓来，围绕两只鸟王终日而歌。

开始村里人听着是鸟鸣，后来竟渐渐有了些旋律，梧桐树上落凤凰一事成了这连绵几十里路的一景，县令专程赶来观望，听了那百鸟的鸣叫，依稀似宫中乐师演奏的《三侯之章》，只不过这旋律虽一样，可百鸟随着凤凰的嘶鸣却是哀鸣，好像思念故国原乡一般。

有一日，凤凰双双飞上了离恨天，化作人形，能讲人语，只是眼珠双瞳，耳垂略长，生出四只手，有两只是蜕化为人形所带，那两只手是双翼所变。前手向三清四御作礼，行人间礼节，后手持宫中案牍，尽是抢救出来的王莽未毁掉的汉室成立之初时，天降的汉朝机密，和扭转这天下崩塌颓势的回天之术。这对凤凰仁君就将汉室遭难、君臣倒戈的事一应对玉帝讲了，玉帝拿来案牍，得知了汉室积攒历代君王的罪孽，合当在朝运一半时结交此难，就从牡丹园里采下一孕育仙胞投入下界，南阳郡蔡阳县一户人家正好生育了一个男婴，这一刻烈日昭昭、红光满屋，光武帝出生，四十岁登上帝位，结束了内乱。那凤凰落过的梧桐树根基越来越深，竟连成了几十里一片的梧桐岭，能避瘟疫、瘴气、烈火、洪水，从光武帝称帝到如今十常侍作乱之间，长垣县未曾有过一灾一难，是受了宫内凤凰的庇佑。也真不知，当年有凤凰为何宫内还灾难频出，导致天下大乱。一时间，长垣县有多少才子为了一睹这宫中凤凰的真容而攀附豪杰，削尖脑袋往洛阳的宫城里奔，岂不知宫城的两只凤凰为了申诉国难早已倾巢而出，去了天宫，只是在长垣县这一带落了一下，导致这方水土肥沃。

那一年，伏波将军马援死于光武帝手中，冤案惊动了上苍，上苍见仙胞已成为人君，便天降怒火于凤凰落过的山丘。一时间，草木毁坏，大火烧了四天三夜，绵延数十里，这山竟在火光中发出耀眼金光，直射牛斗。火灭，山里的村民用锄头凿山，连凿了几十天，划出了这一带山峦形成的金脉。一时间，这村子的名字经常被历代圣上提起，宫中的金器许多是由这山中的金矿采集出并打磨而成。宫里的当朝显贵也明争暗抢这绵延山脉的财富，做出的金器尽皆贡献给宫里的皇后、太皇后，所以，许多人因为进献金器而被皇后、太皇后赏识，沾光成了外戚集团的一分子，这山又名‘娘娘山’。只是最近这几年董卓弄权，何皇后和王美人皆死得不明不白，令这些沾过光的官吏闻风丧胆，皆撤了开山队伍，金矿的挖掘没了秩序，滑县、封丘县、长垣县为了在董卓面前避嫌，弃这一带的村子于不顾，这座山的故事和这一带的村子随着另一个篡位情况的出现，又被尘封进历史了。”

赵苛问：“你一直弯腰拾什么呢？”

村民说：“种子，我在找大风刮来的梧桐岭飞起的种子，攒起来，置两顷地，洒下种子，也建一个梧桐岭，招来神州的凤凰落下，那富贵吉祥将享受无穷，这些祥瑞就都属于我潘贵的啦。”

赵苛问:“你有两顷地了?”

潘贵说:“还没有,不过我觉得,地就摆在那里,而种子是随风摇摆不定的,我要每天观察风向,拾来的种子也随缘,不尽是梧桐的,确切地说,没有几亩地做测试,我也不知道这种子是不是梧桐树的种子。没地要了种子也没用,可拿了种子在别人的地上做实验,万一有梧桐树的,种子开花就成了别人的富贵了,可见这种子比土地要尊贵。不是土地难对付,而是种子难对付,贪心难对付。”

王炎问:“你们这村子里的大户人家一定都有种梧桐树的吧。”

潘贵说:“那可不?这连绵几十里凡是有住户的地方,甭管户大户小,家家种着梧桐树,都在院子里。”又说:“那日里长潘庆让我给他家的院子松松土,他也要种梧桐树,我偏不给他帮忙。我问他种子哪来的,他说大风刮来的,你说气人不?我天天在荒野里拾种子,我怎么一粒也拾不到,偏偏他那里就有一捧。我问他站在哪个山腰、河边、细柳前捡到的这么多种子,他说他是在我现在站的这片荒地里拾的,从此,我也来拾。但是那天的活我可没干,不然万一他家那一片梧桐树长成了,算谁的?若像这梧桐岭一样引来了凤凰,盛世还好欢歌,如今是乱世,有一天达官显贵欺负我们山里人,把落在梧桐树上的凤凰说成是宫里的,我们有三张嘴也难以辩解,何况我们还没读过书也没见过凤凰,宫里人嘴会说,定会给我们定一个引诱宫内贵禽出逃之罪,和偷盗宫中皇帝身边的锄头、犁杖一样重的罪,皇帝不下地干活可以,不欣赏凤凰他能忍得住吗?我们没见过凤凰的都忍不住想见凤凰,何况它的主人?这罪若落到我和潘庆头上,那到底算谁的?这肯定是潘庆想有棵凤凰树,却又编了一套说辞将来有事好勾结官府嫁祸于我,我绝不当这冤大头。”

王炎问:“那你觉得凤凰是什么样的?”

潘贵说:“大概和龙相似,是近亲,只不过多了双翼,爪如鹰,落地像孔雀一样开屏,像鸡一样啄食,浑身琉璃斑彩,如金片上妆,是鸟中显贵,更比那大鹏妩媚,引得众鸟来高歌、尾随,就如人间的孔子一般的圣人吧。”

王炎说:“你说你没读过书,却说得这样仔细。”

潘贵说:“那都是刨地那天潘庆说的,这词新鲜,自然入耳后就牢记在心。只不过,我怕这是潘庆借机拉拢我,用书上的话骗我,圣人为什么爱读书,因为书看了上瘾,都是写的你没见过的事,连圣人都爱书爱得痴狂,何况凡人。这书上的话一下子就把我迷住了。我就觉得,和潘庆不枉此交,除了聊凤凰的话题,什么都行,因为凤凰代表显贵,乱世凤凰会引来宫内的人出马,我就怕真落下凤凰来和潘庆一起被拉入宫中,成为饲养凤凰的仆役,被软禁一辈子。”

王炎问:“田园和宫中的锦衣玉食相比哪个好?”

潘贵说:“锦衣玉食都是别人给的,自己做不出,若说出半个‘孬’来还不被乱棍打死?且宫室林立,能给我们和凤凰活动的空间不过那养鹤之地一般大小吧,就要被苦苦困一辈子,给神灵般的凤凰当奴仆,不要让它的粪便、羽绒脏了宫室,凤凰为尊,我们为奴,潘庆的梧桐树若真引来凤凰,大概是这般下场。一开始就是汉室造的孽,飞出凤凰,有了梧桐岭,梧桐树招来凤凰,最后让我等为王莽篡位背这被软禁当囚徒的黑锅,惨!”

何应说:“富贵险中求,富贵没来,你却中了心魔。罢了,带我们去见潘庆吧。”

王炎对潘贵说:“你还真以为凤凰会像传说里一般降临到了灾害频出的豫州大地?”

潘贵一边引路一边说:“如若没有凤凰,那金矿是怎么回事?梧桐岭又是怎么回事?”

何应说:“民间传说自然极美,那凤凰化作人形说人语,也是民间传说,民间传说广阔浩瀚而唯美,你是中了故事的毒了。你用双脚丈量土地,去外界走走,人间逢灾难者甚多,或是天灾,或是人祸,故事编纂者因为心愿是人间有神灵庇佑中原大地,才编出些镜中繁花一般的美丽故事滋润着人们的心灵,不足为奇。”

潘贵说:“那里长潘庆和一个村子的人家家种梧桐树,岂不是都中了毒了?法师一句话把全村人和那潘庆都骂作蠢货,唯独把我择了出来,甚妙,此后这村子若因凤凰遭了灾，便没我什么事了。”

去里长潘庆家的路上，听见家家有伐木声，且有伐掉的枝子被运送出来，村中不见一个玩耍的儿童。到了里长潘庆家，潘贵说：“这是三名游士，在此路过，见梧桐岭连绵几十里，包围了路径，特来向里长探路。”

潘庆说：“各位不知，如今这路走不通了。”

赵苛问：“只需里长说出路径，我们一路砍伐过去就是了。”

潘庆说：“真若是树茂盛挡住了去路，我早已派村中劳力自己动手了。诸位不知，如今的梧桐岭被宫里盯上了。”

潘贵说：“宫里？我怎么不知道？”

潘庆说：“你每天只知道弯腰拾取梧桐树籽，想着架树招凤凰，天底下哪有凤凰？”

潘贵说：“那日你还唤我给你家院子里栽梧桐树，你心里能没凤凰？”

潘庆脸一拉，潘贵便去刨土，刨出的坑中，只有一把挖土的锄头。潘贵说：“怎么了，里长，锄头都不要了，官军不来挖金矿，你这个里长也带着大家歇工了？”

潘庆一脸惭愧，说：“都说靠山吃山，靠水吃水，凤凰给我们村带来的却是官府没有尽头地对村民的奴役，和对山村宝藏的攫取。自从开矿的官军撤走后，我也领着人开矿，可这笔财富虽然就在身边，毕竟运不出去。且不说外界对未熔之金查得严，我们这里的金矿矿石有特色，我们这是白然金，金粒宽度小，颜色和条痕都浓，很容易辨认，是宫里的御用金，私运一勺一撮就是死罪。我们历代为官府辛苦开山凿矿工作近百年，一丝一毫的福气也没有受过。我这把锄头埋在这里，再也不替官府挖矿了，我和乡民说好，让这片山回归自然。若是官府再相逼，用我们做民夫开凿我们的山，从土里抽出这把锄头之日，便是起事造反之时。”

王炎说：“我路过村子听见家家有伐木声，是怎么回事？”

潘庆说：“那是村民再也不相信凤凰落梧桐带来福佑的神话说法，皆在官府撤走后，砍了梧桐树，以明大体。”

赵苛问："村子里没见一个小儿，也闻不见小儿啼哭，是怎么一回事？"

潘庆说："梧桐树栽在家里，在风水里和儿童向冲，'梧桐'又曰'无童'，家中的小儿都放入远处出了梧桐岭的乡民家中寄养。"

王炎说："刚才你又为何说梧桐岭被朝廷盯上了？"

潘庆说："为祸者还要数当地出了一个才子，入宫后做了一个评事。那日，他为了描绘家乡的美，又为了谄媚圣上，特意把家乡的百年梧桐岭比作圣上的年寿。这篇文章写得好，用词华美不说，道出这梧桐岭传说真的落过凤凰，'龙凤配'也颇合宫中习俗，关键是这梧桐岭乃是一座金矿山坐落之地，更加为皇室添金溢彩。这篇作品便成了神作。皇上看了这篇文章，招来评事细问，得知评事的家乡真如此处描写一般，乃是应皇室体统之福地。皇帝一声令下，此金矿山不能再开采了，那点余金留着为皇室添辉用。董太师就借用皇帝这个旨意捏造了对圣上大不敬之罪，把那些和何皇后外戚集团之类沾边的官吏都治了罪，皇上要的耀眼金光保住了，董太师借机把政治对手打下大狱的目的也实现了。

此时，朝中甚静，皇帝烦了，让无罪也无功的朝中官吏讨论点事，好解一解皇上每日在宫中的乏味。议论的焦点便还是这篇文章，这篇文章的作者在皇帝面前是红人啊，各人自然要沾沾光，仿佛文章里描写的金矿都射出了光芒。讨论什么内容呢，既然金矿被封了，那就谈论一下梧桐岭吧。一部分大臣说，应该把它专门保护起来，让这岭再无限扩大，最好在附近建一处行宫，这梧桐岭是能招来凤凰的，不如改名'落凤坡'。有人说，'落凤坡'不好，'落凤坡'是葬凤凰的意思。皇帝摆摆手，说名字我不关心，只关心这片梧桐岭上的梧桐树是如何形成的。这一问，就有好事者琢磨了，说评事的文章里说是宫里的两只凤凰落在了梧桐岭一带，良禽栖良木，引来了百鸟携梧桐种进献，从而有了梧桐岭。但皇上站在神话外，以旁观者的视角提的这一问问得极好，梧桐岭的形成便让人生了疑虑。必是有人背后策划，在山坡上造了一片梧桐树，引得天下的凤凰不来宫里居住，而唯独落在这梧桐岭上，让梧桐岭的祥瑞之光甚至超越了宫内的祥瑞之气，如今汉室垂危，这梧桐岭不得不说是一个罪魁元凶，这梧桐岭一建，更改了宫廷与天庭共享之路，让凤凰认不得来凡间的路，不能与下界龙子相伴，只能落于梧桐岭，策划这场阴谋的人不可谓不凶险。如此，貔貅、饕餮、麒麟、灵龟都无来京入皇室进贺之路，所以，映照出天下八国来使几乎与垂危的汉室不相往来，一处梧桐岭的兴建就可以看出天下已有人弃汉。

皇上叫来评事，问评事所感所想。评事此时已是瑟瑟发抖，脸上再也没有以文章带出的骄傲之气。皇上就说，你们啊，就因为评事在我面前红极一时而嫉妒，用这文章中的梧桐岭做文章落井下石。但皇帝见多数人仍为梧桐岭的存在而陷入日夜思虑中，又开了口，问道，众位爱卿觉得这梧桐岭该怎么处置啊？有的说，毕竟是一祥瑞之地，乃汉室福兆，待它引凤凰吧，宫内毕竟不能造出这么大的梧桐树合抱之所。又有人说，这梧桐树都活在百岁以上，可古今的帝王哪个年寿在百岁以上的？且又能招凤凰，古今哪个帝王真豢养过凤凰？此梧桐岭的存在，是明嘲暗讽古今的皇上。又言，请圣上明察，那些宝瑞的古玩不一定是好东西，它的祥瑞光芒万丈之时，也把圣上的光芒比下去了，进献宝物的皆是他国来使，乃是讽刺我朝帝王的用意，更所谓玩物丧志，不可不惧。圣上喜欢评事的那篇文章不是一天两天了，对里头的梧桐岭也充满兴趣，依臣看圣上的心思不是用在梧桐树上，而是早用在‘扶鸾术’上，学习那道士吞丹练汞之事，误入了旁门左道岂不叫天下叹息？皇上一时无语，进言的都是董太师留下的无罪且有用之臣，搅和出了这么个局面，令皇上脸上无彩。之后上朝几日满堂大臣皆讨论梧桐岭上的梧桐树的取舍，仍未分出胜负，而梧桐岭的梧桐树也一时被大臣们用嘴贴了封条，却没有哪个乡民敢砍伐，那遮挡住出村大道的枝子就任其生长，使得这几个村首尾不相连。至于那个评事，早已屈身退回至乡中，这一通故事都是他回来讲的，也不知真假。”

何应说：“既然梧桐岭被宫内评事描写得如此精彩，博得皇上喜欢，令诸位大臣将此列为朝政的一部分，那贫道一定要去岭上开开眼界。”

潘庆便唤来家仆，从刨出的坑里拿出锄头交给他，说："此去一路好披荆斩棘。"只见那家仆伸手握了锄头，侧着脑袋，一副聚精会神听潘庆和众人谈话的样子，口内流涎，眼珠乱转，嘴张得大大的。潘庆说："诸位有所不知，我这家仆叫郭士，干活是把好手。"

潘庆又唤两名身强力壮的家仆随同前去。出村后天下起了蒙蒙细雨，在周围的青山中，仿佛这细细的雨丝也是绿的，软软地洒下。有些树木掉光了叶子，整个山林间显得简洁明快，有着很强的空间透视感。一会儿，阳光透过树枝的罅隙扑泻而下，映着古木的虬枝和苍老的树皮。

王炎怕雨又下第二波，问何应："回去吗？"

何应说："我觉得就快到了。"

果然不久映入眼帘的是茂密的遍及山岭的梧桐树，一个家仆指着一座山说："从此处上山，爬至山顶，便可看见梧桐岭的全貌，从梧桐岭形成的数百年间，有不少爱好猎奇的文人雅士来此山顶一览梧桐岭，写出的颂文皆不及评事那一篇文章在朝野引起的轰动大，只因为这评事在宫中忙碌，离圣上近，近水楼台先得月，圣上龙颜一悦，这文章便贬下了百年间多少文人雅士为梧桐岭立传的呕心沥血的历程。山上还有早些年间朝中退隐的居士来游遍几十里梧桐岭留下的碑文，甚是珍贵，要说这天下的人都是有私心的，哪怕侍奉皇上的大臣，遇到一丁点的美色美景也舍不得禀奏宫中，引来皇帝观赏，而是一个人陶醉于此，沽来美酒白白占尽山中美色，不分与那朝中贵胄一丝一毫，可以看出此朝中隐居人士对在朝为官的厌烦，和对朝中那一套的厌倦，真是来到山中，才了却本性。碑文上写道，为官者一辈子把自己束缚得太紧了，只有来至青山翠柳处，才能把眼睛睁开，看清人间本色，看见的风景不是一味在户外尽显，那宫廷的风景早已埋入内心，此时只是借助隐居的开阔心情，在无人处把一生看尽的美景从内心召唤出来，景色隐藏的美不在于留存在景色之间，而皆藏于人的内心。另一个家仆说："此地刚下过雨乃是诸位的造化，梧桐岭被雨水一阵洗刷，更显出百年的劲道。"

在爬到半山腰的时候，赵苛看见不远处一伙人正抬着梧桐树往土里埋。赵苛说："人有三急，耽误不得，哪里有茅厕？"

一个家仆说："荒山僻岭的，请随意。"

另一个家仆说："再走两步就上山了，上了山有护山的猎户修的简陋茅厕。"

赵苛说："咱们这是去上山观景的，这梧桐岭乃是连通居住于天庭的凤凰下凡的仙界通道，岂能因为我一泡尿辱没了上苍？"

两个家仆只好任由赵苛往山下跑，王炎听出弦外之音，表明山下有转瞬即逝的情况。其中一个家仆对赵苛说："这山上自从飞走了凤凰，谣传有山鬼，专吃过路的生人，我们陪你一同去吧。"

王炎说："姓何的老道看山景心急，莫不要因为你们随他一同去遇了山鬼，看不成山景再让这老道折了寿，你们上山，我陪他去方便方便，半炷香的工夫山顶上见。"

郭士扛着锄头和两名家仆护送何应上了山。路上王炎问赵苛："你刚刚看见什么了，难道真如那两个家仆说的有山鬼出没？"

赵苛到了山脚下，示意王炎不要再走了，说站在这里自己也能隐约看见半里外的村民忙些什么。赵苛说："这里恐怕人人皆是山鬼，恶魔往往躲在一潭清澈的湖水之下，我们已经来到湖中央了，那引路的潘贵便是专引路人来这鬼门关的小鬼，和里长一套漂亮的说辞就是为了引你我丧命在这虎口之下。"

王炎问："何以证明？"

赵苛说："我看见这梧桐岭有一条山路通往外界，村中家家伐梧桐树，就是为了把这山路彻底用梧桐树封堵。现在，几个劳力正拖着树根往土里埋，这梧桐岭交通闭塞一事看来是人为的，这树现在被埋上了，埋树不是为了让树栽于此地，而是能随意挪开，制造一个可以任意开闭的机关，这个门是给谁留的呢？"

王炎说："或许是里长有意让人为之，让私自开采金矿的人摸不到进村的路，也让村中有私藏金矿者不能出村做交易，毕竟这几棵树凭一两个人的力气难以

挪动。”

何应等四人到了山顶上，两个家仆背诵着碑文里对山中的描绘引得何应朝立碑处走，家仆满脸笑意，而郭士则在何应身后挥起了锄头……

王炎问：“若这村真是这般藏匿着凶险，你岂能留下何应一人于不顾？”

赵苛眨了眨眼皮，说：“我没让你一路跟着我下山啊？”

两人抬头看山，王炎说：“正面必有埋伏，从正面上是以卵击石，不如绕到山背面，给他们来个突袭。”两人小跑绕到了山后，见有隐约开辟出来的山路，两人动作快得像猎犬一般，一口气窜上了山顶，没用多少工夫，就看见何应被猎户用来给虎豹设的陷阱套住了一只脚，脑袋朝下随着绳子打提溜，另一只腿乱蹬，在这棵套住何应的梧桐树旁，郭士在远处正挥起锄头一下一下凿着埋三人大小的坑，嘴里哼着小曲。

王炎和赵苛看见离何应不远处还有三棵梧桐树，也套有绳索，一个家仆背对着从后山上来的二人，后腰里藏着牛角刀，正用一只手抚摸着刀把，另一个家仆被吊在树上，和何应一样的姿势，咿咿呀呀叫个不停。王炎和赵苛从那持刀家仆身后冲了上去，脚步极轻，还没等那家仆回过神来，王炎的一只手已经搭到了家仆的肩膀上，那家仆见了他俩，顿时脸色煞白，仿佛后肩被狼的前爪子钩住了一样。

家仆回过头来，脸上恐惧未消，还没明白两人为何会冲到自己身后，那被困树上的家仆先发话了：“搭救一下，这山顶久不来，没想到有猎户洒下的捕兽套索，我和这何法师皆中了招，望两位勇士观山景在后，先把家奴从树上解下！”

这里面最明白处境危急的是站在地上手握牛角刀的家仆，见二人选择从后山摸上来，埋藏在心底深处的险恶之意再也无法用赞美山岭的陶醉之面色掩盖，敌人有两个，而为了设计，却让另一个同伙设诈，钻入猎人设的圈套，本想王炎、赵苛会疏忽，没想到少一人却成了即将展开的战斗的劣势，就眼睛望向远处，想一刀割断绳索，救下同伙，再喊来郭士帮忙。持刀的家奴计谋着："三个对付两个，总是有些把握，且郭士有一身蛮力。"

正在持刀家奴要展开行动前，王炎已经走到家奴身前，一掌将持刀家奴击飞，家奴被击断了两根肋骨，发出干柴被火烧断的脆响。

何应正不解此景，双手摸着酒葫芦思考，那吊在半空的另一个家奴大声呼喊着郭士的名字，在郭士做出举动前，赵苛、王炎已用迅雷之速一前一后把刨坑的郭士夹在二人之间，在郭士抬起头时，看见远处的何应也从树上消失了，远远地朝自己走来。

"本来是三对一，现在成了一对三。"赵苛拿剑抵着郭士的脖子，听到脑后传来奔跑声，虽同为何应的布鞋所发出的，但这踏地声音干净、利索。

王炎瞅了瞅，说："那小厮用随身带的短刀隔断绳索，下山搬救兵去了。"

那郭士扔了锄头，皱着眉头。赵苛说："郭士，你的痴狂病这会又好了？"

王炎心里明白，自己和赵苛押着郭士的情况不可能这样一直持续下去，角斗已到了关键时刻，很快其中一方必先出击。

"郭士会以何种面貌出击呢？"王炎正想着，郭士忽然后退，用牛身一般有力的双肩倚开王炎，抽出一把牛角短刀，赵苛反手持剑，平举当胸，目光始终不离郭士的手。郭士此刻已像是变了个人似的，他头发虽然是那么蓬乱，衣衫虽仍那么落魄，但看来已不再潦倒，不再憔悴。他的脸上已焕发出一种耀眼的光辉，郭士就像是一柄被藏在匣中的剑，韬光养晦，锋芒不露，此刻剑已出匣了！

郭士用短刀迎风挥出，一道寒光直奔赵苛的咽喉。赵苛脚步一溜，后退七尺，背脊已贴上了一棵树干。郭士的短刀随着变招，笔直刺出。赵苛退无可退，身子忽然沿着树跳上了树干。

赵苛长啸不绝，凌空倒翻，一剑长虹突然化作了无数光影，向郭士当头洒了下来。郭士周围方圆三丈之内，已在剑气笼罩之下，无论向任何方向闪避，都难以躲避。

"叮"的一声，火星四溅。郭士手里的小刀，竟不偏不倚迎上了剑锋。就在这一瞬间，满天剑气突然消失无影，血雨般的梧桐叶却还未落下，赵苛立在雨中，他的剑仍平举当胸。郭士的刀也还在手中，刀锋却已被铁剑折断！脑顶被削去了一捋头发。郭士静静地望着赵苛，赵苛也静静地望着郭士。

王炎拿着绳索上来把郭士捆了，正要下山，里长带着乡民约二三十人闻讯赶来，见了被绑的郭士，大声呼道："两位英雄，切不可伤他性命，他乃是诸侯联军太中大夫孔融一部麾下的郭士将军！"

王炎上去一脚踢断了郭士的右臂，问道："是我等的命重要还是郭士的命重要？"

里长引着几十个人说道："好，好，好，我等尽皆退去吧，你们下了山往南走，在密林尽头中找到三棵死树，我让两个劳力等在那里帮你们挪开，如此出村是了。"

待众人退去，王炎问郭士："为何要害我等性命，用死树修这一片南北东西不得贯通的密林到底为了什么？"

郭士单腿跪地，看着锄头说："里长家的这只锄头已经埋掉经过此处的二十七人了，为的就是秘密不被泄露出去，若下山再往东走一里地，那是走出密林的必经之地，也是由这座山挡着的军寨扎根之地。此地多密林，孔融就埋伏了一支奇兵在林中驻扎，让里长堵塞了交通，二十里地皆是我军驻扎之处，待战机来临，将奇袭由此经过驰援濮阳的董卓援兵。打完仗之后补充兵力再隐藏于此，做扎根在豫州大地上的一根铁钉，让董卓夜不能寐。我军也在处处找此能遮盖大军的天造遮掩之地，以前在山上设伏，在林中设伏还是第一次。"

王炎说："就为这白白杀了二十七条人命？"

郭士一副无所畏惧的样子淡淡地说："这二十七人里怕是有几个是朝廷派来沿途打探消息的探子，宁可错杀一千，不可漏网一个。"

赵苛说："好，好，好，汉室垂危，天下各为其主，毁的是百姓，诸侯联军和西凉军之间无义战，我这就给梧桐岭来个了断。"

北风正往南刮，由北往南乃是梧桐岭的森林最密集处，二十里驻扎着孔融的兵数千。王炎、赵苛二人向何应要了些早年存于囊中的硫黄焰硝，各带火种，一路点着了梧桐树，这梧桐树油多，很快火势连成一片，顺着风向由北向南刮。那火势不一会就烧到了军寨，四周树木皆着，军士喊声大震。无奈风威火猛，泼水成烟，那火舌吐出一丈多远，舔着就着，谁敢靠前？那满岭梧桐树化作巨大的火龙，随着风势旋转方向，很快连成一片火海。丈余长的火舌舔在附近的军寨上，又接着燃烧起来，只听得石砾激烈地爆炸，军寨上的木块如急雨冰雹般地满天纷飞，顷刻间烙伤了十几个人。一片惨号，军士们乱作一团，可哪有逃出梧桐岭之路？

里长大骂赵苛、王炎、何应造下公害。他命人将棉被浸湿，头顶木桶上房，把近火房檐全都遮住。那棉被烤得吱吱冒汽，不停地泼水，还是烧了一个又一个窟窿。直到天亮，风渐渐停息下来，乌云压上了村落头顶，东厢房也全部烧塌了架，只余满村弥漫的浓烟。

郭士在岭上看着漫天的浓烟，耷拉着一只断了的胳膊藏在袖子里，大骂不公，说是涂炭生灵。何应说："你如果一定奉承上司，诬陷良善，杀害无辜，伤天害理，那么中原大地家家都可以任意理由起兵讨伐朝廷任何一个太师、太保，都可以用匡扶天下的名义分得天下权势的一杯羹。人无非一死，乱世中死的人多，久活的诡计多端，包藏祸心，这火是替天行道。"又说："郭将军若是肯放下屠刀，我虽然崇尚道义，但你可以分走一半。"说得郭士一愣，眼睛里都是火势，充满了绝望。何应又说："《诗经》上说贤人到处流亡，国家也快要灭亡了。如今的汉室哪来的圣贤之人，从将到兵皆是无灵魂的恶鬼，汉室的末日不远了。"

宫内，董卓听说了长垣县梧桐岭一带的火势，乐得喜上眉梢，对李儒说："文优妙计，让那评事写文章夸赞梧桐岭，引得圣上喜欢，百官谄媚。圣上一心保护祥瑞之地，把那梧桐岭的梧桐树也一时借大臣们之力贴了封条，却被诸侯军驻扎在了此处，速去查查，这放火杀尽孔融一部人马锋芒的是哪个，老夫要赏他！"

李儒努了努嘴，说："据探子来报，派去的二十多个细作都被诸侯军用计杀在

梧桐岭，这放火烧山者，倒也查清楚了，乃是许县高县令手下的亭长、里正，还有一个跛脚的老道，他们此去是为高县令探听民风，无意中经过那里。”

董卓说：“打着探听民风的旗号出去，怕是背后又有比烧山更大的动作。老夫手下数万人尚不敢和诸侯军硬拼，还要依托文优设计，这许县的区区一个县令，就可以凭两三人运筹帷幄，决胜千里之外。此人知道秘密一定甚多，除不得，理应为我所用。”

李儒说：“招这种人入宫，若是个贤人，不过一酸腐儒，若是有些抱负，我们给他提供了舞台，宫中就会出现两个董太师，岂不是自找麻烦？依臣看，不如放了他，也许对我们有好处。”

袁魁府中。袁魁向许攸问道:“董卓派皇室族人与党人为州牧,自己却挟天子以令诸侯,何意也?”

许攸沉思片刻,说道:“董卓此刻只怕已经占领了雍州,加上司隶与凉州,成了一方霸主。只是占领司隶与雍州的时日过短,需要一定的时间加以控制与休养。至于派出那些有足够分量的人前往各地,自然是去压制那些反对他的士族的了。”

袁魁疑惑地问道:“难道那些皇家族人与党人都听董卓的调遣?”

许攸一笑,说道:“那倒不是。只怕是董卓的内部生了什么大事,怕引起关外的反感,从而反抗,前去征讨于他,他才派那些人前去镇压的吧?但是他还没有想到的是,他如此囚禁皇上,杀害大臣,那些党人与皇家族人怎么会相助于他呢?到时关外的大军一到,便是董卓灭亡之时。”

这些话是说给不懂军事的袁魁听的。其实许攸自己很明白,董卓是不可能一战而亡的。先不说以董卓的才智,联军能否战胜他,就算战胜了他,他也会挟天子退守函谷关。那时,只要守住函谷关,董卓就有如磐石一般,难以攻进,雄霸一方。

袁魁一听能消灭董卓,露出喜悦的神情,但很快又有了愁容:“董卓已经占领了三关,我等士族也逃不出去,若是联军到来我等岂不是很危险?”

许攸说:“袁大人放心,现在既然已经有了对付董卓的计策,便依计行事。此计若成,董卓则不攻自破。”

袁魁笑道:“这次还多亏了曹操。不过这小子还真是有两下子,竟然把董卓的将领查得一清二楚。此计若是成功,你与曹操当居功,九卿之位是少不了你们的。”

许攸脸上满是笑容,但是内心却不是很高兴。曹操虽然有些许功劳,但是此计的主谋却是自己,他也能得功?虽然他和曹操曾经是老朋友。但是,朋友不就是用来利用以获得更大利益的吗?比如董卓一进京就和刘协交了朋友,最后保得刘协登基,董卓为太师以辅佐汉献帝而掌控天下。

袁魁对许攸说:“据说朝中大臣最爱议论长垣县梧桐岭,有些人就爱以梧桐岭落凤凰的说法来向圣上讨个口彩,如今被许县高县令的手下一把火烧了,目前还查不清原因。但这梧桐岭内藏着诸侯军一事董卓早已知晓,就怕此事是董卓密谋高县令差人干的。听说高县令最爱考古,在洛阳城造出几间仿造的陵墓房室,不如借我等结交高县令之际,引来那高县令建造的房室一赏,董卓最爱奇物,必夺之,李儒向丁原撬走吕布还花了银两、宝马,我们借高县令这几间房室趁机挑起他和董卓的矛盾,借此看出高县令和董卓的勾当,我们也好谋布此后之局。”

虽然董卓身居太师之职,但是却将事情交给自己的下属,董卓并没有什么事情可做。有大事的话,李儒和贾诩会通知董卓的。不过最近贾诩很忙,因为荀攸已经前往了雍州,有许多事需要他处理。

董卓正在宫中观赏一株千年人参。一千年!是多么悠久的历史。大汉四百余年,春秋战国近百年,西周八百年,那么这株千年人参就是在西周之时成长的,不!或许还在西周之前!千年人参,说是千年,又有谁知道这千年人参究竟是多少年岁。千年?还是数千年?

董卓将内力慢慢地输入人参的内部,感受着它瘦小的身体、宽阔的脉络。但令董卓震惊的是,里面储存的能量却是极为惊人,绝对不下于自己的能力!但是却很虚弱,有如将灭的烛火,随时有熄灭的危险!但是他能量的储蓄仍不可忽视。

董卓输入的一小部分内力被退了回来，董卓见此，毫无顾忌地向里面缓慢地输送内力，毕竟人参只有这么点儿大小，自己大力输送内力只怕会有些危险。董卓也想看看这千年人参承受内力的极限是多少。也想看看会有什么异状生出。

在董卓身后的典韦也发现了异状，忙向董卓说道："主公，主公。"

董卓正潜心在朝人参输送内力，不过还是听见了典韦的声音，忙停止输送内力，问道："子满，何事如此惊慌？"

典韦手一指地上的草木，说道："主公请看。"

董卓一看大惊，地上的鲜艳的花朵，碧绿色的青草、草秆，正以肉眼可见的速度枯萎。

花朵凋落，草叶下垂，草杆弯腰，接着，它们渐渐地由青色变成枯叶一般的黄色，直到死亡。

董卓震惊地看着这一幕，无疑，这罪魁祸首就是这株千年人参！

董卓轻轻捻过一片枯黄的树叶，瞬间化成粉末。

树上的树叶慢慢地飘落，在空中就直接成了飞灰。千年人参旁边有数颗古老的大树，显得岌岌可危：树上没有一片树叶，树皮自动脱落，露出里面干枯的枝干。

有了花草的前车之鉴，董卓也没有太过惊讶。只是数个严肃的问题摆在了董卓的眼前——这是一株杀草木于无形的千年人参吗？他得到了自己的内力，就会吸收其他植物的一切，那么他又将会变成什么样子呢？

典韦在一旁提醒道："主公，主公。"

董卓突然抬头厉声道："今日的事，千万不可外传！"

"末将遵命。"突然典韦两眼充满杀气地看向稍远处的贾诩。

"主公，主公。"贾诩跑了过来，说道："主公，今天是王允的五十大寿，特请主公前去祝寿。这是请帖。"说着将请帖交给了董卓。

董卓微微一笑，又是王允，现在他连貂蝉都没有了，还想使用美人计？董卓笑着对贾诩说道："告诉他，本太师一定去。"

董卓并没有去看贾诩，而是默默地看着这株让人疑惑的千年人参。

此时，典韦说道："主公，旁边的大树与花草都已枯死，太阳都能直接照射到这只人参了，只怕他不适合种在这个地方了。"

"子满稍等片刻。"董卓继续俯身，将内力缓缓地注入人参的体内。

收回内力之后，董卓对典韦说："派人到树林中取一些完好的大树，迁种到此地，还需一些花草，吩咐贾诩便可。马上去办！"

"主公放心，末将马上去办。"典韦说着就离开了。

董卓轻轻地抚摸着千年人参的顶部，说道："真期待你恢复之后的样子。"千年人参仿佛也有了灵性，一股微弱的能量通过董卓的手臂，传到了董卓的身体之中，在身体旋转一圈之后，就归附到丹田，在丹田处慢悠悠地循环。

董卓一惊，自己居然能感受到空中水的密集程度！水的密度稍大，可能会有小雨。这感觉清晰地浮现在自己的脑海中。远处花朵不断地摇摆，仿佛对人诉说着什么。董卓的精神为之一振，灵魂仿佛有飘飘欲仙的快感。

董卓努力压制住心中的喜悦，慢慢回想事情的经过，得出一个结论——千年人参需要人的内力，重新恢复以前的状态；人则需要它的自然之力，为自己创造出更美好的人生。

董卓对千年人参笑道："你这是在贿赂本太师啊！"听得旁边的人一头雾水。

整个下午，董卓都是在开心的欢笑中度过的。到了傍晚，董卓与典韦率领着铁甲骑兵侍卫，来到了王允家中，阔述一番。

袁魁、许攸商议了赴宴对策，一切都在有条不紊地进行着。

"高县令，门外有王大人的信件。"衙役在门外大喊。

高县令正拓取一幅宫内私携出的书写春意盎然的梅花图，被侍卫这一叫，双手一抖，拓出的画儿着色不均匀，高县令不高兴地道："是哪个王大人，看本县令怎么叫他赔画！”

衙役说：“是王允王大人。”

王允？高县令马上穿好衣服，向衙役问道：“是什么事情？”

“王大人五十大寿，有请县太爷和夫人。送信的说，董太师也会到场的，设宴之地是您在洛阳的宅子，董太师要亲自观赏。”

高县令忙说：“对送信的说，本县令会亲自在家中恭候的。”

高县令骑着高头大马，身后有一个马车，夫人就在其中。身后有数百西凉卫士，人人皆是战刀在手，杀气凛凛，将高县令和夫人保护在中间。

王允马上前来迎接，高县令不敢怠慢王允，下马笑着说道：“王大人客气了，本县虽励精图治，但怎敢有劳大人相迎？”

王允说：“高县令此言谬矣，县令乃是智慧无双之人，岂是我等可比？”

高县令有些疑惑，道：“诸臣乃一心为太师做事，王大人万不可如此焉！”

王允马上点头哈腰，但是眼中的寒芒大增！忠于董卓的都该死！

高县令问道：“王大人可通知了其他的同僚？”

王允苦笑道：“高县令有所不知，他们听说老夫过寿，却都不来，老夫也没有什么办法。”

高县令有些疑惑，连太师都到了，他们还不来？

高县令问王允道：“其他同僚来不来没什么关系，大人能唤下官来，那就是给我和夫人莫大的面子了。”

王允也知道他的顾虑，笑道：“董太师自然是要到此的。”马上又说道，“高县令，你家的宅子好阔啊！”

高县令说道：“主公尚未到，身为下属怎敢先进？王大人先去宴席等候吧。卑职等主公到后，自然与主公一起进来。”

王允对高县令赞道：“太师有高县令这样的下属，天下无忧也。”

高县令笑了笑并未做回答。

片刻之后，士族之中的大人物都齐聚到高县令府中。看见高县令，都热情地同他打招呼，高县令亦是笑脸问候。士族一行人进了高县令的府邸，开始是高屋阔檐，随着台阶一步步朝下走，走了很久，来到了一个插有火烛的宽阔客厅。

董卓老远就看见高县令站在那等着，心里有些奇怪——朝中一行人我都认得，这个面瘦尖下巴是谁？

王允介绍道："太师，这就是派部下一把火烧了藏匿诸侯军的梧桐岭的高县令。"

董卓一惊，连忙夸赞道："高县令不在朝中面见圣上，朝中议论的要点却像长了翅膀一样飞入高县令耳中，你能瓦解一路诸侯军，乃是圣上与汉室的造化！"

董卓拉着高县令向新建的府邸走去，说道："今日乃是王允的大寿，来来来，借你的府邸，一起前去喝杯酒。"

高县令说道："主公，可是主公，今日到此的只有卑职，其他的大臣都没有到来。"

董卓大笑道："怕什么？只有高县令与本太师，足矣！"

董卓大步向前踏进，其手下千余士兵将府上所有的地方全部占领，士族的众人早就习惯董卓侍卫的做法，也没有什么大惊小怪的。

王允见董卓到来，装作大喜道："太师能来，真是老夫的福气！太师快请。来人，摆上酒席，迎候太师。"

士族众人见董卓到来，皆大拜道："太师万福。"

董卓笑道："今日乃王大人的寿辰，本太师特来祝寿。"

王允笑道："太师乃是一人之下，万人之上，请坐主位。"

董卓满是笑容，找了一张比较空闲的位子坐下，说道："王大人的寿辰，本太师怎可抢王大人的座位？本太师坐这里就可以了。"

王允笑道："也好。正好太师身旁有个位子，不如高县令与夫人就坐在这里吧。"

高县令也不想和他们士族有什么关系，直接坐在了董卓的身旁。

“献歌舞！”王允喝道。

数十位年轻美丽的歌女翩翩起舞，美妙的舞姿在众人面前不断变化。

一曲舞毕，王允将歌姬留下给众人倒酒。

袁魁向王允敬酒道：“今日是王大人的寿辰，袁某敬王大人一杯。”

王允笑道：“袁大人谬矣，王某能有今日，全仰仗太师治理司隶有方，不如大家共同敬太师一杯。”

董卓大喜：“老夫不遗余力治理司隶之地，辅佐圣上治理大汉，使百姓富足，人民安康。”说着董卓举杯：“来，干！”

袁魁大声说道：“太师文武全才，干！”

众人一饮而尽。

王允继续说道：“王某今日五十大寿，亦敬太师一杯。”

董卓大笑道：“今日乃是王大人的五十大寿，本相应该敬你一杯。来，干！”董卓喝完之后，大笑道：“换大碗！”

众人连呼：“太师海量！”

“太师武艺冠绝当世，小人特此敬太师一杯。”

“好，干！”

“小人敬太师一杯，祝太师年年岁岁有今朝。”

“好，干！”

二十杯酒以后，董卓故意摇了脑袋，说道：“好，干！”将杯中酒一饮而尽。

董卓有些站立不稳，酒杯也被扔到了地上。

“主公，主公。”典韦见董卓喝醉了，将董卓扶在了座位上。向列席之人说道：“主公喝醉了，需要回去休息了。”说着就要把董卓抱起。

“等等。”袁魁忽然说：“太师乃是海量，怎么会因为喝这么一点酒就醉了呢？”

王允也道：“太师现在只是略微地需要休息，片刻就好。”

董卓听见他们说自己喝醉了，突然甩开旁边的典韦，大怒道："些许酒水，岂会让本太师喝醉？本太师还能再喝！"

但是董卓摇晃的身体告诉众人，这只是喝醉之人在耍酒疯。

典韦把董卓扶到座位上。

董卓嘴里还迷迷糊糊地说着："有何美景？"

有人对董卓说："太师何不自己寻找？"

董卓抬起头，见对面石壁上矗立着以朱粉绘的两幅巨大彩画，笔意高古简拙，不似近代风格。王允从旁提醒道："太师，您看，这里有只鱼眼。"董卓愕然，果见十数步远处的地面上，一块径达丈许有多的墨玉石砖，宛如满月般直嵌地表，宛如一幅"阳鱼"摆尾游弋般的画面。他走到近前，仰头细看，就见左首一幅图中，画的是位体格魁梧的牛头巨人，正双臂伸出，垂首俯瞰身前一名臣子的觐见，二人周围旌旗飘飞，甲仗森然，看情形应该是幅番僚献礼的写实画面。袁魁看罢，登时讶然道："诸位，这幅图怎的看上去十分眼熟？"他倏地眉头皱紧，恍然大悟道："记起来了，这笔法风格竟然跟长安旧都地下的那几樽铜鼎一模一样！"董卓点点头，叹道："你说得对，看那臣僚的装扮，就跟玄都九鼎上的西王母形象极为相似。"

袁魁跟着董卓向旁踱去，借着昏黄灯光抬眼往墙上看去，登时眉头紧锁，讶然道："太师，怎么两幅彩画竟是雷同的？"董卓深深一吸，急急抬首仰望，果见第二幅彩画的内容，仍旧是那位牛头首领伸手接受臣僚觐见，整幅图画确实跟前一幅如出一辙，几无差别，他不由看得一呆，喃喃道："果然是同一幅图画，真是奇哉怪也……"这时就听高县令从旁笑道："原来太师也有看走眼的时候呢！"董卓转头问道："高县令，你就道出真相吧！"高县令笑了笑，抬手指往彩画，道："太师您看，两幅图画看似一模一样，其实还是有点差别的。"董卓立即抬眼望去，说："快来说说看！"

高县令说："下跪臣子向牛头人首领进献的宝物不同。"董卓猛然一震，道：

“不错，你说得很好，说得很好啊！看来这人不服老是不行的，老夫确实老眼昏花喽。”高县令立即拱手笑道：“太师，您离那老字还远差十万八千里呢！”

董卓面色阴沉地环顾四周，眼光终是投向那两幅彩画之上。他驻足壁前，负手静静凝望半晌，忽然转头望向袁魁，沉声道：“袁魁，快看那臣僚的胸前！”袁魁凝眉向彩画上望去，立即耸然道：“太师，是铜镜！”董卓道：“不错，你们全都瞧见了，在第一幅图中，那臣僚的胸前明明挂有一枚铜镜，然而到了第二幅图上，铜镜却不见了。”高县令拱手道：“太师真是明察秋毫！”董卓摆摆手，说：“高县令，你是借这彩画中，胸前无铜镜佩戴的臣僚说老夫如今搅和得汉室大臣不和，均口是心非，见不得朗朗乾坤吗？”

高县令扑通跪下说：“卑职绝无此意，这彩画乃是出土自许县一座山的陵墓内，昔日汉室兴旺时，都命军队驻守，如今军队不再轮换，这军中士兵便在此处结婚生子，此陵墓周围成了个村子。本县令最爱考古，这宅子便是依照那陵墓内室建的。”

袁魁迎头走向石壁，那彩画颜色异常，能够反光，袁魁抬眼瞧准那铜镜之光映在石壁上的部位，立即伸手摸入一只“鱼眼”，抬掌往壁上一按，这时便听得墙内“咔嚓”一声锁响，众人足下大地顿时重重一震，石室机关徐徐开启。

众人目瞪口呆，那只墨玉“鱼眼”越旋越快，越升越高，逐渐浮出一道五尺高下的石柱来。董卓骇然色变，急急迎上前去，抬手指道：“快看，这是何物！？”袁魁跟上去一瞧，就见石柱上原来凿有暗格，格中赫然静静摆着一樽四足小铜鼎。他不由眉头大皱，急急绕着石柱转了一周，拱手道：“太师，看来就只有这一件小玩意儿了。”董卓瞪大双目，直直望了它一会儿，这才徐徐伸手将小铜鼎收入掌心低眉察看，口中喃喃道：“从纹饰上看，几乎跟三代铜器全不相同，上面还留有谶语……”他话音未落，足下地面又是一下巨震，那石柱瞬时飞速旋转，沉往地下，声势惊人。董卓登时转身面向袁魁，断然命道：“快，收回铜镜！”袁魁立即会意，转身奔至墙下，纵身跃起，抬手向壁上一抹，顺势降回地面。这时整间石室骤

然大震，上下四方齐齐高速转动不停。忽又听得洞内接连几声虎啸，震人耳鼓，然而转瞬之间便即停歇，眼前因机关发动而生出的天旋地转亦一齐终止，石室昏黄犹在，一切宛如梦境般虚幻不真，教人怀疑是否确实发生过似的。董卓用力甩了甩头，迫使昏胀欲裂的头颅恢复清醒，耳畔忽听袁魁骇然道："太师，变、变色了！"他急忙四下张望，只见无论地面还是墙壁，竟全都漆黑如墨，换了色彩，唯有身旁一只"鱼眼"莹如白玉，浮光动人。

袁魁老脸绷紧，直直凝望董卓道："太师，看来这模拟的墓室正如天下万物，阴中有阳，阳中有阴，阴阳相生，周流无穷……"他环视四周，叹道："适才机关发动，阳鱼转为阴鱼，这太极大墓端的鬼斧神工，神乎其技！"

董卓摸着四足小铜鼎，兴趣盎然地说："我见这上面的谶语，虽然无字，却斑驳地刻着我西凉版图，甚合老夫心愿。"又说："前面的路老夫就不去了，喝了酒吹不得阴风，老夫猜想，这是于真正的陵墓外修建的一处别墅吧，高县令在陵墓四周折腾熟悉了，借着模拟陵墓的幌子遮掩贪心，真修这么一座假陵墓得需要多少钱，没有向朝廷报批，如何修得？假的毕竟不如真的舒适，高县令岂不是要把国家财产尽皆收入囊中？若不是，真的陵墓在哪？"

高县令说："董太师好眼力，真的冒充假的也瞒不过董太师。那个小铜鼎若是太师喜欢，就送给太师吧。"

董卓摸着铜鼎说："高县令一身黑袍，想红袍想得眼睛发紫了吧？说说，修了这处别墅花了多少钱？——既然说不得，那老夫也不问，一定是别人挑唆你干的。老夫今天要劝导你的是凡事要多想三分对策，不要被人教唆坏了。"

高县令说："禀告太师，这座别墅是卑职当了家中房产、田产而修建的，只供欣赏玩乐，与诸位大臣不相干。"

董卓说："你是个省事的官，比今天任何一个高你品级的官都要省事，省事的官才放到地方用，才显得天下无灾。这官一旦进了京，为了证明自己聪明，无理也要争出理来，多事！"又说："今天的酒宴，让这帮士族子弟分担，你还做你的县令拿你的俸禄，若是有人借机以老夫的名义欺负你，你有先斩后奏之权，给你，这是老夫的剑。”

高县令接过董卓的剑，小心翼翼地用双手托着，不敢抬头看众人，董卓又说：“除了圣上，脱下官袍光着身子没哪个人身上长着龙鳞凤羽。我们中原人最喜欢以官级压人，官级再大，能有先皇创立的基业大？今天士族此举，岂不让列祖列宗笑话，让先皇笑话，你们可是有迈过我董卓起造反之意？”

吓得在场的人尽皆跪下，也包括高县令，董卓说：“想借这处别墅引得老夫爱慕，在这里邀上美女佳人醉生梦死，可是，老夫是替圣上他稳住江山的，诸侯军未剿灭，你们岂能有害同僚之心，嫁祸于高县令之意？”说罢，摔了手中的铜鼎，说：“我看这铜鼎上的斑驳纹理，不像说我西凉大军能造福中原，倒像嫁祸中原，你们是想试试老夫的剑钝了否？”

高县令的夫人刍氏喊了起来：“太师，这铜鼎是我家小儿拿刀片刻的，与众位卿家无关，我愿以我家小儿顶罪！”

董卓收了剑，说：“你们只知道跪，汉室给你们俸禄教你们做官就是叫你们给老夫跪的？关键时刻胆气还不如一个妇人！何进和圣上此番招我进京，是匡扶汉室，不料你们这帮腐儒贪权，竟每日和老夫钩心斗角，这铜鼎看来也是你们私造的哄骗老夫，说不定哪一天，恐怕玉玺你们也敢私造了！”

董卓走后，众人才敢相互搀扶而起，皆对高县令言：“董卓一人带偏了汉室气脉，却让我等赔罪！”

王允说：“我们还是先给高县令赔罪吧，这一日有扰了，引得豺狼来，却无人敢伸手击之。”

袁魁说：“董太师今天说的话可是句句有力，给高县令脱下了潮湿的冷棉袄。”

许攸说：“今日一观，高县令前途不可限量，董太师已皆对我等失望，以后我等的命还要牵挂在高县令身上。本想借着这座府邸，测一测高县令和董太师的战略互信度，我等的失败，皆跟着董太师的思路走，他又偏偏是一个被我们灌醉了酒的酒鬼,闹了这场笑话,差点伤及无辜,多亏嫂嫂相救,太师是疯子,我等皆是无脑之人。”

高县令垂手道:“你们在朝中为官,我就似那在溪水中的鱼虾一般的小角色,尔等的威名以及将来的造势卑职就算隔着千万座山也能听说,各位不必赔礼了,惊慌已过,速速回去吧。”

王炎、赵苛、何应进了聊城县，在荒郊野外，见一男子用刀劈柴，王炎上去打听路。男子也不抬头，问什么答什么，何应说：“有的人，在劳动中也能遁入其境，晓得其中的乐趣。”那男子听了何应的话，把刀插在地上，说：“你懂什么，我这是为汉室而泄私愤，我要进入洛阳，查出董卓车队经过大道的日子，杀了那老贼！”

王炎说：“董卓每次出宫都有卫队相送，你一个农夫凭一己之力把握能有多大？”

那男子说：“这事总要有人做，我愿做民间第一个行此事者，用我的鲜血激起全村、全县、全郡对董卓的仇恨，以我一个蚍蜉的力量，号召天下蚍蜉们共同撼动董卓这棵扎在汉室痛处的钉子。”

说话间，来了一队小儿，围着劈柴的男子喊道：“耿其才，刺太师，一身虱子化奇兵。”

赵苛说：“看来连这山村里的耗子都知道这个叫耿其才的家伙要手刃太师的事了。”

王炎问：“耿兄，你娶妻了吗？”

耿其才说：“不曾。”

王炎又问：“平时种地还是做买卖？”

耿其才说：“我只愿劈柴，试试刀的锋利，劈好的柴给众乡亲送去取暖，轮流到乡亲家吃顿饭。”

赵苛说:“如此看,你是个怪人。”

耿其才说:“有读书数十年无人举荐博不来功名的,我就如那未走向仕途的举子,一切都应该未雨绸缪,等待那个让我战栗的时机。”

王炎说:“你为何一定要刺杀董卓,这是个遥远而不可能实现的目标,不如从身边的事情做起,教训哪个村里的恶霸,或者由你带头组织一支村里的护村队伍,抵御周围山匪对村子的骚扰。”

耿其才说:“没有董卓天下能乱吗?天下不乱诸侯能群起吗?没有诸侯的大军,天下的刀剑如何锻造得那么迅速,有了锻造刀剑如此迅速的诸侯大军,引得村中男子纷纷加入这支浩浩荡荡的队伍,同西凉军开战。我唾弃这个礼法颠覆的世界,驰骋天下的竟是一帮武夫,成何体统?我只能在这里劈柴,把这里当战场,试一试刀的锋利,做一个自己信念中的英雄,赌着这乱世的结局,哪怕我耿某劈柴劈到七十岁,只要董卓亡在我前头,也是我耗尽了他的生命。”

赵苛一笑:“你既然闲暇无趣,何不娶一房妻室过日子?”

耿其才说:“董卓既然不曾死于我的手中,我那劈柴的功劳还没被一方百姓歌颂,我就是个无用之人,娶妻何用,不过是两个人劈柴,将来有了小儿,再多几口人劈柴,依然挽救不了汉朝的颓势。且我现在无甚功名,我娶来的定是无追求的碌碌无为之辈,会拖垮了我这一生为朝廷忧愁,和董卓拼命的血性,更引来村中小儿的嘲笑!”

赵苛笑着说:“好了,这柴既然要劈一辈子,少劈一阵子也不影响你日后做梦,还是引我们到村中,找到里正或村里的富户,填充下我们的肚子,顺便问问去泰山还有多久的路程。”

耿其才说:“我今天的柴火正好要送给村中的富户薛平家,也正好在他家里蹭一顿饭,他家大业大,款待你们三人不成问题。”

耿其才收了柴火,挎起剑,领着三人进村敲响了薛平家的大门。

开门的家童探出脑袋一看，说："耿其才，你怎么又来了？欺负我们家的男丁都去当兵了是不是？三番五次抱着一堆柴火来我们家，说是蹭饭，还不是看上了我们家未出阁的小姐？那日你抱来的是一堆被雨淋过的湿柴，一宿都没点着，害得老爷、奶奶、小姐冻了一宿，现在小姐还浑身滚烫伤寒未消，正躺在床上受罪呢。"说着，"砰"地把门关上了。

耿其才在门口冷得踱着脚，双手哈气说："我之所以劈柴，还有一个原因是棉衣单薄，不抗冻，活动一下可以御寒。活动一上午，既热了身子又能把柴火送与村民家，讨口饭吃，不急，进了薛平家就不冷了，他们家烧柴舍得添柴，我都知道。"

赵苛说："你是不是只给薛平一家人送柴火？连他家平日里舍得添柴都一清二楚，村里有那么多户人家，你忙得过来吗？"

耿其才说："其实最早我的柴火是送与平常百姓家的，但是普通人家穷，拿了我的柴火不烧，反手卖给薛平家，换几文钱，那些人家里才勉强揭开锅，这种人家我怎好上门蹭饭？那几文钱不分我倒无所谓，关键是他们蔑视了我的劳动成果，这可是我带着对汉室的唏嘘劈出的柴，应该送给懂唏嘘感叹之人。这薛平，虽然平日的感叹都在他家财产上，和天下事无关，但是没有家何以有天下，所以这薛家是村里最靠谱之人，和拿我的柴火换钱的穷人不一样，所以我不如把柴火都给了薛家，我可以日日来这富户家蹭饭，博得众人喝彩不如引得一人青睐，尤其是他家的二小姐。"

赵苛说："这一通说得也和你劈柴时所讲的不相符合，甚至相互矛盾啊。"

耿其才说："劈柴时是讲理想，如今是说现实，理想在生活中是会被现实一步步拖垮的。妻子当然要娶，饭也要一口一口吃，我这是每天都为现实中的理想而努力。"

赵苛说："劈柴就是劈柴，理想就是理想，说了一通混账话原来是为了面子撒的谎，你这人真让人信不过，那刺杀董卓一说看来也是拿来唬人的。"

耿其才敲着门说："天下人皆说讨伐董卓，村里去诸侯军参军的男子，哪个不是为了讨伐董卓做打算？汉室在经营天下上面已经是一败涂地，怎么到了你们嘴里却说不通了？”

王炎问：“你每天辛苦地把劈来的柴火都给薛家了，你晚上拿什么生火取暖？”

耿其才答非所问，说：“要说这薛家是讲仁义的，不似那村中穷人，拿了我的柴就自己享受了，连顿饱饭都不管。薛家每次拿了我的柴，都给我几文钱，时间久了就去县城里逛一逛，开开眼界。有一天我跟薛平开玩笑说，去了几趟县城，看见美女如云，真的把您家的二小姐比下去了。那薛平说，每日给你的几文柴钱就是为了让你去县城做个小买卖，从此离这个村子和我家二闺女远点。”又说：“虽然薛家表面上排斥我，但我每日送柴，饭还是一定会管的。有一天，我也急了，说，在旷野里劈柴太冷，不如日后就来府上劈柴吧，你们家也没剩谁了，我也光棍一条，咱们爷俩还能互相说话解解闷。那薛平说，就是因为家里男丁都没了，你才好借机乘虚而入，我也只好把你当半个儿子使唤。之所以管你顿饭，是因为不想把你小子饿死。”

赵苛问：“当时全村招募兵，你为何没去，当兵圆你驰骋疆场、战功赫赫的英雄梦，不比窝在这山窝窝里强？”

耿其才说：“上了疆场十有八九没命，运气好的也大都缺胳膊断腿。还不如现在这样。”

耿其才见还不开门，气得直骂：“薛家小童，我知道你倚着门听我们走了没有，快点开门！”

薛家小童在里面直呼：“你就是癞蛤蟆想吃天鹅肉，无非是想把我家二小姐娶走，你就死了那条心吧。我家老爷说了，嫁谁也不能嫁你，因为你有爱逛县城的毛病。你如果娶了我家小姐，就会用我家陪嫁的钱财在县城结交权贵，最后蹬了小姐，再依靠豪强说出我家三个公子为躲避募兵而投靠在亲戚家的事，你借县丞的大笔一挥，给我薛家定个不忠不良的骂名，不把我家老爷活活气死？就不给你开门，说得再好听门也不开，我们这是避瘟神。”

耿其才说：“真不开是吧？本来我今天请来一位法师，专治你家老爷的疑难杂症，你不开门我们就走了哈。”

薛家小童问：“真有此事？不许说谎。”说罢，那双眼睛就从门缝里往外看。

耿其才说：“骗你是狗。”

薛家小童果然从门缝里看到一个道士打扮的人，于是就开了大门让他们进去。

赵苛一进屋就发现了停在门口的一口棺材，薛家小童说：“这是当地习俗，上了年纪的人都会置一口棺材放于家中。”

薛平见了三个生人，也不避讳，朝屋里请，让家童预备饭菜，就坐进客厅陪客人说话。

何应说：“薛老爷，你有叹气的毛病，叹一声我听听吧，替你解了此咒。”

薛平摆摆手，说：“谁也解脱不了我，这叹气乃是闺女嫁不出去由心而生的一股怨气，怨气还需我生活中的环境、人事的改变才能有所疏解，可有解心中有怨气、生活无变故而不会发出长吁的办法？”

何应说：“有，你每天拿几个大枣放于口中塞满，嘴巴动不了，这长吁便呼不出，这怨气自然消了。末了，你再把这满嘴的大枣一个个嚼碎了咽了，就能品味到这怨气给你生活带来的麻烦，长吁自然解脱了。”

薛平说：“放入几个核桃更好，牙硌掉了，毛病绝对改了。”说罢引得在场人一阵笑。

耿其才问：“二小姐呢？”

薛平说：“找她作甚，在阁楼里待着呢。”又说：“刚收了邻村一户人家的聘礼，他家有个儿子，是个坐吃山空的主，打走了三个老婆了，听说咱们家的二闺女不会和人吵架，就托了媒婆来说媒，唉！嫁鸡随鸡嫁狗随狗吧。”

耿其才说：“老薛呀老薛，平日我也待你如亲爹一般，你如何这般绝情，让我

快脚走死路，我和二小姐可是青梅竹马。”

薛平说：“别瞎说，二闺女一直待在闺阁中，你们才见了几次面？这户人家的儿子和你一样懒，但他家毕竟是个有钱的，任凭他儿子怎么坐吃山空也有家产支撑着。家里有钱财的门户好，门当户对，比嫁给你这个只会劈柴的强百倍。”

耿其才“噔、噔、噔”跑上二楼，去找二小姐去了。

二小姐的娘窦婆子喊道：“二闺女病了，不会理你的，耿其才，家里没柴火了，快去劈柴去，家里的灶台等着起火呢。记住，要干柴。二闺女就算嫁给你也是由你来劈柴，我们薛家不养闲人，如今嫁给别人，还是由你劈柴，你算算你缺了什么？家童干得比你还多，你干的活比家童少，吃得比一家几口都多，赚了。你只要能给我和老爷养老送终，这宅院尽归你，岂不是又赚了？”

耿其才说：“只是，这般得来的家产，犹如生抢硬夺一般。”

薛平说：“你哪日不是想着生抢硬夺？”

第二日，来了聘姑娘的人，一路吹吹打打好不热闹，王炎等人吃过早饭皆站在院角处看见了出阁的二小姐，一身红绣衣装，红盖头蒙着头，看个头也不算矮，跟普通女子差不多，穿一双方口红鞋，在簇拥下出了家门。那耿其才一路追着呼喊：“我心肝坏了，我心肝坏了，你们竟把二小姐当作筹码，给二小姐惹来了进狼窝之祸。若是不劈那柴，每日缠于你家里，你爹也不会落下长吁的毛病，你也不会被全家当作引来如狼一般的耿某入室的羔羊，被你爹便宜了送人，如此，我和二小姐皆毁在薛家的财产上了。我如今为了一处宅院还要做薛家的长工，误会闹大了。”

第二日，那耿其才一阵欢喜，引着一辆驴车，把二小姐给接了回来。一进门耿其才就吆喝：“我昨日在阁楼上，就跟二小姐约下了，若是二小姐见嫁的人家不如意，索性回来吧，我耿某别的不敢保证，引一辆驴车在那户人家墙头下等着却是做得来的。这不，二小姐果真在那家不如意，偷着跑了出来，我们就一路嘻嘻哈哈地回来了，薛老爹，您该退聘礼了。”

王炎等人都发现二小姐昨日出嫁时穿的是红裤红袄，脚下是一双方口红色绣花鞋，如今是一身素色打扮，鞋成了圆口的布鞋，且头发梳理整齐，根本不像从夫家逃窜出的狼狈相。且看这没蒙盖头的二小姐，并不是如耿其才说的斜眉歪眼之相，生得颇为标致，这就令王炎等人想不通了，难道耿其才之前说二小姐丑陋不堪，是怕有人得知这家的财主有貌美如花的闺女，被人先行一步抢了去？就听薛家老爹说："聘礼不能退，这不是自己主动承认退婚吗？知道这女娃爱跑，以后谁家还敢上门提亲。我看，不如去她舅舅家避一避，等那家人寻不见二闺女主动要求退婚，咱们也不被动，将来风波过了，再提嫁闺女的事儿。"

耿其才说："薛老爹，就怕天上的神仙早已给我和二小姐牵了红线，这二小姐非我不嫁。"

薛平说："若不是二小姐笨些，不会说骂人的话，此时定将你骂个狗血喷头，再不敢来我家捣乱！你就欺负我们家人人老实，没人敢剥了你的皮，才终日大呼小叫，说我家闺女丑，引得周围百姓皆信有此事，你好独自霸占，你这是犯了强抢民女之罪，我是能报官的，可怜我家这二闺女说不得人话，官司也没有对证的证人，才让你猖獗，天天来我家蹭饭，引得村里闲言碎语，你企图借机造我招你做上门女婿的舆论，堵塞来我家聘姑娘的门路。耿其才，你真不是个东西！"

耿其才笑呵呵地说："本来是商量与你家闺女的婚事，如何让我耿某变为与你薛家的仇人，薛老爹你这人心胸太窄，容不得耿某奚落，什么为了你那二小姐的终身大事打算，算盘还不是'啪啪'地打在了你家的财产上。我与薛老爹说的是婚嫁这一件事，而薛老爹给耿某谈的却是另一件事，有意装傻。"

那薛家老爹气不打一处来，嚷道："我傻与不傻与你何干？你若是能弃了我家二小姐而安安稳稳在我家做一个长工，好处自然少不了你的，不说把宅院送你的荒唐谎话，起码你娶亲时我会帮你置办彩礼，我薛某真如你口中所讲的那种小气之人？只是你一味地在我家二闺女身上打主意，也不看看自己什么样？"

耿其才说："好，那冬天劈柴不用了，若到了夏日，挑水的活儿我还干不干？"

窦婆子说:“好了,好了,老爷一时和你逗趣,怎么还呛上了?趁着天没黑,赶紧把二闺女送到她舅舅家,我让家童跟着,他路熟。”

那耿其才就一路哼着小曲,赶着驴车载着二小姐往舅舅家走。

这天,薛家宅上来了好多客人,都是往日躲避薛家未出嫁闺女的富豪,今日听见闺女出嫁了,都来府上道贺。

有一位说:“老薛,你这长吁吁了有多少年了?如今闺女一出阁竟好了,要是没了闺女在身边,一个人独自长吁,孤不孤单?”

老薛笑而不语。

又有一位说:“老薛,只听说你家闺女生得丑,可是谁也没见过,只是听你家的长工姓耿的说的,莫不是你委托他散布的谣言,瞧不起我们这帮老哥们,怕闺女落入我们家犹如进了鸡窝受苦,莫不是金屋藏娇?”

老薛仍是笑而不语。

又有人说:“老薛,你这一趟置办了多少嫁妆,说些嫁妆里不常见的紧俏玩意让哥们长长见识。”

老薛还是笑而不语。

众人不解,有人说:“老薛平日被嫁闺女愁得每天如乌云遮日,如今闺女出阁了,自然喜上眉梢了,这脾气竟也扭了个急转弯,往日唠唠唠叨叨没完没了,这回竟变得谨言慎行,就不知和窦婆子吵架时,他那一只巧嘴能否再长出来。”

一句话把众人惹得大笑,老薛指指嘴说:“脾气没改,我这是塞了满嘴的大枣,专治长吁的毛病,说不得话。”

众人问:“你闺女都出阁了,你长吁的毛病还没改哪?”

老薛说:“闺女出阁了不假,可我发现我这长吁的毛病不在闺女身上,那长工耿其才每日拿我说笑,我这毛病是在平日里爱和人争强好胜才落下的,若不是闺女出阁,差点治偏了。”

众人一哄而散,临走时说:“老薛,往日你拿长吁噎我们,如今又拿满嘴的大枣敷衍我们，说闺女嫁不出去，如今说嫁就嫁了，朋友们和你这般掏心掏肺地说话，引你开心，这些年你却一句有价值的话都不曾外漏，人和人来往不就似那鸟鸣花开，争相斗艳吗？你却和我们一句实话都没有，终日拿我们消遣打哑谜，这些年聒噪，聒噪！”

朋友们临走的时候，老薛一说话蹦出一枣核，原来已经把满嘴的枣嚼烂了，喊道：“再来玩啊，今天这枣酸，酸得我眼瞎耳背，认不得朋友，我这才把枣嚼烂要和你们唠嗑，就这么一个个气冲冲走了？还说我脾气倔，我脾气这么倔，都是被你们惯的！”

这时闪过一个未走的客人，对老薛说：“若再嫁闺女，还要托付我来办理。”

王炎、赵苛在阁楼喝茶，听了此语，起了疑心，赵苛从阁楼鱼跃冲到院墙上站稳，又从院墙上滑下，跟上了那名来薛宅的富豪。

赵苛走走停停，见那富豪不断四顾张望，穿过几条街，来到离城门外不远的一条窄巷里，那富豪在闹市上站定，和来的客人双手比画着谈着买卖。赵苛走近了一瞧，一排牢笼，里面关着的都是拐来的良家女子，皆破衣烂衫，蓬头垢面。那富豪和客人谈妥了一个，就命下人带起一个女子，给她松了手铐，推进旁边的宅子内，一袋烟的工夫，那女子便随着下人出来了，身上的污垢洗掉了，脸上白净许多，换上了一身新的素衣，被引上了毛驴车，朝东巷驶去。

这夜，赵苛带着白日的疑惑不能安眠，王炎说：“就是说，这是个拐卖人口的中转站，第一日出阁的闺女和第二日耿其才用驴车接回的女子不是一个人。闺女出阁那天就是被卖了，第二日耿其才是从人贩子市场上用驴车又接回一单买卖，去舅舅家也是将人卖到他乡，皆是为了掩我等耳目，那姓薛的老爷子不觉得我们是障碍吗，为何不撵我们走呢？”

正说着听见隔壁客厅里有动静，何应呼呼大睡，王炎和赵苛就悄悄摸进了客厅，听见声音是从棺材内发出的，赵苛就撬开了棺材盖，盖上只留了一串小孔。王炎把头探下去瞧，见里面绑缚着一女子，嘴被抹布塞紧。赵苛借着月色用剑挑

开绳子,抹布从口中拿下,那女子说:“憋死我了!”王炎定睛看去,此女身材不高,生得丑陋,眉眼与那耿其才描述的丑态一致。王炎说:“这也不是薛家闺女,没人能把亲闺女塞进棺材里藏着,定是我们来薛家投宿那天,家童告知府上,才把此女子塞进了棺材里。这女子的身世定是薛家凭空捏造出的,薛家早年定是将这女子从小养大,村中人尽知此女丑貌,引得四方富豪没有来上门提亲的,门户清闲,也是为了在此宅拐卖人口提供方便,这女子是此地拐骗大案的定海神针,有了她,贩卖人口的案子才好一件接一件进行。”赵苛说:“我们把此女引向那贩卖人口的交易场所,看那里的老板有何话说。”王炎问女子:“去那人贩子聚集之处,你怕吗?”那女子说:“人人都唤我傻姑,我就是傻,若能把这桩案子告破,我死都不怕。”

三人就在夜间走上大道,来到了城门外不远的那条窄巷里,所有被拐来的女子都在沉睡,有的手摸着牢笼的栏杆,眼神充满绝望,那傻姑说:“对她们而言,被买走才是另一段生命的开始,她们都整日盼着来买她们的人,和那人贩子都沆瀣一气了。”

走来一个烂眼圈的跛子,说:“几位白天不方便到这集市,专程夜里来挑人的?挑吧。”

赵苛推上了傻姑,对人贩子说:“这人你认得吧?”

那人贩子上下一打量,唤来了老板,老板正是那来薛家谈买卖的富商,富商见了傻姑,惊讶道:“她怎么从薛家宅院到了集市上?”又看了看王炎、赵苛,说:“我认得你们,那日去老薛家,你们俩正在喂马,这是老薛要退买卖了?那也得由耿其才来说话呀。”

王炎说:“以前的事我们不晓得,若再有拐卖人口的事被我们撞见,我们就要惊动官府了,你们这个集市在官府封锁前,趁早散了吧。”

那富豪说:“好,好,好,那日老薛用一嘴烂枣塞嘴,原来肚子里拿了这个主意,让官府来封我?我倒要看看是我快,还是官府快!”

赵苛说:“此地不宜久留,若要上告官府,需要抓住耿其才这个人证,休要走了消息逃走了人犯,我们需速速回去先控制住耿其才。”

见三人扭头便走,那富豪说:“跟你们薛老爷说,我明日会主动上门讨个说法的。”

半夜里,薛平拿着火烛,给棺材内的傻姑喂食,见棺材盖已被撬开,傻姑不在,且隔壁不见了赵苛、王炎的踪影,惊慌得一屁股坐在地上,长吁起来,惊醒了睡觉的何应,何应听了动静说:“薛老兄,枣若是不管用,你含口水也行。”薛平一人拿不定主意,觉得要大祸临头,就拍响了耿其才家的房门,说来的那几个人不傻,查晓了贩卖人口的事情,把最值钱的傻姑卖了,这一卖,怕引来麻烦。

天还未亮,赵苛一行人回来了,傻姑躲入村子里的密林。耿其才正愁得不知所措,给马加料,要离开此地。赵苛等人前脚刚进门,后脚就跟上了七八个手持短刀的蒙面歹人,里头有那个烂眼圈的跛子,耿其才见了跛子,说:“此来何意,莫不是你这烂眼圈的李跛子要替代我,抢我买卖?”

那李跛子说:“抢?哪一单生意你一个人能做成,不都需要我们集市做周密安排?让你在此村居住,给姓薛的当长工盯紧傻姑,你却疏于防范,放跑了傻姑,乃是你酿成的大错,还敢狡辩?”

耿其才说:“我劈柴就是为了借给各家百姓送柴的工夫探听这户人家可有女儿,兔子不吃窝边草,我将刺探的消息卖给你们,这村中已被你们祸害得没有一个家里还有女儿养着的,皆被你们用聘姑娘的手段将其女儿拐走,或送入他乡或卖给青楼。我每日劈柴,就是为了震慑薛家人,表示咱们这伙人还在村里盯着他薛家,买卖不做不行。家童也是我花二十两银子从人贩子手里买来安在薛家的耳目,这一通牺牲我从前发过牢骚没有?你们休要把我逼急了,若我急了,我劈柴的刀断不饶你。”

还没等耿其才发更多的牢骚,烂眼圈一声令下,耿其才被涌上的歹人一刀刺入,当即死掉,凶手又朝耿其才身旁的家童补了一刀。两条人命已亡,赵苛忍不住了，抄起一根顶门的棍子，把这伙歹人的骨头尽皆打断几处，烂眼圈见占不到便宜，明着火把带着一行人跌跌撞撞地出了村。那傻姑从密林里看见有火把进了薛家宅院，就朝薛家跑，进了宅子，见院子里躺着死掉的耿其才和家童，“扑通”跪倒在薛平面前，喊了一声“爹”。那薛平摸着傻姑的脑门说：“咱爷俩虽不是亲骨肉，也是一样活在这伙强盗给出的夹缝中间苟延残喘，这些年被耿其才盯着，苦了你了，孩子。”说罢，老泪纵横，又对王炎等人说：“你们速速离开吧，这伙人贩子来势汹汹不好惹，怕报复还在后头。”

王炎问：“这伙人为非作歹，为何没人上报官府？”

薛平说：“这类的地下交易已经不是什么新鲜事了，都牵连着城中显贵，谁来管？再说，里面错根盘结太过繁杂，如今乱世，县令已被各种人祸牵连得失去精力，这个案子呈上官府办理，怕是要等到换走三个县令的时候。”又说：“这人贩子买卖是被豫州来的一伙姓丁的人合计做的，这城中四面皆有他们的集市，这三人又称城西王、城东王、城南王，城北王，是以前做这买卖的地头蛇，这三兄弟一来因瓜分利益和他产生矛盾，城北王死于三王之手。”

王炎的眼睛亮了一下，说：“可知这三兄弟具体从哪里来，姓名是什么？”

薛平说：“只闻得他们是从前的囚犯，因贿赂朝廷官吏，加上有人脉关系，在许县濒临战事时逃离豫州大地，来到本县做了贩人的买卖。只知他们的名字都和季节有关，名唤‘夏、冬、秋’。”又说：“那耿其才撒谎说的我在外的三个儿子就是他们，老子为儿子的买卖忙活嘛。且那日我婆子对耿其才说‘你只要能给我和老爷养老送终，这宅院尽归你’这句话，就是为了让你们听出其中蹊跷，我既然有三个儿子，为何还要将宅邸相送？”

王炎和赵苛长舒了一口气，王炎说：“薛老爹，你快和窦婆婆以及傻姑赶着马车逃离此地吧，这里的事不用你管了。”

薛平说：“我去乡下老家暂时躲避一阵，等乱世过了再进这宅子，你们也赶快逃离这座凶宅，惹祸上身的事情不要多管了。”

说完薛平就和窦婆子还有傻姑共乘坐一辆马车走了，王炎等人在这座宅子里给许县的高县令写了一封书信，信上提到，祸起永安镇的丁氏兄弟乃是朝廷丁御史的后人，他们手里掌握着大量汉室机密以及人脉，还知晓被丁御史藏匿于许县的几十处银库所在地点，只是由于高县令闻董太师言派兵戒严全县，那银库无人能发掘，才导致丁氏兄弟在聊城县做起了人口买卖。现需要高县令给聊城县令写一封书信，剿灭此汹涌贼势，保得一方百姓平安。

赵苛、王炎每日在城中转悠，忽然有一天，那城东、城南、城西贩卖人口的集市被官府查封了。过了几日，在薛平家收到了许县寄来的信，信上可看出高县令眉飞色舞状，信中提到，贩卖人口的集市应该已被查封，聊城县令正深挖此事，想从这伙人贩子身上挖来藏匿的钱财上缴国库，以显其功劳。许县这边，在聊城县令的配合下，押送丁氏兄弟的囚车正往回走，一到县衙，本县也学着聊城县令那样把事情深挖，将所藏人脉、朝廷机密、私设银库之事尽皆问出。

王炎在回信中只回了十个字："切莫养虎为患，放归中原。"

十七

三个人来到了济南郡，大街上车马穿街而过，两旁楼阁林立，卖盐的卖盐，挑担的挑担，酒肆旌旗舞动，好不热闹。三个人都从马上下来，一路牵马而走，到一卖汤饼处，拴上了马，坐在路边吃了起来。何应却无心吃饭，心思在川流而过的街头百姓的面相上，突然对一个魁梧的男人喊道："先生慢走。"

那男人一脸络腮胡，回过头来，问道："刚才那一声可是叫的我？"

何应说道："是的，我有几句话对你讲，分文不收，先生若觉得有趣我们就聊聊。"何应拿起酒葫芦，喝了一口酒说："天庭突兀，眉盘低凹，顶骨起伏，你不似那奸邪狡诈之徒，虽有小财却无子无孙孑然一身，但也非短命之相。但是今天摸到面门却发现天中紧锁，不久于人世，但又中气十足，不似短命，可能会横死。"说完左手捋了捋嘴角的山羊胡，喝了口酒，从腰间的布袋中拿出一个龟壳，放入几个铜钱，晃了一晃倒在地上，用手摸了摸，嘴里念叨着："乌云风吹去，光辉到处通，路途逢水顺，千里快如风。"

旁边几个在摊位上吃饭的客人，大声嚷道："快看嘿，疯子将军被人算命了。"

何应思索了一会道："此卦云散天开清光大来，营生遂意，祸去福至，先难后易之象也。先生你该受的苦都受了，以后虽有磨难但有贵人相助，富贵无限。"又说："这卦象上毫无生气，且没有气运可言，只要是人皆有气运，这卦象似是一个已死之人的卦象。"

何应看着该男子的脸，然后又摸了摸他的手，叹道："看来老道我是真老了，竟然摸不出个所以然，面相上你是个已死之人，但你又活生生地站在这，但无论如何，都无法算出你的前世今生，就像你未在这个世界存在过一样。”又说：“七杀之命格，老道今生第一次见到，不知是何因果。可惜老道不能再继续替你卜卦，命格凶险且一生与杀伐相随，与天道和这世间气运相关，若强行卜算，窥视天机，恐怕老道我这条老命也得交代了。不过老道倒是好奇你到底会成改变天下运势之人，还是会成为杀人成魔的一等一的恶人？老道很是期待啊！”

那男人闻听激动地把何应拉到一边的汤饼摊上，说：“法师算的没错，我之前是朝廷的一员裨将，杀伐无数，说我的气运像个死人的卦象，真是一语言中。法师可跟我去趟宅子？容我把事情一一讲明，若先生能断出我今后之命运，方某愿倾一半家财以表感激。”

旁边的赵苛吃完了，抹抹嘴，对何应说：“看来你是不饿啊，吃饭时候还揽生意。”

王炎说：“他那是技痒。”

方姓男子一抱拳说：“本人方岚，敢问诸位是？”

赵苛说：“我们是这道士的随从，憋在家里难受，想看看这世道如何像世上传言的一样不太平，游逛天下，四处走走。”

方岚一看赵苛和王炎，说道：“二位侠士如不嫌弃，可与法师同去我家一坐。”

四个人牵着两匹马往方岚的宅子走，赵苛问：“为何路上遇到的人都喊你‘疯子将军’？”

方岚说：“这里没人相信我当过将军，认为我战场杀敌的故事是编出来的。”

王炎问：“为何说是编出来的？”

方岚说：“本来当裨将当得好好的，只因黄巾军中多跟随一些老幼妇孺，被我路兵马挡住杀之，我于心不忍，问了一个姓赖的文臣，和他讨论战斗中杀害手无寸铁之妇孺是否可算得上无品无德。他滔滔不绝和我谈论了一番为将之道，令方某茅塞顿开，回去后我就向我管辖下的兵将传达了不杀黄巾军妇孺的命令。

可我军令刚一下达，那文臣弹劾我的状子也到了朝廷，说朝廷军将征讨黄巾军中不分青红皂白杀害妇孺老人之事实属不妥，请圣上裁量。圣上仁慈，立刻号令三军，依此文臣之建议讨伐黄巾军，且方某的建议竟成了朝廷日后作战的军戒。而方某治理的一军人马，由于文臣告密，竟将我军将士与大军割裂开，只对我军实行军戒惩罚，因为作战中杀害妇孺老幼这事是我提出的，所以理应发生在我军当中，而其他将领又一概不认，将全军责任都推给我部。我部将士竟成了滥杀无辜的，我就是那犯军戒的罪魁祸首。我问那姓赖的，为何要如此奚落本将”。姓赖的说：“方将军一军做下的禽兽罪行让人闻之战栗，理应借助朝廷之法来约束大军行动，是为了朝廷未来好，也是为了征战沙场的众将士的日后口碑。若知情不报那便是帮着方将军隐瞒罪行，方将军如果被包庇了而导致一时狂放不羁再滥杀无辜，有一天侵犯京师滥杀洛阳百姓怎么办？若不是赖某及时发现启奏朝廷弹劾方将军，方将军一定将此事再朝其他大臣一一言说，那些大臣每日烦闷无聊，里面不乏蝇营狗苟者，若借机捏谎以大罪弹劾方将军，岂不是让方将军无故担负重罪？若是有大臣不将此事挂于心中劝导方将军，有意放任，岂不是造成了宫内文官武将有意结成帮派，乱了朝纲。”我问那姓赖的：“大军一向同行，我找你讨论杀伐妇孺老人的现象，并不代表只发生在我管辖的部队中，此事是整个大军犯的错，为何只弹劾我部？”姓赖的说：“方将军无意中道出实情，就是想把你带的部队从大军中割裂出来，行禽兽之举。”

赵苛问：“就为在军中当裨将时，部下杀了些妇孺老幼，才有了‘疯子将军’的称呼？”

方岚说：“这称呼是我被此事革了职，回乡后百姓给起的。家中父老只闻我在军中效力，不知道已因军功升任裨将一职，问我还乡的缘故。我说我的军队因误杀了黄巾军中的一些妇孺老幼，被一文臣弹劾，圣上降旨免了我的职。众乡亲说，黄巾军战斗力那么强，何来的妇孺老幼？我说，黄巾军中也携带家眷。乡亲就说，那别的将军都在攻城拔寨，将军你只知道杀妇孺老幼，看来那文臣弹劾你弹劾得对。我说，全军都有杀妇孺老幼的现象，只是我于心不忍，想通过朝中大臣启奏圣上，下一道旨，让军队此后作战放过妇孺老幼。乡亲们说，圣上本来就体恤子民，照顾妇孺老幼与你攻城拔寨的将军有何关系？而且还被革职，说不通。我说，都是一个姓赖的从中搅和的。乡亲们问，怎么搅和？我说，他对圣上说我日后若结交了一些朝中文臣，形成气候，恐怕对圣上不利。乡亲们觉得我是在说梦话，从此我便有了'疯子将军'的雅号。"

不知不觉，到了方岚的宅子。方岚说："我一贯行军惯了，一直在野外露宿搭棚，这宅院还是父母留下的。"说罢，在院中舞起了刀，舞得有模有样，赵苛、王炎参观着宅院，何应仰起脖子喝酒。刀舞毕，方岚双目垂泪说："我自从归了乡，一切都变了，从前在军中驰骋疆场，如今做了百姓竟然比人还矮半截，别人都是有买卖做着，我去钱庄存钱人家都不肯收，说存钱可以，可不要再说自己是将军，若是日后兵荒马乱的，让大军知道了这小小钱庄还存了被革职将军的钱，那军中子弟一定拉来你，从前存了一厘钱的也说是一贯钱，如此我这个钱庄就怕毁于兵爷的手里，你是归乡的瘟神哪，你连妇孺老人都不放过，被大臣弹劾革职，能放过我这小小的钱庄？这钱庄占地还不足半亩，不比你攻城掠寨容易？我当时就问，老板，你是这街面上唯一一个承认我是做过将军的人哪。那老板悲苦笑道，不是我不相信你，是怕那大军有一天来袭，不讲道理的比你还多，不如交下你这个讲谎话的朋友，将来以一个裨将的身份护一护小店。我于是又提存钱的事，那钱庄的主人说，你这不是存钱，你这是放印子钱，如果有一天大军真的来了，你就对你曾经的部下说，这小小钱庄不要毁了，是仗着我方某的脸面才开到了今天，日后大军在这街面上吃喝拉撒都找这钱庄取钱，这钱庄的老板怕死，就是借着这一个钱庄向众弟兄们保命哪。我对老板说，我今天只是存钱，别无他意，我一个被革职的裨将，你怕什么？老板讲，这城中的钱庄这么多，为何只在我一家存钱，还不是依照你的经历效仿？像当时你带的军队被赖大臣从整支大军中单独切割开进行算计那样算计本钱庄，见本钱庄被你算计了，其他钱庄还不请你吃酒？牺牲了我

这一处钱庄，你却换来了其他钱庄的仰慕，都愿意称呼你这个裨将是真的，你这个裨将便如钱庄地面的地头蛇一样，如此你一家钱庄一家钱庄的算计，最后只留最大的那一个钱庄同你瓜分利润，这计谋傻子都明白。”方岚说：“我见这家钱庄不收我的钱，我就家家钱庄去跑，可是每家老板见了我都一样，从来不和睦的钱庄见了我却通了心。”

王炎说：“一个被革了职的裨将，竟回乡后被人挤兑，这世道！”

方岚说：“前面那个是我表哥，后面这个是我舅，我姥姥家是开钱庄的，所以他们防我像防贼一样，怕砸了招牌。我问我舅，那我卖了祖传宝刀的钱怎么办？我舅舅说，把宝刀再买回来，人不能输了将气。我就赶到当铺，本来以为老板会加价，没想到那老板很痛快，直接把刀拿了出来，说，方疯子，我说什么你大概也不明白，冒充将军卖刀的戏大概就是你那开钱庄的舅舅教你的，让你以祖传宝刀加朝廷将军的身份把刀抵押在小店中，以搅乱这当铺的行市，让这把刀以奇货可居的形式促成祖传宝物的价格飞涨，让他的钱庄入钱出钱都快些，只是你那开钱庄的表哥恐怕这样一来，钱庄和当铺打起架来不好收拾，就多搭了价钱买了下来，只是银子还未凑齐，因为你在几个钱庄之间一搅和，钱庄先乱套了，钱庄皆因你一个疯子介入其中信誉受损，导致你表哥钱庄的买卖大跌，你舅舅是让你来买后悔药的吧？”又说：“那日我去老黄那里剃头刮面，老黄见了我问，方疯子，有媳妇没有？我知道他是明知故问，就闭着眼让他刮脸没有搭腔，半晌我说，你以为我真是疯子，是疯子还来你这里刮脸？如何认得钱，会使钱？那剃头的老黄说，你没疯，你是装疯，你想干一票大的。

现在董卓弄权，洛阳逃出的公主公子无数，你莫不是随着一路护驾的将军吧，见洛阳乱得回不去，才避在家乡说起被弹劾一事？我问，我绕这么大的圈子为的是什么呢？那剃头的老黄说，你是想趁济南有一天卷入兵荒马乱，我们人人难以自保时，你却能以神秘暗桩引来一队人马，卖了济南城，以洛阳旧将自居，同你的旧部会面，你在济南城折腾了这么久，将城池布防一一向上奏明，至于你现在为哪路人马效力就不知道了。朝廷若真有人弹劾了你，这时候你视朝廷如草芥，该有天下各路人马仰慕你了，你能以天下名将自居。若是有公主公子被你保护过，奏请了圣上细表之前功绩，你又能以功臣自居，两头得道，这济南府是你得道成仙之地啊，你那夫人和孩子怕是还撇在洛阳等你在这里建功立业吧？我说，老黄，你这瞎话都是谁教你编的？老黄说，怎么还是瞎话呢，一有人问你婚配了没有，你就说我这样的裨将得配敕命夫人，若是没护送过公主、王子避难，夫人能被加封为敕命夫人？你看你自己说谎说露馅了吧？老黄刮着脸说，逃至济南，我看是你那敕命夫人管你太严，你怕朝廷束缚，才借着替你卖命的大军窥探济南城城貌时，在外面再娶一房。"

赵苛说："方将军莫再戏言，把你祖传的宝刀借给我一看可否？"

方岚将宝刀递上，赵苛从前至后细细端详了一阵，对着门口的石头一劈，顿时石头裂为两半，且裂痕清晰光滑，不沾半点粉末细渣。赵苛收了刀，说："好刀，方将军真肯当了吗？"

方岚说："鄙人已离开沙场多年，对兵器兴趣也寡淡了，只是那当铺老板出尔反尔，前日让店小二来我宅邸收这口刀，那店小二说，店内老板最近囤积兵器，只缺了我这把障刀的款式，因我是城内皆知道的疯子，上门送刀老板不便收，就唤了店小二来取，给出的价格是二百两。只是当初方某不愿刀离腰间，就拒绝了。后来转头一想，刀离开沙场犹如死物，我又是个被罢免的裨将，将军的灵魂都没了，还要这碍眼的劳什子作何用，若赵兄能为方某跑一趟，用这口刀换来几百两纹银让方某维持生计，方某感激不尽。"

赵苛就挎了宝刀按照城中路线一路找到了当铺，只见当铺上悬挂着五个字"天下第一刀"，让赵苛怀疑这是个兵器店。进了店内，赵苛问老板："请问老板，这间是兵器店还是当铺？"

那老板五十岁上下，一脸横肉，笑道："这是个当铺，只是最近小店收起了兵器，若有方便出手的兵器小店肯定估出合理的价钱。"

赵苛就把方岚的障刀拍在了柜面上，老板低头一看，说："这不是方将军的刀嘛，还是从前估好的价格二百两吧。"说罢，见赵苛没有提出异议，就办理了手续，将二百两银锭包在一个包袱里递给赵苛，并说："都说方将军疯不愿上门献刀，我看是那个姓方的将军懒，除了挂口宝刀日日在他的将军梦里醉生梦死外，别无旁技。就连当刀还要旁人替送，看来是这口刀把方将军的身价给喂高了，他这懒就懒在对从前兵戎生涯的无限沉醉中，鄙人看不起这种人。"

赵苛拿着这包着二百两银锭的包袱去了附近的一家钱庄，等钱庄老板打开包袱一看，拒收。赵苛问其缘故，那钱庄老板说："这银锭是袁记当铺的，这种龟形银锭只有他们这一家商号使用，如果你能用原来给出的龟形银锭一分不少地赎回所当的物品，他们就视作合乎规范的典当买卖，将原物奉还。如果来赎回物品时，短缺了一丝一毫的龟形银锭，他们就要适当加价，因为你用这龟形银锭救了急，就算这买卖做成了，他们要收这短缺了的龟形银锭同价格的银子，还要适当加利息，他们当铺就是用这来聚财的。"

赵苛问："那些钱庄有何规矩，为什么不收袁记当铺的银子？"

老板说："这袁记当铺一直把稀缺的东西囤积起来，哄抬物价，若收了他们的银子，岂不是帮他们把买卖流通了？袁记当铺里的稀缺玩意太多了，且价格居高不下，这就使得去典当的客人一旦用了当铺的龟形银锭，赎回物品时就要花费巨资弥补。所以，为了不至于去讨饭，袁记的龟形银锭小店一概不收，不光我们的钱庄不收，这几条街面上的钱庄都不会收的。你这银锭只能在给袁记当铺赎回你当出的物品时有用，或者去他们的馆子吃饭也可流通，这是袁记商号的内部流通货币，你一旦和他们产生了利益关系，钱袋子就牢牢地绑缚在他们的裤腰上了。若你真去那吃几顿饭，花掉了部分龟形银锭，等你赎回物品时就要用自己的银子补缺花出的龟形银锭，还要加上利息，除非你不准备赎回物品了，那龟形银锭就可以在袁记商号的商铺内任意使用了。"

赵苛一路小跑又回到了袁记商铺，把银子往桌子上一搁，说："袁老板，这是二百两龟形银锭，丝毫未动，我把刀赎回。”

袁老板看了看柜面上的银子，说：“这刀已经翻了三倍的价钱了，这二百两不够数赎不出，奇货可居啊，钱就在眼前，为何不赚？虽然你存的不是死当，如果确实想急切赎回宝刀，那就得当上其他稀缺物品，凑够了六百两价钱这刀你带走。直接用普通纹银不行，本店赎回物品只认得本店的龟形银锭，若用普通纹银来赎回，那你当了二百两就要补上短缺的二百两龟形银锭，还要加上利息。客官，这刀你还赎吗？”

赵苛刚从当铺出来，迎面碰上一个瘦高的男子，该男子说：“赎刀的？被挟持了？我这里有口仪刀，也是宝物，我在一处当铺当出的价格是三百两纹银，这家当铺昨日刚成了袁记当铺的分号，只是手续还没办齐全，许多规矩还没形成，不会肆意操作抬高价格，且用的仍然是普通银锭，不是罕见的龟形银锭。我这口刀若是到了袁记当铺，经他这么一翻滚，价格必过千两，我拿着他分号开出的三百两的当票，那两家当铺还不得打起来。运气好些，我能以袁记当铺的千两银子为上限，拿着分号当铺三百两的当票为据，当出已被袁记当铺炒出的价值一千两的宝刀，再拿着袁记当铺给这口宝刀开出的一千两银子的当票给分号，多出七八百两银子，而且不是龟形银锭，而是普通纹银，哪有这样的好买卖？只是我进过一次袁记当铺，此时若再进去，恐怕生疑，不如你挎着我的这口宝刀进去当了，此计若成，我让我那些兄弟们都依此计而行。到时候，一人借你二百两银子，在黑市换成龟形银锭赎回你的宝刀。”

赵苛答应了，挎着那口仪刀进了当铺，摆在了柜面上，说：“老板，当刀。”

袁老板拿起刀仔细瞅了瞅，摸了摸刀柄，最后摇摇头说：“此刀当不得。”

赵苛一听急了，问：“都是宝刀，前头那口能当，为何后面这口却不能，你不是说奇货可居吗，这里不是‘天下第一刀’的收货点吗？”

袁老板把刀还给赵苛说：“看来你不是本地人，是外来的生客，在此地久居了，便知道我这当铺其中的规矩了，给你，刀拿走。”

赵苛带着疑惑出了门，把刀还给瘦高的男子，备述袁老板原话。那男子摸着刀柄说："看来，一切还是老规矩啊，他至死也不会改了。"

赵苛还有话要问，却张不开口，提着一包袱的龟形银锭，边往回走边叨咕着："老规矩？"

赵苛刚回到方岚的宅子内，发现挤满了人。王炎说："方岚说这些人都是他的朋友，以前都做过将军。刚才方岚还带着他们默背军中的训话，一个个在院子里伸拳蹬腿卖弄武艺，现在方岚正在为这当铺送来的一批刀的刀柄上刻字。"

赵苛看着满院子里的所谓将军，一个个精神颓靡，口歪眼斜，毫无将领气魄，有的缩手缩脚躲在犄角旮旯里，对面前的一切充满了恐惧，仿佛有人碰他一下他和万物皆化为灰烬，有的还在院中卖弄着拳脚，乐此不疲。说是一群将军，可分明是群各有隐情胆小如鼠的疯子。赵苛指着这满院子里的人，笑道："这是将军？方将军如果把他们也称作将军，那方将军可真成了城中百姓口里的疯子了。"

方岚在刀柄上刻着字，头也不抬地说："不可笑，他们都是曾经驰骋沙场的将军，各有各的催泪故事。"

赵苛拿着一包袱龟形银锭说："你的刀当了二百两银子。"

方岚说："袁老板派人来催我当了这刀，就是看我脑子还好不好使，借着当刀这件事看我是否还能供他任意驱使，人要活得有价值才能有意义啊。把这龟形银锭放下吧，你们若要去赎回，他一定加价，因为这是我的刀，象征着我的自由，只有日后我亲自去赎，这口刀才能原价赎回。"

赵苛把王炎拉到一边，说："刚刚去当铺，我替一男子当刀，他那也是口宝刀，岂料袁记当铺老板不要，说这里面有规矩。你说，有何规矩？再看看这满院子里的疯人，都和方岚聚集在一起，这里头必有因由。"

王炎解下自己手中的长剑，说："我这把剑也不错，虽不是宝物，也是剑中上品，是许县县尉随身所带之物，因我在诛杀山贼的一案中引贼入计有功，高县令特命县尉将此剑赠予我佩戴。我这就去袁记当铺，用这口剑看看当铺里到底藏了些什么名堂。”

王炎一路飞跑到了当铺，见了袁老板说：“都说你这里是天下第一的兵器收集地，老板看看我这把长剑能估算出多少银子？”

袁老板看了看剑身，说：“无用的剑，客官带剑请回吧。”

王炎说：“‘无用’二字怎讲，这剑连石头都能劈开。”

袁老板说：“我是说这剑在商业价值上无用，与我这小店不配。我们店里的兵器乃是军中器械，是行脚商专门通过渠道从战场上收回的，有那战死沙场将军的，也有被剿灭的贼首的，我将它们一一拿来在剑柄上刻上本店招牌上的‘袁’字标记，这战场上将军、贼首用过的兵器有了历史、政治意义，价格岂能不火？可袁某不贪这个，将刻有招牌字样的军械都经过数百里还给洛阳的圣上。这军器若袁某不收集，就因为沾染了血污被看作不吉之物，会被放进熔炉里重新炼就，那原来军器主人的一世英名也随之东去，虽然有的军器如箭矢还会收集回去，将军和诸位勇士的灵魂也不复存在了。我通过行脚商得来渠道，将阵亡将领的名单和他们生前所佩戴之兵器献到洛阳的圣上面前，圣上龙颜大悦又深受感化，就念我等忠义，特书写了‘天下第一剑’的御笔赐给本当铺。本当铺的生意有汉室庇佑，必随着汉室生出许多荣光。此后，当铺的军器皆出自战场，本店复皇命打扫战场，将阵亡将领的军器一一在店内展出，每件兵器都佩戴着阵亡将军的名号，外人的兵器冒充不得。我这店便是馆藏着朝廷将领的兵器之地，甚是福耀，若碰上有缘人，甘愿为兵器为汉室捐了银子，我就收下巨资，一部分缴税，一部分寄给阵亡将军家中老幼，剩下的继续为这买卖助力。”

王炎回去后备述了当铺的规矩，赵苛点点头，说：“只不过你的剑上缺了英雄的身份，和袁记当铺篆刻的字迹，后一个请方将军刻上就是了，但是这英雄的身份别人冒充不得，那袁老板都有资料在手，随时可查阅。”赵苛忽然看见那个卖刀的瘦高男子挎着刀在院外张望，看满院口歪眼斜嘴内流涎的疯子。赵苛上去问：

“你是这济南城久居之人，我们刚才去了袁记当铺一趟，那老板只是做买卖，把买卖的规矩也只是说半句藏半句，你若能告诉我们这当铺买卖的根由，和这一院子的疯子因何而来，看见了吗，那个方将军可以帮你刻上‘袁记’的字迹，只是这将军身份不好糊弄了。”

“这有何难？”瘦高男子跑到一个眼神发呆的疯子身旁，看了看他的腰牌，就将仪刀交给方岚刻字。方岚是个慢性子，面前一堆兵器，一个个地刻好了，那瘦高男子便对赵苛说：“拿上这把剑，先去分号开张票据，再去袁记当铺当了此刀，那疯子的腰牌上挂的名字是‘元朗’，依此计去，定能办妥。”

赵苛跑了两趟甚为顺利，果不其然，袁老板听到“元朗”的名字在册子上一翻，查到了，收了刀开了票据，在赵苛临走时袁老板说：“多说无用，我干的是善事，你也不要依着此计三番五次敲诈本店，那我可就要告官了。”

赵苛说：“哦？那你现在为何不告？”

袁老板说：“这店的根基是在汉室的，店犹如开在皇城根下一般，若这一告，城中人知道连毛贼都能擅入本店，我这根基就不稳了。”

拿着当票，瘦高的男子对赵苛和王炎说：“两张当票，不是一个价格，此法必能搅得袁记当铺天翻地覆。”

王炎说：“讲讲你该讲的故事吧。”

瘦高男子说：“洛阳宫内传出济南城有这么一家专卖战死沙场将军兵器的当铺，顿时这当铺火了。那日，来了一个妇人，引了两个孩子进了当铺，报上了丈夫姓名，袁老板一查，果有此人，死者是黄巾军一头领，遗落的长矛就摆放在当铺后院，正无人问津。那妇人来到后院看见长矛就跪下哭了好一阵子，本来想花钱买下，袁老板搀起妇人说，这兵器屯居于此是件商品，你既然从中看见丈夫的影子了，那就拿回家速速将它入土为安吧。黄巾军家属的这段故事就从民间传入了军中，军中还有袁老板雇的行脚商放出的消息，消息称若是畏惧战乱，在战斗中跌伤弄残，济南城的袁记当铺老板可以安置，军中就流传起‘养老就去济南城’的口诀，说如果伤了残了到济南不会遭人冷落、受欺侮。可一仗下来真伤了残了的袁老板一个不收，耗不起金银和精力照顾，净从战场上捎回一些受到战争刺激，精神留有创伤的将领。这类人好安置，可以任意摆布，袁老板要的就是他们的腰牌上的姓名，好谄媚朝廷向圣上邀功稳定袁记当铺的威风，至于那将领的兵器，皆是袁老板派人随手伪造的。这兵器市场以前没有，袁老板开了一个先河，沾上了'为国尽忠'和圣上嘴上的表彰，这兵器自然也有擅居奇货者买来收藏，不过我觉得，袁老板还是想借着这些趁着巨资的兵器让他的龟形银锭能从济南城流通，顺便控制一方的经济。'奇货可居、奇货可居'，这是袁老板终日挂在嘴上的一个词，他是把济南城当一等一的货屯居起来了，我们都是在这城池中游泳的虾米。"

赵苛问："那些精神上受了刺激的将领袁老板如何安置？真管他们一辈子？"

瘦高男子说："怎么可能？圣上的耳目是闭塞的，这些将领袁老板只留下腰牌，圣上也没说让袁老板养着这些人，没看见济南城的叫花子越来越多了吗？"

赵苛问王炎："你觉得方将军是疯子吗？"

王炎说："半痴半疯，痴的那一面在于痴迷袁老板给的美差，能在乱世中独居一处为袁老板刻字颐养天年。疯的那一面是袁老板笼络了方将军，而方将军又效仿笼络更多的疯子，他不是'疯子将军'，他该是'疯子们的将军'。"

十八

“主公，主公！”李儒焦急的叫声传遍了整个太师府。

董卓喝道：“文优，究竟何事令你如此焦急？”

李儒见到董卓，快步跑到董卓身边，说道：“主公，并州出大事了！”

董卓眉间一凝，喝道：“莫不是壶关、上党郡又被黑山贼攻占了？”

“不是，主公。是草原上的鲜卑人进攻了！而且是十万鲜卑铁骑！”

李儒的话犹如重磅炸弹，董卓一阵眩晕。“鲜卑？”董卓不可思议地喝道。十余万鲜卑铁骑？！这是多大的力量！只要知道西凉铁骑威力的人，都深深地明白其中的危险。而且鲜卑骑兵凶蛮残暴较之西凉铁骑犹有甚之，而鲜卑等塞外之人更擅长马战……

“立刻传戏志才、贾诩！”董卓暴喝道。

“诺！”传令兵领命离开。

这个消息也同样令戏志才震惊，脸颊上不禁流下了虚汗。只有贾诩面色不变，不过他的眼眸深处亦是掩藏着一丝冰冷之色！没有人愿意自己同胞被无辜杀戮。

李儒重重地吸了口气，说：“主公，鲜卑在汉灵帝时期，实力就已经远远超越了匈奴，成为继匈奴之后的草原霸主。曾数次叩关掠夺财物，杀害百姓。”

董卓紧握着拳头，恨恨地说：“他们该死！”

戏志才急忙问道：“消息属实否？”

“确实属实！不敢有半点隐瞒。”李儒急忙说：“逃入上党郡与壶关的百姓尽皆传言，鲜卑十余万铁骑大举进攻并州！此时逃入上党郡与壶关的并州百姓已达数万，人人皆言鲜卑骑兵进攻并州，杀死并州百姓无数！徐荣与乐进二将不知真假，不敢将此事传报于主公，特意派遣数千西凉铁骑横穿并州上党郡、太原郡、西河郡。于雁门郡、云中郡、定襄郡、五原郡确实见鲜卑骑兵，甚至见到了鲜卑铁骑残杀并州百姓的残酷恶行！”

“砰！”董卓在座椅之上重重一拍，怒道：“西凉铁骑可将这些禽兽杀了？不杀，本太师现在就斩了他们！”

“杀了！”李儒低着头说：“可是这种场景在并州雁门郡、云中郡、定襄郡、五原郡四郡之中随处可见……初步估算，这四郡之中死伤的百姓以达七万余。”

董卓脸上掠过一丝冰冷，怒道：“张燕究竟是怎么回事？竟然毫无防备地让鲜卑骑兵大肆入境！”

李儒答道：“主公，据李儒了解得知，并非是张燕无能，而是鲜卑骑兵诡计多端，令一直坚守的张燕毫无半点防备，幸得众将士全力守护，才保住了城池。”

董卓大怒：“立刻派遣十万铁骑，出征并州！”

“不可！”李儒与戏志才同时喝道，戏志才急忙说道，“主公切不可轻易进攻，应该立刻撤回前往并州的四万将士，并命徐荣、乐进二将不可轻易挑起战争！”

董卓怒喝道：“难道你不同意本太师派大军前去阻击鲜卑大军？”

戏志才进谏：“不敢，但是并州之地，形势复杂，若是一步错，必将引起连环的失误，主公不可不防啊！”

董卓铜铃眼直瞪着戏志才：“难道你要本太师眼睁睁看着并州的百姓惨死在敌军的利箭之下吗？”

董卓喝道：“传本太师之令！”

李儒长长地舒了口气，翘望着遥远的北方，心慢慢沉静下来。他说：“主公既

然已经决定了，那么事情的好与坏，就不可能再改变了，心里盼着主公此事功成。”

数日后，何应三人到达泰山脚下，何应念道：“雄伟高大的泰山，以极其清秀的灵气直冲云天。它的山岩洞穴仿佛天然间隔的空虚宅院，寂寞无声，幽静深邃。它是大自然造物开发的高楼大厦，变幻莫测。”

三人在泰山周围环游，看不尽的初春美景，沿阶梯缓缓而上，何应在半山腰说：“这是供山下的百姓许愿的第一个道观，我去里面找下祥云师兄，没有他的引领，虹云观的门叫不开，倒不是守门的道童霸道，而是我师父宣阳子年纪大了，记忆只能维持七天，我离开道观半年，他一定以为我是个生人不让我进入，需要祥云师兄引导，这门才能叫开。”说着，迈步进了道观，道观门框上趴着六七个道童的脑袋，也就只有七八岁，眼睛干眨着看着赵苛、王炎。

王炎说：“小心啊，别以为进了道观就安全了，看看脚下吧。”

赵苛低下头，看到眼前有条壕沟，围着圆形的石墙形成一个圆圈。沟太宽了，跳不过去，两块木板搭成一个简单的桥，只有从桥上走过，才能到达塔中央的地面。赵苛迈步走上了木板，眼睛望着黑漆漆的脚下，王炎在他身后说：“注意到了吧，那下面根本没有水。如果径直摔下去，那也不过齐腰那么深。为什么在里面挖条壕沟？你不觉得奇怪吗？”

王炎从木板上走过来，用脚后跟试了试道观中央的地面，然后继续往前走。

赵苛走到一旁，一边看着壕沟，一边绕着圈慢慢走。王炎抬头向上望，说道：“把这儿想象成一个要塞，所以，过了很多天，要塞被攻破了，敌人涌进来。现在想象一下这个刺激的场景，我们没见过，不代表从痕迹上判断它没发生过。我们有两个道士，在外面那个院子里，抵挡着一大群鲜卑人。他们勇敢地战斗，但敌人太多，我们的英雄们必须撤退。我们假设他们退到这儿，就退到我们站立的这块地方。他们跳过小桥，转过身来，就在这儿死死地面对鲜卑人。鲜卑人的信心更足了，他们把我们的同胞逼入了死角。鲜卑人拿着剑和斧头逼近，冲过桥，想杀掉更多的人。我们这两个勇敢的同胞砍倒前面几个，但很快就要继续撤退。

看那边，他们沿着墙上盘旋的台阶撤退。这时候，更多鲜卑人跨过壕沟，最后我们站的地方都挤满了鲜卑人。但是，鲜卑人数量多，却不能发挥优势。我们这两名勇敢的同胞站在台阶上战斗，入侵者一次只能上去两个人。我们的英雄本领高强，但他们必须步步撤退，越撤越高，但入侵者却不能以数量压倒他们。前头的鲜卑人一倒下，后面的就跟上来，然后又倒下。我们的英雄战斗时间太长，肯定会累。于是，他们越撤越高，入侵的鲜卑人在台阶上步步紧逼。我们的同胞跑上最后几圈台阶，偶尔才会回身打斗几下。这好像要胜负已分，鲜卑人胜券在握。但是，再抬头看看，我们勇敢的兄弟走进了头顶那片光晕一样的天空，之后留给我们的是怎样的线索？”

“我们的英雄虽然势单力薄，但他们往上撤退，就是为了把鲜卑人引过来，像把蚂蚁引到蜜罐里一样。我看到了，在台阶最高的地方，从这儿看好像是个壁龛，这是个门道？那里面会藏着什么东西呢？”赵苛说。

“会不会藏着十几名这所道观中最骁勇善战的勇士？然后他们和之前的那两位英雄一路杀下来，一直杀到下面的鲜卑人当中。”王炎抱着臂，思索着说。

“是火，壁龛后面肯定是火。”赵苛琢磨着。

“猜得妙，那么久远的事情。但我敢打赌，上面藏的就是火。那个小壁龛，站在下面几乎看不到，里面藏着一根火把，也许有两三根，点亮了，在那堵墙后面的勇士们会把火把扔下来，扔到壕沟里。”王炎说。

“壕沟？里面不全是水吗？”赵苛问。

王炎说：“不，我猜壕沟里面一定全是木柴，能引起火的木柴。我们的祖先在半山腰造这座道观，就是为了这个目的，否则要这个道观干什么？要塞选在半山腰建，首先把敌人的体力耗尽一多半，我们以逸待劳。一根火把扔进这所谓的壕沟里，然后又扔进一根，之前我在道观周围观察的时候，看到这道观背上离地面很近的地方有好几个口子，也就是说，像今天这样的强烈北风，会把火苗扇得更高。那群鲜卑人怎么能逃出这样的地狱火海呢？四周是坚固的墙，只有一个窄

窄的桥通向外界，而整道壕沟都是熊熊大火。”

何应从道观里出来，说：“祥云师兄要做法事，给了我这张开门符，我们速速上山。”

三个人从半山腰一路走上了山顶的虹云观，将开门符给值班的道童看。这开门符每日子时画一个新的，对应第二天的天气、地貌、人间万物。那道童接了符子，见符子上的内容与今日凌晨的风向、气温、日晕、星宿俱一一对应，知道是祥云大法师亲自画好，送给有缘人的，这面前三个人便是今日师父宣阳子要见的客人了，于是笑逐颜开地开了道观门。

宣阳子见了来人把一手的丹砂扔在地上，旁边的道童一边拾着一边说：“师父年纪大了，爱撒泼，让外人见笑。”

宣阳子鹤顶龟背，凤目疏眉，面色红润，神态飘逸，脚蹬一双藏蓝色翘头厚布鞋，穿着一身素色道袍，一头长发盘成一束，初看颇有仙人风范。可今天偏卧在榻上不起，嚷道：“那祥云为何又每日无故画符，让山下腌臜之徒涌上山把我当活宝看，白白耽误了我修仙，梦中已有预言，天庭中的职务已经给我空出，若过了登仙之寿，我不能赴任，这仙岂不白修了，天庭若怪罪下来，让我返老还童，那就委屈了我一辈子的修持了！”

何应笑着说：“师父只知醉卧在塌，一心痴想有登仙之寿，可知天下大乱了？”

宣阳子说：“乱有何妨，等着吧。”

何应说：“徒儿想借三十三名师兄弟下山，到纵横南北界的地方游说诸侯，形成联盟以抵抗南北大兴战事。”

宣阳子说：“借人就借人，等着吧。”

何应说：“师父，想听你讲经布道，讨论天下形势，我等好率领师兄弟不辱使命拯救天下。”

宣阳子说：“等着吧。”又说：“天下形势可好？”

何应说：“师父怎么又转回来了？已是大乱了。”

宣阳子用手肘枕着脑袋，说："我不转回来，跟着你的思路走，不定你后头憋着啥坏呢。"又说："徒儿，你们谁有本事给我口肉吃，在这泰山下随意猎取。"说罢，呼呼大睡。

宣阳子在梦里说话："汉朝后期，朝廷接受了太常卿刘焉的建议，把一些重要地区的州刺史改为州牧，并选择有名望的官僚充任，使其总掌一州的军政大权，遂使州牧的权力大增。当黄巾起义被镇压下去、王权极度衰弱之际，这些州牧和一些州刺史便企图火中取栗，摘取皇冠。其中为祸最烈的军阀并州牧董卓以及徐州牧陶潜，荆州牧刘表，冀州牧韩馥，益州牧刘焉、刘璋和幽州刺史公孙瓒等都是以州牧和州刺史起家的军阀。荆州原辖七郡：南阳郡、南郡、江夏郡、零陵郡、桂阳郡、武陵郡、长沙郡。汉末年从南阳郡、南郡分出一部分县，设置襄阳、章陵二郡，于是荆州共辖九郡，这就是后世称'荆襄九郡'的来历。

"赤壁之战后，曹、刘、孙三家共分荆州：曹操占据南阳、襄阳、南郡三郡，刘备占据长江以南的零陵、桂阳、武陵、长沙四郡，孙权则占据江夏郡。建安十四年，周瑜打败曹仁，夺得南郡，孙权拜周瑜为偏将军，领南郡太守，驻江陵。建安十五年，周瑜死后，孙权纳鲁肃之议，把自己所据部分"借"给刘备，于是刘备占有荆州绝大部分地盘。

"益州，殷商时期是巴人和蜀人生活的地方。战国末期秦国灭了巴蜀之后在原巴蜀地区设置了巴郡和蜀郡。元封五年，汉武帝在全国设 13 刺史部，四川地区为益州部，州治在雒县，在后来的几百年时间内，先后分置蜀郡、犍为、朱提、越隽、牂柯、建宁、永昌、汉中、广汉、梓潼、巴郡、巴西、巴东、益州等郡，下辖 146 县，属蜀地。约于今四川、贵州、云南及陕西汉中盆地。三国时期，是当时最大的三个州之一，刘备占领此地并建立蜀汉政权。在十八路诸侯讨伐董卓之前，孙坚只是驻守地方的一名武将，原本没有太高的地位。后来袁术听到孙坚勇猛善战的名气，想要把孙坚拉拢到自己门下，替自己办事，所以袁术才亲自上表朝廷，荐孙坚为破虏将军。袁术和袁绍兄弟一家门庭显赫，在朝廷里有地位，所以袁术替孙坚争取到了一个破虏将军的地位。正是有了袁术的提携,孙坚才有了和十八路诸侯平起平坐的地位。这十八路诸侯不过是过眼的云烟,徒儿,你真想双足立在被战争烤烫的炭火一般的大地上,以肉身和这十八路诸侯变成一缕云烟吗?既然入了这有形有相界,为师也救不得你轮回转生之苦。"

一道童在一旁说:"师父在说梦话呢,没听出来?他面子薄,不忍心用真面目怼人,就借着梦话斥责人。他这是撵你走呢,你忘了他在年轻时劝你戒酒,你就从他屋里借着扫地的空觅得一个装酒的葫芦,用到现在,他还记恨你的仇呢。"

何应问:"师父都用梦话怼过谁?"

道童说:"谁不给肉吃他怼谁。"

何应问:"师父一直没吃上肉?"

道童说:"道观一贯讲究吃素,如今他快登仙了,自然对这些挨苦的日子受够了,谁真敢给他肉吃?师父每天都想破一戒,若依着他,怕早依着戒律被杖毙火化了。"

何应说:"师父,水不仅对任何环境都适应,而且还包容万物,它宁愿污秽自己也会替别人拂去灰尘,水随遇而安,顺应自然,徒弟只为了在人间取一个'上善若水'的名声,不枉师父教诲。"

宣阳子鼻子里"哼"了一声:"之木生于毫末,九层之台起于累土,千里之行,始于足下。治大国,若烹小鲜。你治你的大国,我烹我的小鲜。烹小鲜不可扰,治大国不可烦。烦则人劳,扰则鱼溃。"

何应跪下说:"师父,徒弟这就让您吃上肉。"

宣阳子哼唧道:"一块破戒。"

何应抬头仰望着眼前的山峰,一眼看不到尽头,只在山腰之处,便已经是云雾弥漫,烟云遮盖。至于再往上的地方是否还有建筑和修士存在,便远不是他眼前的境界修为所能了解的了。

眼前的山峰比起其他地方略有些奇怪,那些枝繁叶茂的大树,在这里十分少见，高度惊人的这座山峰，因为缺少树木的掩映显得有些荒凉。这与山谷之中的其他山峰相比，实在有些怪异和引人注目。正因为如此，那陡峭的山崖，便越发醒目起来，甚至不少地方如同刀削斧凿过一般，望之而让人心惊。先前爬过的天璇峰已经足够惊人，其磅礴的气势如同那登天的台阶，让何应尝尽了辛苦。不过，与此处相比，天璇峰好歹还能看到那通天的台阶，看到可以通行的地方，眼下一眼望去，则是什么都没有，实在是有些骇人了。

何应朝前方走去，一块高大的巨石上面刻有“玉皇”二字，想是为了让他人别走错了地方。只是，当他走到山脚处，终于确定，眼前这座玉皇峰的确是没有路上去。

光洁的山壁上，一条条铁链编成的绳梯垂落了下来，从下往上看去，绳梯的另外一端处于云雾之中，不知道通往何处。一阵山风吹来，铁链随着山风飘荡与岩石相碰发出一阵“叮当”声响，如同一曲粗犷的乐曲，让人不由自主地陶醉其中。

很快，山峰之上传来了一个笑声。“你倒是来得及时，比预计的时间短了不少。”随着这个声音的出现，一道白色身影旋即带着一抹刺眼的遁光瞬间出现在何应的面前。定睛看去，一个身穿白色道士袍的道士此刻正站在一柄红色的扇子上面，一张清矍瘦削的脸庞上，留着漂亮的半长胡须，带着一抹淡然的笑意，头上插着一支细木长簪，一副仙风道骨的模样。何应不由还是心中一紧，旋即躬身行礼道：“拜见师父，师父这会怎么有空上山？”

宣阳子回道：“师尊的命令，徒儿不要耽搁，我特来助你一臂之力。”

说完，根本不等何应反应，遁光一起，宣阳子便闪到了何应的身前，然后抓住他的胳膊之后猛然一提，何应整个人随着那道遁光离地而起，扶摇直上。

一股股罡风扑面，直让何应有些睁不开眼睛，而那种急速飞躥上去的冲击力，更是让他心中骇然，脑海之中有种晕眩之感。就在这时，其脑海中的庞大神路猛然间运转开来，当即让他的诸多不适消失干净。

何应随师父而去，一面面断崖从身侧落下，一截截铁链从眼前划过，一幕幕奇异诡谲的景色从眼前闪过。与此同时，一股股莫名的热浪从四面八方涌来，让人感觉口干舌燥，呼吸困难。祥云散了，何应坐在云巅，双眼能看清几十里外云路中的景象，甚是清晰，朝山中望去，眼中便射出两道金光照亮了绳梯下雨雾缭绕中的璀璨世界。

王炎与赵苛二人刚观察好捕猎的地势，赵苛便牵着匹高头大马，转交给了道童。

赵苛刚要说话，何应的目光便从远处云霞里落到了自己手中的铁剑上面，王炎看着山中映出四散的道道金光，说："这里山高水远，变数无穷。"

赵苛忽然抬头仰视苍穹，铁剑映出的金光反射进眸子里，深邃的眸子里闪过一丝转瞬即逝的光芒。

从何应双眼射出的金光照得异兽蠢蠢欲动，王炎和赵苛站在密林里，感觉到密林中的温度越来越高，一股炎热之气扑面而来，赵苛皱了一下眉，神念如水般从眉心倾泻而出，朝着前面探去。

之前，为了保留实力，王炎一直只将念力保持在身周三米之内，毕竟这泰山的密林神秘莫测，不仅有蛇虫鼠蚁，还有绝世凶兽，而人的精神力也不是随太阳星辰一般无穷无尽的，在这种地方孤军奋战自然要保留一点实力较好，所以之前除了扫视猎物的踪迹之外，他一直都将神念小心翼翼收束起来，神念如水般朝着前面的密林倾泻而去，神念无形无相，遇石穿石，遇土钻土，很快便蔓延至前方八百米。

陡然，一抹火红灼热的气息随着神念的反馈映入王炎的脑海之中，王炎右眉一挑，神念继续前进，拐过一个弯之后，神念倏然见到一团如同火球般灼热的红光，紧随其来的是一股宛若由蛮荒生出的凶兽气息扑面而来。

在王炎的神念之中，只见那如同火球的红光中的凶兽头如猫、角如牛、眼如虎，麋身龙鳞，狼蹄牛尾，凶威凛凛，霸气盖天！

赵苛也借着金光看清了，它正是守卫神秘泰山的四大瑞兽之一——獾！赵苛在《山海经》里读到过这种异兽的概况："西水行百里，至于翼望之山，无草木，多金，玉。有兽焉，其状如狸，一目而三尾，名曰獾，其音如百声，是可以御凶，服之以瘴。"

眼见着獾就要扑过来，王炎身形一边疾步后退，赵苛握着剑柄的手出了汗，死盯着面前的异兽。

一声咆哮般的怒吼陡然从獾的口中传出，原本只有数寸长的火焰之力宛若火山爆发一般，一股凶猛热烈的红彤彤火焰从它的嘴里喷射而出，仿如一条火龙一般朝着王炎、赵苛身边涌了过来。赵苛和王炎看着那条喷涌而来的火龙，感受到它那足以融金化铁的威力，引得周围树木皆毁，瞬间化为浓烟。

一声爆响，獾喷发出来的火龙虽有身有爪毕竟只是死物，那火龙直直地撞到了前面的洞穴中，整个洞穴一阵地动山摇，仿佛要塌了一般。尘土石块纷纷而落，再看那火龙经过的地方，只见那原本是泥土的地方全部被高温灼成琉璃结晶之状。白色的热气直往上空蒸腾，显然温度极高。四蹄所踏之处，所有泥土、石块全部化为玻璃晶状，余留的火焰烧得空气吱吱作响。

为了摆脱獾，王炎以比獾喷出的烈焰快两倍的速度如一道闪电般朝着前面奔去，可谓是遇洞钻洞，逢道过道，让他简直成了地老鼠，只十几个呼吸就穿过了五个洞穴。

身后的獾也正暴吼着飞速地前进，那炽烈的红光越来越近，颇有一种不死不休的气势。所到之处，树木皆化成木灰，赵苛插在树干上的一只剑，也已瞬间化为铁水。

随着何应的一声暴喝，从天而降的惊雷爆响陡然爆发，不仅洞窟的洞口被惊雷炸得塌了下来，隔绝了獾前进的路线，而且洞窟上方那原本与地面相连一起的数十吨石头也轰然炸开，一块块如磨盘如巨缸甚至如床般大小的石头狠狠地朝着獾砸了下来，虽然这些石块最初在砸到獾身上的时候会被直接爆开，洞窟却有

两三百平方米，在原本撑着洞顶的石头落下之后，整个洞窟之上的土终于支撑不住，轰的一声，整个石窟顿时塌了下来，将獾活埋在其中。

随后只听轰的一声，一道如激光的红色光束直接将石窟爆出一个巨大的洞口，在弥漫的红光尘埃之中，一双冷漠无情的金色竖瞳慢慢地清晰……

王炎躲在一个干燥的山洞之中，背靠着山壁，披头散发，脸色苍白毫无气血地直接坐在地上长长地呼出一口气。赵苛消失的片刻，是獾最为猖獗的时刻，如今正是机会，他身形一闪，从山腰间呼啸而下，整个人迅速地朝着旁边的一条岔道上闪了过去，冲着王炎喊道："这里浊气逼人，这獾只是昏了一会，等它再醒来，这里将变成火海炼狱！"

王炎耗尽了体力，已无力支撑之后的搏斗，何应收了法相，随云梯而下。赵苛拿出靴子里藏的一只匕首，沿着獾的颈部切割，那颈部被鳞甲环绕，只留了些许缝隙能让匕首插入。每挪一次刀刃，耗尽的力气都让赵苛的汗珠一层层往外涌。黑暗之中，獾双瞳间一抹紫色的光华一闪而逝，随之，獾叹了一口气，如老人一般，何应仔细回味，那声音同师父宣阳子的声音并无二致。

"唬杀我也！"宣阳子从梦间的榻上挺腰做起，对众道童说："梦里老道竟被凶徒切了脑袋，害得老道我白白出了一口丧气，也看不清那凶徒模样，皆被那雨雾缭绕的山风盖住了。"

"师父，肉来了！"几个道童鱼贯而入，后面力气大的道士搬着卸下的几块獾肉，跟着何应、王炎、赵苛已在房中休息。那几个道士放下了獾肉，就出了门，屋里的道童说："师父，这肉您是想火烤还是清蒸，我们这就速速打理。"

"清蒸，火烤？"宣阳子面露难堪的一笑，身体僵硬得无法站立，扶手坐在榻上，叫来何应说："天机真的不可泄露，正是因为你那祥云师兄为了道观中的香火，和宣扬我道观的威名，为了名和义，浮皮潦草地接了一些许愿香客的问题，把他们领入这间内室，让我一一作答。我也是脸皮薄，为了给你祥云师兄面子，让他心甘情愿替我操持繁杂事务，就一一解答了香客的问题。这些年，我泄露了多少天机自己也数不清了。只是，这只死貛，唉！”宣阳子面露难色，又说：“按说我泄露天机触犯天条，早该问罪下地狱变为畜生，只是我得了些道行，瞬间死不得，这死貛就是我下一辈子所变之物，因为我得了仙术，超生不能瞬死不得，就与我这灵魂另一窍投胎转世的貛相处在一处了，灵魂少了一窍，每日都糊里糊涂睡不醒，这貛死了我灵魂却有了洒脱之感。这貛每日同我同饮一山水，同享一片日月精华，我所泄露的天机必在它肚子里，它都知道，只是无嘴说不得，只能咽在肚子里自己知道罢了。它这一死，我这泄露天机的罪免了，只是投胎之物已死，我现在灵魂所附的虚幻的躯壳也将随时间而化为凡间的石头，似那女娲补天的石头一般，但愿肉身为石能警示虹云观后人。”

没过几日，宣阳子真化为了一尊石像，盘腿而坐，似有已登天之相。阴石常湿，阳石常燥。当地百姓在天旱时，就鞭打阴石，于是雨就来了；多雨时则鞭打阳石，于是天就晴了。祥云师兄说，师父乃是那热燥的阳石，就立在观前，每逢多雨出不得门时，就命道童鞭打师父的石像，没有一次不灵验的。宣阳子变为石像，道观群龙无首，祥云师兄接过观内的大小事务，每日操持。观中修行的道士见修道竟这般危险，瞬间散去大半，其中有两位师弟供职在了一路诸侯军的旗下，在一日与西凉军的厮杀中，二人皆被四散包围的西凉铁骑踏为肉泥，随宣阳子而去了，却并未留下投胎的异兽、石像。何应就在观中在一群道童中开讲师父梦中所泄露的汉末形势的天机，待这群道童长大，一起为了江山社稷而随何应奔走四方，对何应来讲，走一步是走，走一百步也是走，剩下的路，要多押在这帮年幼的孩子身上。闲暇时，何应想：连壁之策固然好，可是在众诸侯之中犹如鱼目混珠，哪能看清哪个是将来的圣上？卜卦虽然好，若是以卜卦而阻碍了历史的进程，那就是拘泥于卜卦本身了。这一路走来，和争夺权势沾边的县令、百姓皆死于乱世的刀斧下，倘若自己因为卜卦而卷入争夺天下的漩涡中，那就是把卜卦的学问学死了。天时、地利、人和而导致三龙尽出，乃是顺应历史，此去搅乱龙脉不过是螳臂当车。且三龙尽出之事不打上几十年的仗，这龙是不会抬头的，对于这战役和

乱世孕育的枭雄，无论日后成圣成孽，史官或许都会为其抹上浓重的一笔。

洛阳，宫殿里灯火辉煌。董卓将垂到额前的一缕银发捋到脑后，大声质问面前的李儒："文优，你可知罪？"

李儒看着董卓，急忙跪下："太师息怒，臣糊涂，不知罪在何处。"

董卓厉声道："你素来说中原人有股子惰性，你将遣具备经天纬地之才的一名道士回居山中，以一岳之力鼓动天下，则天下可图。而今九州数岳无一岳的宗主前来和老夫商议天下合纵连横之策，或者有说客散布到各诸侯军中动摇军心，作何解释？"

李儒抬起头："太师，一次派出的谋士不可太多，那派出的何应也是打着回道观的幌子遮人耳目，免得被诸侯军察觉，引来麻烦。先放一个何应试试。如若众岳长老联合出动，就怕将来民心依附在各山岳的宗主身上，这人心一旦被一股势力吞并了，我等要抢回百姓对朝廷的信任，必定要费许多周折。太师不用顾虑，我早有准备。那何应等进入高县令视线之前是受了臣的几字真言的。以臣掌握的情况，他们如今路过近十个县才进泰山。而这数县是诸侯军进攻洛阳必争之地，何应已摸透情况。这些地方被他们尽皆踩踏，各县立场摇摆不定的诸侯和百姓都被何应所震慑，不怕日后这一带的臣民不被何应一伙人聚集起来同汉室抗争。"

董卓想了想，对李儒说："起来吧。"

李儒站起来："谢太师。"

董卓说："近闻吕奉先行为反常，高县令说是替老夫纳粮募兵，是不是为他们后半生做准备，看不上老夫的治国之策了？"

李儒笑道："明日请太师特召吕布殿前一叙便知。那吕布是最没心计的，貂蝉的底细也派人打听过了，不过是一个家奴，两人能起何风浪？何况吕将军乃太师义子。倒是那个高县令需要太师提点一下，让他避开许县事务最好，在当地给他些虚名，杀杀他的威风。不过，太师，若真有一天高县令这帮赌徒赢了，里应外合地杀将进来，便是李儒消失在人海之时。”

董卓生气道：“那还留着这些人干什么？明天你拟个册子给我。”

李儒说：“太师，高县令目前杀不得，何应刚到泰山，若得知高县令被诛杀，岂不吓得再不露头？太师，我若真消失在人海之时，并不是我厌弃官场。乱世中，我将启用我的乱世谋略。日后洛阳城如果真破，我也会匡扶太师后人。古有秦二世，这时就有太师三世、四世、五世，代代传下去，成为一方霸主。”

董卓在殿上踱来踱去，手扶剑柄，问：“你对那道士说的是何真言？”

李儒轻轻一笑，没说话。

董卓没再追问：“今天聊得痛快，我军的人马辎重排布图册以及最近的军机要闻和子孙分封的情况底细账簿都在离后殿不远的仓库里，钥匙在你手中。如果我有一天遭遇不测，董家的后事就托付给先生了。先生自便吧！老夫困了！”

李儒说：“太师，我若说了那密语，您便不困了。那日我对何应说的是，太师若是死了，脐上点灯，烧得那膏油遍地，能燃一天一夜。”

董卓一惊。

李儒说：“这是稳定他的心智，让他觉得若是太师死了被他人占了这朝局，何应的一番作为也是可以拿来为社稷所用。不这么说，他不会卖命。”

董卓又一惊，疾呼：“好大的局，连老夫也诓进去了。妙哉，妙哉！那何应究竟什么来头，和先生是何关系？”

李儒缓缓地说：“这天下既然为我所用，谁也走不脱。”

董卓感慨起来：“今天让老夫醍醐灌顶了。老夫是该让一让这朝中位子了，省得每日背个‘乱汉’的骂名而殃及子孙。这朝堂岂是一朝一日能坐稳的？”

董卓拿起宝剑，砍碎了一件珊瑚盆雕，哀呼：“文优今天不能为我所用，怕是将来落入他人之手。吕布乃一莽夫，高县令手段再多，也逃不过文优的法眼。而文优之智慧，孤胆一人就可肃静满朝文武，甚投老夫脾气。老夫阵势太大，树敌过多，眼前的路布满荆棘。”

董卓又转过身对李儒说:“文优将我从马上拉下来不再驰骋天下的办法甚是高明。可是,文优怎知我肚脐上的油膏能烧一天一夜?”

李儒垂手道:“太师,天下诸侯军行踪乃是天机,不可泄露。董太师今后面对的将是层层险阻,也是天机,不可泄露。我们还是待何应一伙从泰山归来再说吧……”

王炎和赵苛下了山,又出了泰山往回走着,他们不知道,在许县,高县令已经和丁氏三兄弟攀上了关系,借用了他们埋藏在许县的多处国库银两以及侍奉先帝的那一帮人脉,谋划着贡献了许县投靠个诸侯为自己添福,许县这片地方已经在中华大地上散发着如鎏金一样的栩栩光辉,即将载入史册。

另一边,董卓已击溃了鲜卑,在酒宴上,董卓说道:“各位将军、文士的册封,封地的赐予,国号的选取,元号的选择都由我的儿孙来完成吧。现在我已经为这帮儿孙铺好了道路,不过今后的路还需他们自己走!”董卓喃喃道,翘首望天,一只大鸟拖着七八只小鸟在自由的飞翔,一切都是那么的自由随和。

汉高祖刘邦陵墓前的积雪常年无人打扫,已经有无数诸侯观测着形势,想谋划争做千古一帝。

跋

多读书，读好书
——读《洛阳乱》有感

小说是可以虚构的。《洛阳乱》开头便给人留下非常凄凉的印象，“荒无人烟的土地，马蹄印所踏过的地方尘土颗粒如齑粉一样散开，荒野凋零，官道开凿了一半，还有几条羊肠小道。”于是，读者随着小说一下子回到远古的从前。现实世界中，即便是最荒芜的地方也不可能有这样的景象。因为这是毫无文明气息和科技信息的景象。接下来的描写中你会看到“村庄周围有一圈深坑，是为了抵御狼群和狗熊对村子的骚扰而挖的，白天放下唯一一块通往村外的桥板，夜里把吊桥吊起来。冰冻的河面上，藏着一股冰冷的煞气。狼和熊因为没有了充足食物，便陷入绝境，它们喘着粗气，一双双眼睛盯着这个不太大的村落”。这种情况下，读者不能不为村庄的安全担心，也对小说中的故事有了个大概的印象——对，这是一部现代人讲古代故事的小说。于是，我们感到震惊了，现代人写现代故事都很难写好，却去写古代的，作者得对古代的故事有多少了解？——仅是这，就够吊人胃口了。

小说通过道士何应去泰山寻找老师宣阳子一路之上的种种遭遇，通过一个

个曲折的故事写出那个动乱年代的百姓疾苦，揭露了那些借战争之乱鱼肉百姓发国难财者的丑恶嘴脸。这部小说重点突出了一个“乱”字。开头乱，董卓篡权引发的战争再加上地震，让老百姓饱受灾害，道士何应不知高低不分场合口出狂言，枉论天下形势，被官府收监。后来，县太爷高广为了自己“族姓帝国”的利益，不得不请老道何应出招。这让人啼笑皆非的故事，好一个乱字了得。越是这样的乱，越让人想看下去。于是，接着出现了一个个精彩的故事：老道何应不再是阶下囚，却成了县太爷高广的座上宾。为了完成老道的心愿，县太爷还派王炎和赵苛护送他到泰山找他的老师宣阳子，直到第一部分快要结束的时候，读者才知道县太爷的真正意图是为了把何应送出自己的辖区，不让他在自己的地盘上生出事端来。并且，县太爷的私心也表露无遗：“你们把这个何应送到他说的目的地泰山顶，若真有他师父宣阳子开经布道，你就把宣阳子和众仙道为汉室布下天罗地网免遭贼人起兵造孽的玄机记录一二，回来向我汇报，我也好不被牵着鼻子走。”真真一个乱世啊，读者跟着作者在乱世中行走。

作者构思故事的能力很强，董卓、曹操、李儒等都被他囊括其中，情节设置得也很到位。例如，“朝廷早就用金银把村子买通了，村民集体倾向董卓，这是个赚钱的买卖为啥不干？之前的校尉在李岗的带领下焚烧村子，只不过是掩人耳目的苦肉计。建这一处行宫的凶险在于诱敌深入，把李岗绑在树上，靠着你们这些过客散播故事，那起义的十几路诸侯便以为此地百姓心系汉室，是起义军的大后方。”寥寥数语，就把一个阴险狡诈的勾当活脱脱地表现出来。作者对乘人之危敲诈勒索的不法行为深恶痛绝，譬如赵苛到袁记当铺当刀发觉上当，回到袁记当铺要赎回刀时对当铺老板的描写——袁老板看了看柜面上的银子，说：“这刀已经翻了三倍的价钱了，这二百两不够数赎不出，奇货可居啊，钱就在眼前，为何不赚？虽然你存的不是死当，如果确实想急切赎回宝刀，那就当上其他稀缺物品，凑够了六百两价钱这刀你带走。直接用普通纹银不行，本店赎回物品只认得本店的龟形银锭，若用普通纹银来赎回，那你当了二百两就要补上短缺的二百两龟形银锭，还要加上利息。客官，这刀你还赎吗？”这些描写把商人的唯利是图刻画得入木三分。

小说故事引人入胜，情节跌宕起伏，人物性格鲜明，但是有些地方过于直白，语言运用上还待推敲。小说是艺术作品，适当留给读者一些想象的余地是有好处的。

文学作品是反映人们生活的。不论作家写什么，都必须以反映生活为前提，离开了生活这个主题就失去了它的意义。尤其是小说，更要反映老百姓所关心的东西，作家要关注他们的生活，关注他们的内心，要和老百姓打成一片，和他们交朋友，了解他们的想法，不要把自己关在家里，不要仅仅依靠网络上搜来的或者道听途说而来的信息。老百姓是真正的艺术家，他们身上的许多东西是作家坐在屋子里想不到的，仅凭自己在网络或书本上找来的东西不可能写出新鲜的作品，那些东西不管怎么加工都是别人嚼剩的馍。

要多读书，读好书，读精读透，从中发现你需要的东西。我说的这个书不单指什么出版物，而是隐藏在生活中的。我想这些事情作者是很明白的，没必要多说。相信随着作者写作水平的不断提高，他的小说也会日臻完善。

本文作者系著名评论家

杜　鸿